CAROLINA MUNHÓZ & SOPHIA ABRAHÃO

Fantástica
ROCCO

Copyright © 2015 *by* Carolina Munhóz e Sophia Abrahão

Direitos desta edição reservados à
EDITORA ROCCO LTDA.
Av. Presidente Wilson, 231 – 8º andar
20030-021 – Rio de Janeiro, RJ
Tel.: (21) 3525-2000 – Fax: (21) 3525-2001
fantastica@rocco.com.br | www.rocco.com.br

Printed in Brazil/Impresso no Brasil

Esta é uma obra de ficção. Personagens, incidentes e diálogos foram criados pela imaginação da autora e sem a intenção de aludi-los como reais. Qualquer semelhança com acontecimentos reais ou pessoas, vivas ou não, é mera coincidência.

fantástica ROCCO

GERENTE EDITORIAL
Ana Martins Bergin

EQUIPE EDITORIAL
Elisa Menezes
Larissa Helena
Milena Vargas
Manon Bourgeade (arte)
Viviane Maurey

ASSISTENTES
Gilvan Brito
Silvânia Rangel (Produção Gráfica)

REVISÃO
Sophia Lang
Wendell Setubal

CAPA
Marina Avila

Cip-Brasil. Catalogação na fonte.
Sindicato Nacional dos Editores de Livros, RJ.

Munhóz, Carolina
M932m   O mundo das vozes silenciadas / Carolina Munhóz, Sophia Abrahão. Primeira edição, Rio de Janeiro: Fantástica Rocco, 2015.

ISBN 978-85-68263-24-2

1. Fantasia - Ficção. 2. Ficção brasileira. I. Abrahão, Sophia. II. Título.

15-23768   CDD: 869.93   CDU: 821.134.3(81)-3

O texto deste livro obedece às normas do
Acordo Ortográfico da Língua Portuguesa.

> "Não adianta se entregar aos sonhos
> se você se esquece de viver."
>
> – J. K. Rowling

PRÓLOGO

Sophie sentia uma felicidade plena.

Durante o rodopio do passo de dança, viu o dourado das árvores ao redor e o colorido dos vestidos e das pequenas cartolas do público eufórico. Percebia o quanto aquele mar de cores lhe fazia bem, e a alegria daqueles seres a lembrava dos prazeres do universo. Dançar com o amor de sua vida em uma comemoração agitada naquele Reino mágico era tudo o que pedira ao Cosmos. Beijar os lábios quentes dele ao final de uma música sempre seria o desfecho perfeito de seu conto de fadas.

A seu lado, a jovem loira com cartola de asas, Guardiã de todos os segredos do Reino, também se divertia ao embalo da música com vários dos habitantes do lugar e o gato mais exótico já encontrado. O bichano remexia o corpo conforme os acordes e balançava sua bengala para todos os lados, demonstrando muita habilidade sobre as duas patas traseiras. Mais ao fundo, sempre compenetrada e serena, a Rainha admirava o momento de êxtase de seu povo.

Os Tirus estavam felizes pelo retorno da princesa. Todos tinham sorrisos abertos por recebê-la mais uma vez depois de tanto tempo.

Sophie sabia que, quando chegava àquele Reino, o tempo era contado, porém não sentia necessidade de cronometrar os minutos nem de se preocupar com o que viria depois. Em todo encontro, sentia que ficaria para sempre. E que finalmente permaneceria ao lado de quem a amava incondicionalmente.

Em um único movimento, o rapaz a girou conforme o compasso da música, colando o corpo ao dela a ponto de quase não terem espaço para respirar. A aproximação fez o estômago da garota gelar por causa da expectativa pelo próximo gesto.

— Você ainda é a pessoa mais incrível que conheço, AC/DC! — sussurrou ele ao pé de seu ouvido.

Sophie ficou arrepiada: gostou da combinação das palavras. Adorava como ele a fazia se sentir e achava carinhoso o apelido inventado havia tanto tempo.

O casal não estava mais perdido dentro de um pequeno aquário particular. Eles nadavam livremente, maravilhados por estarem apaixonados em um Reino onde o amor era o sentimento mais poderoso.

— E eu continuo loucamente apaixonada por você... — respondeu ela.

Os dois se beijaram, e as cores intensas ao redor por um instante ficaram em segundo plano diante das sensações que experimentavam juntos.

Eles eram as duas metades de uma mesma alma que depois de séculos se encontraram. O que as pessoas chamam de eternos namorados. De repente, Sophie não ouvia mais o estouro dos fogos de artifício nem a música agitada dos Tirus. Um som abafado e estranho veio de longe, e ela percebeu que havia algo errado naquele cenário. O transtorno persistiu, e ela entendeu.

Aquele era o som de uma Vespa.

O maldito som da motocicleta tão utilizada no país onde se encontrava.

Quando abriu os olhos, não pôde acreditar que tudo aquilo havia sido um sonho. Que não existiam mais os seres encantados, nem o amor que recebera naqueles instantes.

O som daquela Vespa era um indício de que continuava na cidade de Roma e que as vozes mágicas do Reino estavam silenciadas.

Não era mais a mesma Sophie. Tudo mudara. E isso a assustava.

Era a primeira vez em mais de cinco anos que voltava de alguma forma ao Reino das vozes que não se calam.

Era a primeira vez em um ano que pensava na antiga paixão por Léo.

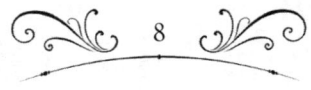

1

Sophie acordou com a cabeça explodindo de dor, e essa não era a melhor maneira de começar um dia de trabalho.

Estava preocupada com o que tinha acontecido naquela noite. Não entendia por que havia sonhado com o Reino. Pela primeira vez, *realmente* considerou a experiência um sonho, pois nas outras vezes sabia que tinha se materializado nas terras da avó. Além do mais, pensara no ex-namorado. Como interpretar a presença dele lá? Sentia certa raiva ao pensar no beijo que trocara com Léo durante o sonho.

Ao ouvir outra buzina, Sophie colocou a mão sobre a testa e percebeu que nem sempre Roma era uma cidade encantadora. Amava passear pelas ruelas antigas, pelos caminhos sempre repletos de estátuas e monumentos. Também amava as pizzas cobertas com batata fatiada, iguaria que só encontrava ali, e as massas ao molho branco que devorava com os amigos quase todas as noites, bebericando vinhos. Mas ainda estava se acostumando à nova vida responsável. O seu "eu" adulto.

Quando deixara o Reino para viver o cotidiano ao lado de Léo, muita coisa mudou em sua rotina. Ele foi seu namorado por lindos e intensos quatro anos. Durante esse tempo, ela cursou a faculdade de música, mas em seu último ano de estudos a carreira musical de Léo estourou, e o relacionamento deles foi por água abaixo.

O tempo para os dois ficarem juntos tinha ficado mais curto desde que Sophie iniciara os estudos e o namorado começara a investir na banda. Contudo, o amor deles sempre havia sido tão intenso que, em sua última visita ao Reino, ele chegara a acompanhá-la. Ele sempre foi discreto a esse respeito, e nunca falaram sobre essa experiência, então Sophie seguiu com a vida sem se angustiar por não poder voltar ao Reino mágico uma vez que escolheu viver na Terra.

Afinal, seus dias de estudo e as poucas horas com Léo eram o seu verdadeiro mundo.

No entanto, o sucesso da banda dele, a Unique, mudou tudo. O rapaz foi requisitado pela gravadora durante meses e começou a viajar muito e dar entrevistas. Com os horários malucos dele e as longas horas de estudo dela, não conseguiam mais se ver.

Durante uma festa de celebração do primeiro disco de platina da banda, os dois finalmente perceberam que não poderiam mais continuar juntos. Léo distribuiu autógrafos e conversou com todos, deixando Sophie sozinha na maior parte do tempo. Ela decididamente fora deixada de lado.

Léo havia sido completamente seduzido pela fama e por tudo o que a envolvia. Sentia prazer em ser parado na rua, fotografado em meio a atividades rotineiras e amava receber convites para festas exclusivas. Isso era o que mais incomodava Sophie. O garoto sempre a apoiara em tudo, e seria grata a ele pelo resto da vida, mas, após o *boom* do sucesso de Léo, a curtição dele vinha à frente do relacionamento dos dois, e Sophie não aceitava aquilo.

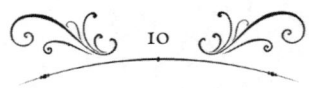

Não agora que ela se encontrara e se amava.

Não agora que ela superara a depressão.

Após aquela comemoração, eles tiveram uma última e longa discussão, e Léo a deixou em casa em lágrimas incessantes. Pouco depois, ele lhe enviou uma mensagem:

Estaremos sempre em nosso aquário, AC/DC.

Desde então, eles nunca mais tinham voltado a se falar, apesar das tentativas dela de contatá-lo poucos dias depois. A partir dali, não houve nada entre eles além do silêncio.

Para Sophie era revoltante sonhar com Léo dizendo palavras bonitas, pois lutara muito para não pensar nele depois daquela última noite. Estava cada vez mais difícil fazer isso, agora que se formara na faculdade e viajava sozinha a trabalho.

— Droga! Vou me atrasar para o café da manhã com a equipe! — exclamou, saltando da cama ao olhar desesperada para o despertador do quarto do hotel.

Aluna de destaque em sua turma, assim que obteve o diploma recebeu o convite de um famoso empresário de bandas para ser sua assistente durante uma turnê na Europa. Foi uma surpresa para ela alguém tão importante querê-la em sua equipe. Os pais ficaram orgulhosos quando ela contou que Jonas Richmond a contratara. Para eles era uma alegria misturada com tristeza, afinal aquele emprego significava que durante meses a filha querida ficaria migrando de país em país, longe deles. George, seu pai, estava incerto sobre como ela se sairia sozinha em diferentes países. Com o fim do namoro da filha, temera que ela voltasse a se sentir infeliz. Vê-la se distanciar naquele momento apertava seu coração. Laura, sua esposa, argumentava que ele acreditava que não teria mais sua menininha por perto. Seriam apenas os dois agora e tinham que ficar felizes por ela.

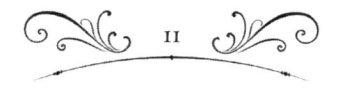

O telefone do quarto tocou. Era Nicholas, seu namorado, preocupado com ela.

— Então quer dizer que ficamos uma noite sem dormir juntos e justo nesse dia você fica na cama até mais tarde? — brincou ele, sabendo que a namorada devia estar em pânico pelo atraso.

— Quem dera — respondeu Sophie, tentando entrar na calça jeans preta que encontrara no caminho até o telefone. — Meu despertador não tocou, tive um sonho esquisito e agora estou com uma enxaqueca do cão.

— Não quero nem ver como vai estar seu humor...

— Pode ter certeza de que vai estar péssimo — assegurou ela, tentando achar uma blusa limpa para usar antes de ir domar seu cabelo.

— Vem logo pro café, chefe! Estou te esperando — despediu-se ele, usando o apelido que lhe dera no começo da relação.

Ela sorriu ao desligar, pensando no quanto se sentia feliz com Nicholas. O vocalista de cabelos compridos e visual gótico era bem mais fofo do que as pessoas podiam imaginar. Pensando nisso, Sophie sorriu mais uma vez, lembrando-se do físico malhado dele e do look exótico que era idolatrado por tantas meninas no mundo. Sentia-se sortuda por tê-lo ao seu lado.

Mas Léo também é idolatrado e cobiçado por diversas mulheres, pensou, recriminando-se em seguida.

Precisava tirar logo aquele sonho com o ex da cabeça. Ficar pensando sobre isso não lhe faria bem. Eles trabalhavam na mesma indústria, mas Sophie evitava saber novidades sobre a Unique. As bandas de Léo e Nicholas tinham estilos bastante diferentes e não eram concorrentes.

Para a sorte dela.

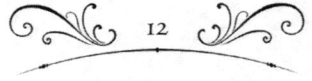

— Juro que vou me tacar lá do alto do Vaticano se eu voltar a pensar naquele magrelo hoje — disse ela para o reflexo no espelho.

Mas isso era só um desabafo. Sophie nunca mais tentaria fazer algo contra sua vida. Sentia-se bem por ter superado sua negatividade. Amava viver e isso sempre seria o suficiente.

Antes de sair do quarto, vestiu um blazer preto para ficar com um visual um pouco mais sério e olhou para a bagunça deixada para trás.

Eu queria ter visto a Fontana di Trevi com ele.

Tentando afastar esse pensamento, fechou a porta do quarto.

Durante o namoro com Léo, pensara muitas vezes em como seria romântico passear com ele pelas ruas da Itália. Nunca imaginara que anos depois estaria no país e que o roqueiro ao seu lado não seria ele. Aquele sonho não passava de uma ironia do destino.

E o destino sempre pregava peças.

Desceu pelo elevador do hotel, um dos mais sofisticados da cidade e sem dúvida o mais chique que ela já conhecera. Viajara a diversas cidades na Europa com a banda, como Paris, Munique, Amsterdã, Lisboa e Zurique, mas admirava principalmente a extravagância italiana. Situado ao lado de uma das praças mais famosas de Roma, a Piazza Navona, o hotel oferecia quartos luxuosos com banheiros revestidos em mármore e pisos em parquet, o que ela achava um tanto "porforão" demais para seu gosto. O terraço na cobertura oferecia uma vista panorâmica de Roma, da Basílica de São Pedro até o Panteão. Aquele era o espaço favorito dela e de Nicholas, onde podiam encontrar um pouco de privacidade para namorar. Por causa dos horários em comum do grupo, instantes a sós não eram tão frequentes.

Seu emprego com Jonas Richmond consistia em assessorar a famosa banda de rock post-hardcore Maguifires em uma turnê pela Europa que teria como parada final a Itália, onde realizariam alguns shows e terminariam como atração principal de um grande festival de rock.

Sendo um empresário renomado, Richmond normalmente não acompanhava em turnês as bandas que representava, mas aquela era a sua principal cliente em seu melhor ano, por isso decidira acompanhar todos os passos da Maguifires naquele momento da banda, que tinha tudo para ser histórico. Deixara a equipe cuidando dos outros artistas, e Sophie estava ao seu lado para aliviar os detalhes do dia a dia. Era um cargo nada complexo, mas ela sabia que começar no ramo da música era assim. Em sua rotina, servia café e organizava encontros com fãs, mas podia aprender de perto tudo o que precisava para um dia ser uma grande empresária e produtora musical.

— Que ótimo poder contar com o seu rostinho bonito, senhorita! — comentou Jonas Richmond assim que ela chegou, sentado à mesa reservada para a banda na área do café da manhã.

Aquele era um hotel movimentado, mas eles tentavam manter suas vidas dentro da normalidade; não queriam ficar escondidos dentro dos quartos. Duvidavam também de que hóspedes que frequentavam um estabelecimento como aquele fossem se preocupar com alguns cabeludos vestindo preto. Ninguém pediria autógrafos. Sophie se destacava no grupo com seu cabelo vermelho escalafobético e a pele alva, mas não mais do que a irmã de Nicholas, que era a baterista da banda e exibia a cada semana uma cor diferente de cabelo. Naquela ocasião, o novo look de Samantha incluía mechas em tom rosa-chiclete e violeta.

— Lamento pelo atraso. Isso nunca mais vai acontecer — respondeu Sophie, olhando para baixo com vergonha de encarar os presentes.

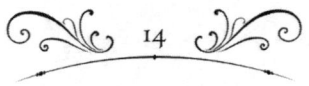

Normalmente, se hospedaria naquele hotel apenas a equipe principal, composta pelos membros da banda — Nicholas, Samantha, Alex (o guitarrista) e Bobba (o baixista) — e pelo próprio Jonas. Sophie deveria ficar com o restante da equipe que montava os shows em um hotel próximo, com menos estrelas, mas Jonas gostava dela e conhecia pessoalmente vários dos antigos professores da garota. Ouvira muitos elogios sobre ela. Além disso, sabia do relacionamento entre Sophie e Nicholas e do bem que a garota fazia para o rapaz. Não a tratava como uma funcionária, e sim como sua pupila.

— Estamos na estrada há cinco meses e este é o seu primeiro atraso, Soph! Isso é um caso raro, já tive tantas assistentes que ficavam bêbadas e nem apareciam por dias. Dez minutos não são nada — assegurou Jonas, levantando o rosto dela para que o encarasse.

Sophie gostava da forma como ele a tratava.

Ela sabia que desrespeitara uma das regras mais importantes da ética do mundo empresarial: nunca durma com o seu cliente.

No momento em que a ruiva entrou na equipe e foi apresentada para a banda, Jonas percebera que o vocalista havia se encantado por ela. Era nítido que Nicholas a queria ao seu lado desde que a vira pela primeira vez. Isso foi motivo de preocupação para o empresário. Quem conhecia o vocalista achou o comportamento dele estranho, pois ele gostava de zelar por sua privacidade e não era muito aberto a romances, tentando evitar a curiosidade da mídia. Conforme os dias foram passando, Sophie descobriu pelos outros membros da banda que o vocalista não namorava nunca. Dizia sempre que não encontrara ainda a pessoa certa. De acordo com os rumores, Jonas Richmond até cogitara demiti-la para evitar problemas com a banda, mas temeu irritar o rapaz e perder uma excelente funcionária. Na terceira semana de Sophie com o grupo, Samantha comentou que Nicholas acreditava que ela era a pessoa que havia esperado. Saben-

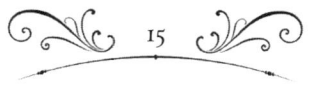

do disso, apesar de todas as suas restrições em namorar outra vez alguém famoso, foi difícil resistir ao charme do rapaz.

Completavam naquele dia quatro meses juntos.

— Estava comentando com o pessoal que o feedback para a nossa equipe é que todos os shows foram um sucesso. Houve poucas matérias negativas sobre a banda. Se tudo ocorrer como planejado aqui na Itália, fecharemos a turnê com chave de ouro. Já temos a segunda música mais tocada nas rádios rock e uma das mais baixadas do país. Estou muito orgulhoso de vocês — declarou Jonas com um olhar carinhoso.

Ele era um homem negro, forte e tinha quase dois metros de altura. Quando chegavam nas arenas em que tocavam, muitos acreditavam que ele era o segurança da equipe. A aparência impunha certo respeito, mas quem passava mais de dez minutos ao seu lado descobria o quanto ele era zen. Era um adepto do estilo new age, o que contrastava bastante com seu cargo de empresário de bandas de rock. Aquilo era o que mais fascinava Sophie. Em alguns momentos, quando conversava com o patrão, se sentia mais próxima do Reino. Durante aquele café da manhã, essa sensação ficou ainda mais forte.

— Já estamos há alguns dias descansando aqui em Roma. Será que não podemos voltar ao trabalho? — questionou Alex, o mais velho da banda.

— Trabalhar? Tá maluco, rapaz? Estamos há cinco meses fora de casa e só conseguimos dormir direito nos últimos dias. Agora é hora de curtir a cidade — reclamou Samantha.

Sophie reparou nas olheiras e nos olhos extremamente vermelhos da mais jovem do grupo. Não gostou muito daquilo.

— Só que não estamos produzindo nada nesta turnê. Todo mundo está preocupado com a própria vida, e acho que tínhamos que focar na banda.

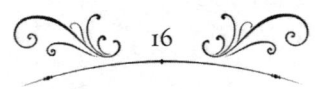

A ruiva franziu levemente a testa ao ouvir o comentário, pois sentiu que era uma indireta a seu relacionamento com Nicholas. O namorado era sempre muito focado e tinha passado a maior parte do tempo livre nos últimos meses ao seu lado. Afinal, ele não podia se privar de ter uma vida.

— Alex, não me lembro de tê-lo contratado para ser meu assistente — repreendeu Jonas, ainda com a voz serena. — Pode ter certeza de que vou avisá-los quando chegar a hora de vocês voltarem a compor e gravar. Por enquanto é bom aproveitarem esta linda cidade para descansar. Ainda teremos Florença, Pisa, Bolonha, Verona e Veneza nas próximas semanas, até voltarmos para o nosso *grand finale* aqui em Roma. Depois vamos direto para casa. Se quiserem conhecer o Coliseu e o Fórum Romano, essa é a hora.

O guitarrista não ficou muito feliz, mas acabou aceitando a direção dada pelo empresário.

— Pelo que vi em nossa agenda, não temos nenhuma entrevista até depois de amanhã, então o dia está bem tranquilo, pessoal — comentou Sophie, olhando para o *tablet* no qual guardava todo o cronograma do grupo.

— Ótimo, galera! Desci para o café só para não levar bronca, mas agora é hora de eu voltar para o quarto — avisou Samantha, virando um copo de suco de laranja ao se levantar com as mesmas roupas da noite anterior.

— Eu não te vi usando esse top ontem, Sam? — questionou Jonas, mostrando estar perdendo um pouco de sua tranquilidade.

Sophie percebeu que o namorado bufou, e os olhos da garota de cabelo colorido mostraram surpresa por alguns segundos.

— Ele é muito lindo, não é? Estou tão viciada que não tive vontade de tirar ainda.

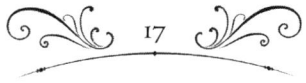

Bobba, que na verdade se chamava Roberto, soltou uma risada meio entalada, e Jonas percebeu a ironia no que Samantha dissera.

— Estou mesmo notando o quanto está viciada...

O comentário do empresário fez o sangue de todos congelar. O grupo tinha consciência de que a baterista abusava mais das noitadas a cada dia. Sophie muitas vezes se encarregava de ajudá-la a chegar ao quarto após suas noites de excessos. Diversas vezes, no meio da madrugada, teve que segurar o cabelo da cunhada para ajudá-la a vomitar. Entretanto, tentava não condená-la. Gostava da menina e sabia o quanto um ser humano era capaz de se machucar quando está sofrendo. Quando Samantha estava sóbria e as duas conversavam, procurava lhe passar um pouco do que aprendera após sua experiência no Reino.

Irritada com o comentário, a baterista se retirou da mesa sem nem se despedir do irmão mais velho. Jonas confirmou que o dia era livre e que o objetivo da reunião no café da manhã era apenas verificar a disposição do grupo e avaliar se todos estavam bem. Afinal, o empresário era responsável por eles.

— Temos alguns e-mails para responder, e aquela ligação que precisamos fazer de tarde, após uma hora, para acertarmos as fotos da Billboard. Depois imagino que algumas pessoas nesta mesa vão querer explorar os cenários de *Anjos e demônios*.

Jonas estava certo. Sophie estava louca para conhecer mais pontos turísticos da cidade. Visitara Roma com os pais, mas era ainda muito nova. A experiência seria outra daquela vez. Ainda mais tão bem acompanhada.

Tudo que viveria naquela cidade seria ainda mais incrível por estar ao lado de Nicholas. *Ao lado dele, apenas.*

Bobba e Jonas se retiraram da mesa, deixando os namorados sozinhos com o que sobrara dos diversos pratos de comida.

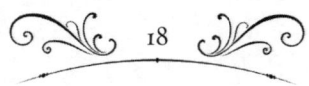

— Será que conseguimos fugir por alguns minutos? — perguntou Nicholas, olhando-a com intensidade.

Sophie sorriu para ele. Todos os momentos que passavam juntos lhe traziam felicidade e tranquilidade.

— Acho que posso começar a responder os e-mails em alguns minutos. O Jonas está naquele estado zen dele hoje.

— Pois é! Só não parecia muito feliz com a Sam. Ela sempre precisa complicar as coisas — reclamou o rapaz.

— É uma fase. Algo está acontecendo com ela, e precisamos estar ao seu lado quando ela perceber que precisa de ajuda.

Nicholas bufou mais uma vez.

— Minha irmã daqui a pouco vai perceber que precisa voltar para a clínica de reabilitação.

A ruiva não gostou do rumo da conversa. Tudo a lembrava da época em que sofria bullying e se punia na solidão e no desespero. Ela se identificava muito com Samantha.

— Perdemos um minuto nesse papo chato — brincou ela. — Acho melhor irmos para o meu quarto.

Nicholas mordeu o piercing que tinha no lábio, gostando da sugestão.

— Ou eu posso te agarrar aqui mesmo, chefe?

Ela teve que rir. Aquele papo de chefe era uma besteira, mas ele curtia o fato de o emprego dela de certa forma possibilitar que Sophie mandasse nele.

— Seria mesmo muito sexy uma cena como essa, ainda mais com aquele casal de velhinhos ali do lado, que não para de nos encarar. Será que somos góticos demais para eles?

— Todos os italianos são muito apaixonados. Acho que não vão ligar se eu te atacar aqui mesmo — brincou ele, levantando-se e estendendo a mão para ela.

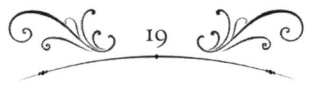

Sophie aceitou e também se levantou, levando um *panino* consigo, pois ainda não comera nada.

— Você é tão linda... — comentou ele, fazendo-a corar.

— E você é um bobo.

Os dois sorriram e entraram no elevador.

— Esses dias serão bem especiais — afirmou Nicholas quando chegaram ao andar do quarto dela, e Sophie quase havia terminado o lanche.

— Já estão sendo.

Sophie costumava ser um pouco mais seca do que ele nas demonstrações de afeto. Seu coração fora muito machucado e, apesar de gostar muito do rapaz, ainda temia amá-lo demais.

Além disso, de alguma forma ainda não conseguira tirar o sonho com o ex-namorado da cabeça, e aquele não lhe parecia um bom sinal.

— Você está distante hoje — reparou Nicholas diante da porta do quarto.

— Então me faça ficar mais próxima... — sussurrou a jovem.

Sophie abriu o blazer e o retirou, se livrando logo em seguida da blusa preta.

O clima magicamente mudou. Sophie podia ser novamente ela mesma.

Não queria ser fria com Nicholas. Não queria pensar no ex.

Tentava até evitar se lembrar da época em que fora infeliz ou dos momentos no Reino que tanto amava, mas do qual tinha que se manter afastada após ter escolhido seguir sua vida longe dos Tirus.

Precisava viver o momento. E tudo acontecia cada vez mais rápido.

Será que eu conseguirei parar de sonhar com o indesejado?

Precisaria descobrir.

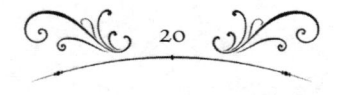

Após aquele período de descanso, Sophie não teve problema em reunir a equipe para a entrevista marcada no estúdio de um famoso programa de TV do país. A produtora do programa a procurara havia semanas, e todos estavam empolgados, pois seria a primeira aparição televisiva da banda durante a estadia na Itália. Tinham sido fotografados ao saírem do hotel para visitar o Coliseu e o Pantheon, mas sempre evitando falar com os paparazzi. Jonas os orientava muito bem a respeito de como deviam se comportar com os jornalistas e estava preocupado especialmente em esconder da mídia a relação de Sophie com o vocalista da banda, pois sabia que logo eles poderiam se tornar alvo de fofocas.

— Será muito fácil, pessoal! — disse o empresário para o grupo durante a maquiagem. — Vocês já deram milhares de entrevistas nesta turnê, e eles vão perguntar as mesmas coisas de sempre. Eu conferi com a equipe. Apenas lembrem-se de destacar o quanto o público italiano os deixou felizes por ter recebido tão bem as músicas de vocês, sobretudo o novo single, e que se sentem honrados por serem o destaque do festival. Meu pescoço está a prêmio, então se assegurem de citar o festival várias vezes. Precisamos deixar os organizadores felizes.

Quase todos da banda estavam compenetrados nas palavras do mentor. Nicholas observava o homem pelo espelho a sua frente enquanto uma bela italiana o maquiava para as câmeras. Alex e Bobba estavam prontos, sentados no sofá, aproveitando o buffet do camarim. Samantha, por outro lado, parecia em outro mundo. Alguns produtores se olhavam toda vez que ela fechava os olhos, parecendo dormir na cadeira da maquiagem. Esperavam que ela melhorasse sua disposição para o programa ao vivo.

O que será que está acontecendo com a Sam?, pensou Sophie, preocupada, notando que, embora a cunhada parecesse estar no mundo da lua, estava linda como uma boneca.

Não sabia por que ela continuava a agir daquela forma.

— Sam, querida! Quero ver essa maquiagem linda que estão fazendo — comentou Jonas de longe, sorrindo e indo em sua direção.

Sophie ainda não se acostumara com a constante positividade do grandalhão. A baterista era a única pessoa que o tirava do sério, por isso temeu a bronca que a garota receberia quando ele chegasse mais perto. Em uma estação de TV, não podiam chamar a atenção. Se ele discutisse com ela publicamente, era bem provável que isso fosse divulgado em alguma coluna de fofoca. A música deles estourara no último ano e o grupo era alvo constante da mídia sensacionalista. Principalmente Samantha, que era um show à parte para os fotógrafos, possibilitando vários cliques indiscretos com suas saídas caóticas de casas noturnas.

Ela era bonita e inconsequente. Uma combinação perfeita para aquele mundo de celebridades.

— Sophie, pode me ajudar aqui? — perguntou Nicholas, notando que a namorada observava sua irmã.

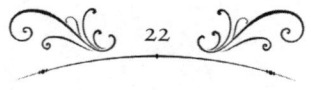

Quando estavam em público, ainda mais a trabalho, os dois em geral mantinham certa distância, mas, pelo tom da voz dele, a garota percebeu que naquele momento Nicholas a queria por perto. O namorado gostava de manter sua privacidade e, como ela, odiava quando jornalistas tentavam saber demais sobre a sua vida, mas sabia lidar muito bem com a fama. Conhecer aquele aspecto da personalidade dele havia sido uma surpresa para ela, pois Léo amava os holofotes. Nick sem dúvida saberia contornar a situação caso o relacionamento dos dois fosse divulgado, mas ela temia esse momento, pois não queria perder o emprego, e muito menos a sanidade. Não gostava da atenção que davam a ela na época em que estava com Léo.

A única atenção de que gostava era a dos Tirus.

Eles a admiravam por quem era, não pelas pessoas com quem se relacionava.

Mais uma vez estou pensando neles. O que está acontecendo comigo?

Sophie se aproximou da cadeira de Nicholas e viu o namorado fazer sinal para a maquiadora se afastar.

— Queria te ver mais de perto — sussurrou o rapaz olhando-a pelo espelho.

A jovem corou. Com Nicholas, sentia borboletas no estômago de novo. Depois do fim do romance com Léo, não esperava que isso pudesse voltar a acontecer.

— Isso é arriscado — sussurrou ela, fingindo ver algo no *tablet*, mas dando rápidos olhares para o espelho, flertando.

— O risco só deixa o clima ainda mais gostoso.

Sophie precisava concordar com ele. Seus encontros secretos sempre a empolgavam, e adorava vê-lo tão focado nela. Apesar de todos da banda saberem do relacionamento, viam apenas algumas vezes suas demonstrações de carinho: Sophie preferia se preservar. Alex um dia comentara que a discrição era o que fazia dela o par

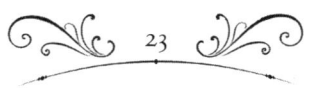

ideal para Nicholas, e Sophie corara ao ouvir isso, mas aquilo a fez pensar. Gostava demais da companhia do namorado e dos momentos fofos que compartilhavam, porém sabia que não havia se entregado completamente para ele. Depois de todo o sofrimento pelo fim do namoro com Léo, ainda não se sentia preparada para isso.

Percebendo que uma das produtoras os observava, Sophie achou melhor se afastar e procurar Jonas, que se ausentara para atender a uma ligação. Ele talvez estivesse precisando dela.

Enquanto se afastava, Nicholas cantou baixinho, olhando para a imagem dela refletida no espelho:

— *I'll be your dream, I'll be your wish, I'll be your fantasy. I'll be your hope, I'll be your love. Be everything that you need.*

Sophie sentiu um arrepio percorrer seu corpo. Um roqueiro cabeludo e tatuado estava mesmo sussurrando Savage Garden para ela? Será que a sua paixão pela banda australiana era tão explícita assim?

Sophie notou que a produtora semicerrou os olhos, reparando no que o vocalista estava cantarolando, e para despistá-la resolveu apertar o passo e ir atrás do empresário.

Ela e o namorado nunca haviam tido uma conversa séria sobre o relacionamento, e isso tornava ainda mais impressionante aquela declaração pública dele. Nicholas entendia que ela tivera apenas um namoro sério e poucos flertes durante o tempo em que ficara solteira. Ainda havia cicatrizes, e ele respeitava seus sentimentos. Nunca cobrara dela as palavras "eu te amo" nem planos para o futuro.

— Precisa de alguma coisa, senhor? — questionou Sophie ao ver o patrão desligar o telefone.

— Era apenas um patrocinador planejando uma campanha de moda com o Nicholas. Eles querem Veneza, mas estou na dúvida e pensando em marcar para o retorno aqui em Roma. Vamos ficar pouco tempo por lá. Já esteve em Veneza?

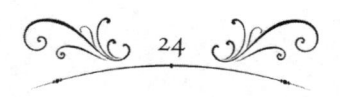

Ela fez que não com a cabeça.

— Vocês vão gostar...

Sophie entendeu que ele não estava se referindo ao grupo. Veneza era uma cidade romântica.

— É melhor voltarmos para checar se está tudo certo.

A ruiva concordou, e seguiram para a sala.

A banda já estava pronta para entrar ao vivo. Era um programa de entrevistas com participações do público, e o canal tinha uma característica bem jovem. Jonas estava feliz por eles terem sido convidados, pois significava que o mercado italiano os recebera muito bem.

— Estamos prontos para entrar — comentou uma das assistentes para o empresário, que fez sinal para o grupo.

De longe, Sophie viu a produtora que antes estava de olho neles cochichar algo para a entrevistadora e não gostou muito daquilo. Era impossível prever o que podia acontecer.

Todos se encaminharam para o estúdio. Quando Nicholas passou por ela, trocaram um pequeno sorriso de boa sorte. Em seguida, Sophie acompanhou Jonas até a plateia. Ia sentar-se quando notou a produtora enxerida ao seu lado.

— Você é muito familiar, sabia? Já trabalhou com alguma outra banda famosa?

A ruiva ficou chocada com a intromissão.

— Este é meu primeiro trabalho... — respondeu em tom educado, porém sério.

A mulher começou a se afastar, mas segundos depois ela voltou, comentando:

— Ah, agora eu sei quem você é! Você namorava o Léo da banda Unique. Claro! Reconheci por causa do seu cabelo ruivo. Ele fez aquela música sobre seus cachos, não é?

Maldito ruivo. Malditos cachos.

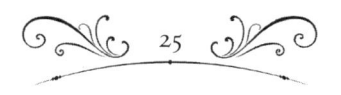

Sophie não sabia se era melhor negar ou ficar quieta, mas o sinal de que começariam o programa a salvou de precisar responder. A produtora se afastou sorrindo.

Sophie não imaginava ser reconhecida naquele país e por um instante sentiu muita raiva. Havia diversas outras ruivas no mundo acompanhando bandas de rock, e quase não aparecera ao lado do ex-namorado. Não entendia por que agora ele voltava tanto à tona.

É nessas horas que os conselhos de Mama Lala realmente me fazem falta.

Mais uma vez se recriminou. Pensar em Léo acabava fazendo-a pensar no Reino, e tinha se prometido focar apenas em sua realidade atual. Voltaria ao Reino quando fosse chamada, mas pensar nele lhe causava uma grande dor no coração, pois sentia falta da avó, de Sycreth, Jhonx e todos os outros.

Jonas notou a expressão lívida da garota, mas não pôde perguntar nada. Teria que esperar até o fim das gravações para entender o que acontecera.

A entrevista transcorreu sem sustos. Perguntas foram feitas, fãs bateram palmas, Samantha roubou a cena diversas vezes. Os tópicos abordados tinham sido aqueles que o empresário requisitara. Estavam encerrando quando a apresentadora resolveu focar no vocalista, que costumava ser o mais quieto.

— Um passarinho me contou que o clima romântico da nossa cidade lhe fez muito bem — alfinetou a mulher. — É verdade que você está namorando, Nicholas?

Toda a equipe estava acostumada com a mídia, mas ninguém esperava por aquela pergunta. A vida amorosa do vocalista não costumava ser divulgada em tabloides, e aquela pergunta ao vivo pegou a todos desprevenidos. Ainda que negassem, o público sem dúvida comentaria sobre as expressões de todos os membros da banda, principalmente a óbvia careta de choque do rapaz.

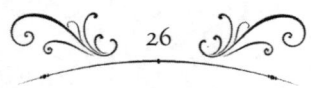

— Que merda... — soltou o empresário, percebendo que teria problemas nos próximos dias.

Sabia que Sophie era uma grande garota, por isso não reprovava o relacionamento da funcionária com um cliente. Achava até que os dois combinavam bastante e queria a felicidade de ambos. Mas tinham completado cinco meses de foco na estrada, e aquele romance poderia desviar a atenção da qualidade musical deles.

— Acho que Nicholas está tão apaixonado que não consegue responder — brincou a apresentadora.

Na pequena plateia, fãs aplaudiam, incentivavam e vaiavam ao mesmo tempo. Havia muitas meninas apaixonadas pelo rapaz no auditório. Sophie sentia medo de ser atacada se sua identidade fosse revelada naquela conversa.

— Bem... — começou o garoto, fazendo o coração de Sophie parar na garganta. — Encontrei uma pessoa muito especial que está me fazendo enxergar o mundo de outra maneira.

Mais palmas, interjeições e declarações da plateia. O rumo da conversa mudara completamente, e a ruiva queria apenas afundar na cadeira. A resposta do namorado havia sido fofa, mas temia ser exposta em rede nacional.

— E quem é essa sortuda? — voltou a questionar a mulher.

Jonas fez sinal para a equipe do programa cortar a conversa e levantou-se, demonstrando que Sophie devia acompanhá-lo. O empresário não desejava ficar mais nem um segundo no estúdio.

— Esses jornalistas sempre acabam nos ferrando. Não era esse o combinado — esbravejou Jonas ao entrar nos bastidores fugindo das câmeras.

Poucos segundos depois, a apresentadora chamava o comercial, provavelmente após ter sido recriminada pelo ponto eletrônico.

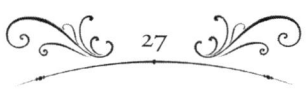

— Eles vieram falar da música deles. Este é supostamente um programa para falarem disso. Não combinamos nada sobre vida pessoal — continuou a dizer o empresário, dessa vez para um dos diretores da atração.

— Nós entendemos, mas a informação não poderia ser ignorada. Faz parte do nosso trabalho. O senhor deve entender.

— Isso nunca será algo que vou entender nesta indústria. Meus artistas podem falar de trabalhos, ambições e hobbies. Eles podem até falar sobre namoros e vida pessoal. Mas quando querem! Não quando são encurralados.

Nicholas chegou um tanto esbaforido pelo caos criado no palco quando as câmeras pararam de gravar. Muitos dos fãs na plateia não entendiam o que acontecia e por que haviam terminado antes do previsto.

— E agora? — questionou o rapaz, preocupado por ter falado demais.

— Vocês já fizeram a parte de vocês e estamos indo embora. Eles que se virem com o programa.

Eles se encaminharam até a saída, rodeados por pessoas da equipe de TV que tentavam fazê-los mudar de ideia.

Samantha pegou sua bolsa com violência enquanto saíam e colocou os óculos escuros. Parecia muito brava com a situação.

Quando entraram na van que os aguardava, o empresário perguntou:

— Está tudo bem? Todos de acordo?

Nicholas manteve-se quieto. Estava difícil para ele analisar todo aquele cenário. Alex e Bobba concordaram que era a melhor atitude no momento. Sophie não se manifestou e sentia vergonha de encarar o namorado. Foi Samantha quem explodiu:

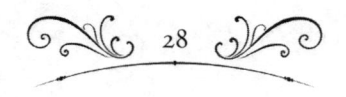

— Estávamos tendo uma excelente entrevista e até agora uma ótima turnê. Vocês tinham que estragar tudo!

Todos tentaram entender o motivo de tanta raiva.

— Você queria o quê? Que seu irmão expusesse a própria vida no programa só porque eles nos emboscaram? — recriminou Jonas.

— Eu queria que ele não ofuscasse a minha carreira. Dane-se esse relacionamentozinho. Não vai dar em nada. Mas agora com certeza essa palhaçada vai parar na internet.

Alex abriu a boca para se intrometer na conversa, mas foi cortado pelo empresário.

— Você precisa aprender a respeitar os outros membros da banda! Respeitar o seu irmão! Todos os dias tenho que limpar sujeira sua na internet. Já passamos por muitas situações desagradáveis graças a você e suas escolhas. Não comece a apontar o dedo, senhorita!

Naquele momento, Jonas não parecia mais bonzinho.

— E eu tenho que respeitar essa daí também?

Todos de repente começaram a falar de uma só vez. Nicholas não tolerava a irmã desrespeitando a namorada, Alex reclamava da forma infantil com que a garota sempre lidava com os problemas, e Jonas tentava acabar com a discussão.

— É isso que vocês querem? — Jonas alterou a voz a ponto de quase gritar. — Querem perder, por causa de besteiras, a união que nós construímos? O problema não é o Nicholas namorar. O problema não é a Sophie. É tentarem diminuir a nossa música.

— Você quer dizer a *nossa* música — ironizou a garota, menosprezando o homem no banco da frente.

Jonas respirou fundo para não explodir ainda mais com a garota. Sabia que ela gostava de desafiá-lo, mas era mais maduro do que aquilo.

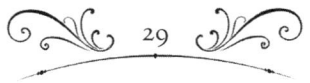

— Me passa a sua bolsa, Samantha — ordenou secamente o empresário.

— Eu não tenho que te passar nada.

As outras pessoas na van tentaram entender o que acontecia.

— Eu disse para você me dar a sua bolsa!

A jovem fingiu não ouvi-lo.

Sem suportar a atitude da irmã, Nicholas tomou a bolsa e entregou-a ao empresário.

Pouco tempo depois, todos entenderam o motivo de tanto rancor. Um vidrinho com pó branco estava dentro do bolso frontal.

— Estou decepcionado com você — confessou o empresário, pesando cada palavra. — Pensei que tivesse parado com isso. Pedimos que parasse com isso.

Sophie notou que Nicholas estava desolado. Conversara algumas vezes com o namorado sobre os vícios da cunhada, mas, assim como ele e Jonas, também acreditou que a garota se contentava apenas com a bebida nos últimos tempos.

— Você me disse que eu devia estar acordada para a entrevista — respondeu Samantha com ironia quando já chegavam ao hotel.

— A nossa conversa não terminou, mocinha. Estou ligando para os seus pais agora e marcarei uma consulta com algum médico ainda para esta tarde.

Alex bufava no último banco. A maioria das brigas da banda envolviam as irresponsabilidades da garota. Samantha era uma ótima baterista e uma figura de quem a mídia gostava, mas continuava na banda apenas por causa de Nicholas. Ele era a estrela do grupo. Era difícil para os outros membros expulsar a irmã da estrela.

— Chegamos, e não quero aguentar mais uma discussão dessas. Pensei que isso fosse coisa da turnê passada — disse o guitarrista ao sair da van.

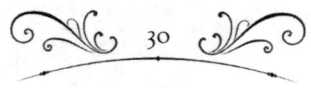

Bobba o seguiu sem comentar o ocorrido. Todos sabiam que ele gostava bastante de Samantha, mas a situação estava cada vez mais difícil.

A menina saiu como um foguete da van, sempre seguida pelo olhar de Jonas, que iniciava a ligação internacional para os pais dela. Todos já haviam esquecido que o problema inicial era o fato de que o mundo artístico agora sabia que Nicholas tinha uma namorada. Não demoraria para descobrirem quem era ela.

— Vai dar tudo certo — sussurrou o rapaz, passando o braço nos ombros de Sophie ao sentir nervosismo em seu olhar.

— Eu sei...

No fundo, ela não sabia.

— Precisa de alguma coisa em relação a sua irmã? — questionou Sophie, sem saber como poderia ajudar o rapaz.

— É incrível como você tem vontade de ajudar a Samantha mesmo depois de ela ter te insultado. Sei que o humor dela com você tem altos e baixos.

Nicholas estava encantado com a bondade de Sophie. Sentia vontade de protegê-la de tudo, mas a cada dia percebia a força da namorada.

— Eu conversei com você sobre isso. Samantha está sofrendo. Se ela voltou a usar drogas, é porque algo na vida dela está muito errado. Só condená-la não adianta. Isso a afastará de nós. Precisamos mostrar que estamos aqui, dispostos a ajudá-la — disse Sophie.

— Você fala como se já tivesse passado por uma reabilitação como as que ela já frequentou.

— Não cheguei a passar por isso, mas as pedras no meu caminho não foram fáceis de serem retiradas.

A conversa começou a tomar um caminho que deixava o cantor desconfortável.

— Você não se drogava, Sophie.

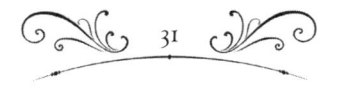

— Quem disse? Eu considero os comprimidos que tomei um tipo de droga sim. A diferença é que os meus eram necessários. Só que, quando os usei para me fazer mal, não fui nem um pouco melhor do que a sua irmã está sendo. É horrível ter um vício e desejar um fim. O mais horrível é não ter pessoas ao seu lado quando descobrir que no fundo quer vencer aquilo tudo.

Eles ainda estavam na van, e Nicholas parecia inquieto.

— Melhor entrarmos. Vou verificar com Jonas se ele falou com a minha mãe. Eu nunca vou abandonar a Sam, amor.

Sophie hesitou ao ouvi-lo dizer aquela palavra. Mas de alguma forma aquilo também a deixou mais segura.

— Eu sei que nunca vai. É por você ser assim que eu estou aqui.

O casal agradeceu ao motorista da equipe que costumava fazer os traslados e entrou no hotel.

Havia sido uma entrevista longa demais.

Entrou no quarto sozinha, sentindo-se esgotada. Em horas como aquela, sentia saudade dos pais, do cãozinho Dior e de todos os amigos. Para alguém que passara boa parte da adolescência com um número restrito de amigos, acabara formando um grupo bacana nos últimos anos. Agora, vivendo na estrada com a banda, percebia o quanto eles faziam falta.

Com a presença constante de Léo em sua mente e a dor de não ter mais o Reino para consolá-la, Sophie resolveu aliviar as angústias de uma forma que costumava funcionar. Pegou o telefone.

— Olha só! Ela está viva e lembra o meu número! — comentou uma voz feminina do outro lado. — Pensei que você fosse uma criação da minha mente.

Sophie riu dos gracejos da amiga.

— Você não conseguiria ser tão criativa assim, Mônica!

Pelo tom de voz e as brincadeiras, dava para perceber o quanto as amigas sentiam falta uma da outra.

— Eu sei que você precisa enterrar o dito-cujo em sua memória, mas não me coloque no caixão junto. Nem eu nem o Hugo, que também te adora.

— Eu também adoro ele e sinto falta de todos — disse a ruiva, gostando de ouvir a voz alegre da amiga.

— Não!! Até do dito-cujo?

— *Quase* todos, Mônica! Você me entendeu — acrescentou Sophie.

Ela tinha compreendido, mas gostava de encher a paciência da ruiva. Mônica e Sophie tinham ficado inseparáveis nos últimos anos, sobretudo quando a banda de seus namorados deslanchou. Nesse período, podiam contar apenas com elas mesmas para aguentar as dificuldades de namorar celebridades que tinham acabado de alçar a fama, pois Sophie já percebera como era diferente namorar uma pessoa acostumada com o *show business*. Para Nicholas, não havia a mesma euforia.

— E o namoro, como está? — continuou a ruiva.

— Animado como sempre. Você sabe que eu e o Hugo não nos desgrudamos.

Sophie riu, relembrando os momentos que tinham passado juntos.

— Eu que sei! Vocês sempre esqueciam que eu estava ali também.

As duas gargalharam.

— Está na Europa ainda?

— Sim, agora na Itália! Tivemos uns dias mais parados em Roma, e agora vamos começar a pauleira nas outras cidades.

Houve um silêncio na ligação, que Sophie estranhou.

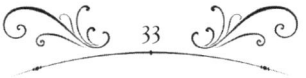

— E você está sabendo, não é?

A ruiva ficou confusa com a mudança de assunto da amiga.

— Do que você está falando, maluca?

— Do festival... — respondeu ela com receio.

O coração de Sophie parou e ela sentiu a boca secar. Se fosse o que ela estava pensando, acreditava que não suportaria a brincadeira do destino.

— Achei que estivesse me ligando por causa disso — continuou Mônica, notando o silêncio do outro lado da linha. — Ontem terminaram as negociações, e vamos abrir o festival. A banda para quem você trabalha vai fechá-lo, não vai?

Sophie não podia acreditar no que ouvia.

Veria Léo pela primeira vez desde que ele a deixara em casa depois da festa do disco de platina. *Por que este dia está tão tumultuado?* Sentia vontade de chorar, mas não queria assustar a amiga do outro lado.

— Eu não sabia. Alguma hora isso iria acontecer, não é?

Elas imaginavam que em algum momento o caminho dos dois se cruzaria.

Contudo, Sophie não sabia como reagiria ao ver Léo outra vez.

No fundo, ele ainda era o *seu* Léo.

Será que algum dia deixaria de ser?

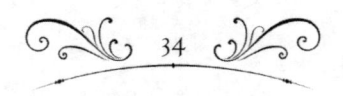

3

Ficaram o restante do dia no hotel, evitando serem fotografados após a entrevista. Não sabiam como seria o frenesi com o público do lado de fora. Na internet, todos os fã-clubes da banda cogitavam quem poderia ser a sortuda que roubara o coração do vocalista, mas até o momento ninguém mencionara o nome de Sophie. Durante toda a turnê, ela se ausentara da internet e nunca saía nas fotos que os membros postavam nos bastidores. O máximo que o público sabia era que havia uma garota ruiva na equipe, contudo, quando estavam todos juntos, o grupo que viajava com eles era bem maior.

Como o namorado sumira desde a conversa na van, Sophie pensara que dormiria sozinha naquela noite. Passou o dia respondendo os e-mails relacionados aos próximos eventos. Também recebera material sobre projetos futuros após a turnê, apesar de não ter conversado com Jonas sobre a sua permanência. Imaginava que, depois de todo o escândalo do namoro, ele pudesse desligá-la da equipe após o festival. Sentia uma pontada no coração, pois acabara gostando da função e também da rotina daquela banda. Já não se imaginava fora do time.

Ouviu três batidas na porta e seu coração acelerou, feliz porque Nicholas fora visitá-la.

— Que dia! — desabafou ele ao entrar no quarto tirando a botina e o sobretudo. — Parecia que não ia ter fim.

Ela bem sabia. Depois dos acontecimentos no canal de televisão e da conversa com Mônica, sentia-se exausta.

— Tudo certo com Samantha?

O rapaz bufou. Sophie deixou o namorado deitar-se ao seu lado e colocou o notebook no chão para dar atenção a ele.

— Jonas conseguiu sair com ela pela porta dos fundos sem nenhum fotógrafo ver. Achou melhor do que trazer um psiquiatra para dentro do hotel. Poderia causar mais suspeitas. Ele queria ter certeza de que não haveria mais fofocas sobre ela.

— É uma barra... — comentou a ruiva.

Passavam por momentos difíceis. Ela não conseguia deixar de pensar na sua época depressiva e em sua tentativa de suicídio. Aquilo parecia pertencer a outra vida, mas os problemas de Samantha aproximavam aquela distante realidade da sua atual. Não gostava dessa sensação.

— Eu não deveria estar conversando sobre isso contigo — disse Nicholas ao notar a expressão preocupada de Sophie, aproximando-se para que ela se recostasse em seu peitoral. — Você já sofreu demais. Não precisa tomar as dores de outras pessoas agora.

O roqueiro sabia do passado dela. Quando resolveram ficar juntos, Sophie fez questão de ser transparente sobre seus demônios. Precisava ser sincera para receber sinceridade. Só não falara sobre o Reino, pois achava que ele não acreditaria.

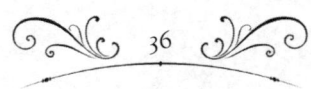

— Somos um casal, Nick! A sua dor é a minha dor.

— E a sua alegria é a minha alegria — disse ele, beijando-a depois de um dia que parecia nunca ter um fim.

Acordaram com o som dos telefones, que tocavam insistentemente. Sophie pulou da cama assustada, com medo de levar bronca do patrão, que devia estar chateado com o sumiço dos dois. Só conseguiu respirar quando viu que era bem cedo e não estavam tão encrencados.

— Pois não, senhor? — atendeu ela, acelerada.

— Não precisa ficar preocupada — começou Jonas, notando a voz esbaforida. — Nicholas me avisou que dormiria em seu quarto hoje. Não sei nem se mantenho duas reservas para vocês até o fim da turnê, já que sempre dormem juntos.

Aquele nível de intimidade a deixava constrangida.

— Posso ajudá-lo em alguma questão?

Sophie estava doida para mudar de assunto.

— A mãe de Nick me disse que vai ligar para ele. Ela queria checar como estão as coisas. Estou de olho na Samantha também. O Nicholas comentou comigo que gostaria de ir com você hoje para os lados do Castelo Sant'Angelo. Disse que estava triste por vocês mal terem visitado Roma. Acho que agora cedo vocês não terão problemas em sair e visitar os arredores.

Ela não podia acreditar. O empresário realmente estava dando permissão para que ela saísse em público sozinha com o rapaz depois de todo o estresse do dia anterior.

— O senhor tem certeza de que não precisa de mim esta manhã? — assegurou-se ela.

Ouviu uma risada do outro lado.

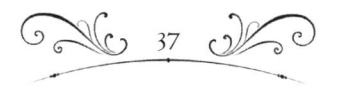

— Você e esses seus 'senhores' que me fazem parecer dez anos mais velho do que sou. Estou precisando de você. Quero que faça Nicholas feliz e vá para o maldito castelo agradar o rapaz. Precisamos dele bem para os próximos dias. São muitas cidades e um festival importante.

— Pode deixar.

Antes de desligar, Jonas resolveu arriscar:

— Você já está sabendo sobre a Unique?

Sentiu-se tonta com a pergunta. Queria entender em que momento sua vida pessoal havia se tornado tão pública.

— Sim, estou.

Não quis se estender na conversa. Ele estava preocupado, pois além de tudo não queria que nada prejudicasse o desempenho de sua estrela. O empresário imaginava que Nicholas não sabia sobre a presença do ex de Sophie no festival, e tinha consciência de que o vocalista só ficaria tranquilo se a namorada também estivesse.

— Você precisa falar com ele sobre isso. Vocês precisam estar bem com isso.

— Ele saberá, e nada vai dar errado — garantiu ela.

Terminando a ligação, Sophie sentiu um peso enorme em suas costas, e aquela sensação não era nada boa.

— Era a minha mãe! Ela só queria saber se estávamos bem e me mandou dizer que não vê a hora de te conhecer — disse Nicholas.

Pega de surpresa, Sophie engasgou ao tomar um gole d'água.

— Calma que ainda temos um bom tempo pela frente — comentou ele, rindo do susto da namorada. — Quem era para você?

— Jonas, avisando que podemos passear, mas é melhor irmos agora. Ele acha que se sairmos pelos fundos neste horário não haverá tanto problema.

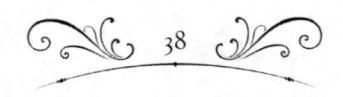

Foram se arrumar para aproveitar a manhã ensolarada. Pouco tempo depois, saíram na surdina pelo portão de funcionários e entraram em um táxi em direção ao Vaticano, perto de onde ficava a fortaleza medieval.

Pararam perto do destino final, pois Nicholas insistiu em caminhar até o castelo. Ambos usavam bonés e óculos escuros para não revelarem a identidade, e Sophie certificou-se de não ficarem de mãos dadas nem se beijarem, pois queria evitar qualquer manchete sobre seu relacionamento amoroso antes do festival. No fundo, perguntava-se se fazia aquilo para não atrapalhar a banda ou para que Léo não soubesse de seu namorado novo.

Tudo está tão confuso, pensava ao caminhar pelo calçamento de pedras da ponte com parapeitos esbranquiçados e doze estátuas de anjos esculpidas por Bernini. Encontravam-se sobre o rio Tibre, de frente para o Castelo Sant'Angelo.

— Que bom estar aqui com você. Nem precisamos entrar no castelo, fico satisfeito só de estar perto de um com a minha princesa.

O termo fez a memória de Sophie resgatar diversos momentos nostálgicos. Lembrava-se de como se sentia sendo a princesa dos Tirus e como eles sempre a recebiam bem. O castelo a sua frente fazia com que ela relembrasse os detalhes quase esquecidos do outro que conhecera no Reino. Naquele instante, desejou ter a oportunidade de visitá-lo mais uma vez.

O Castelo Sant'Angelo foi construído pelo Imperador Adriano com o intuito de ser um mausoléu pessoal e familiar, sendo depois utilizado como edifício militar, prisão, residência papal e, mais recentemente, além de funcionar como museu, servira de cenário para o filme *Anjos e demônios*, inspirado no romance de Dan Brown que Sophie tanto adorava.

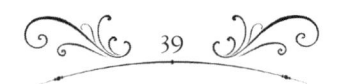

De planta circular, o seu desenho renascentista impressionava todos os turistas que caminhavam pela ponte Sant'Angelo a caminho do Vaticano. Cercado por um muro extenso, parecia um bolo amarronzado com um anjo no topo. Dizia-se que de noite o monumento oferecia uma vista ainda mais linda, mas o casal já se impressionava com sua opulência diurna.

— Estou tão feliz — confessou Nicholas, aproximando-se dela enquanto admiravam o castelo.

— Eu também — concordou Sophie com timidez, observando as pessoas ao redor.

Precisava revelar a ele o seu novo segredo.

— Preciso falar com você sobre uma coisa, mas quero que saiba que não há nenhum problema — começou ela.

Nicholas parou de andar e recostou-se na muralha, colocando o boné para trás.

— Eu já sei, chefe! Nada nem ninguém vai nos atrapalhar se você estiver feliz ao meu lado.

— Tem certeza? Podemos conversar sobre isso.

— Eu confio em você.

O peso em seu coração aliviou, e sentiu-se grata por ter um namorado tão compreensivo, ainda que às vezes se assustasse com o excesso de bom comportamento dele. Nicholas chegava a ser pacífico demais.

— Não vamos nem passar por eles — continuou Sophie, tentando mostrar para o rapaz que não estava preocupada com o ex. Não estava totalmente certa de que aquela calma do namorado era sincera.

— Não me importo se passarmos. Você é amiga de todo mundo naquela banda. Imagino que sua amiga Mônica deva vir também e adoraria conhecê-la.

Ele não existe.

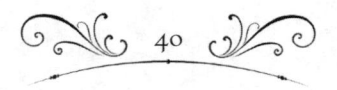

— Eu vou adorar apresentá-la.
— Então ela sabe sobre mim? — questionou Nicholas, esperançoso.
— Claro!

Sophie mentiu para não magoá-lo, mas odiava ter de se livrar de um segredo com outro.

Havia sido sincera com ele por todo aquele tempo. Sentia raiva por Léo ter reaparecido em sua vida e começado a afetar o seu relacionamento. Não queria mentir para Nicholas, mas, se ele soubesse que ela não contara sobre eles para ninguém, poderia interpretá-la mal.

Resolveu deixar as preocupações de lado e beijá-lo com paixão, aproveitando o apoio da muralha. Por um segundo, esqueceram-se do mundo exterior e deram valor ao momento. Estavam em uma linda cidade e precisavam aproveitar, mesmo que estivessem correndo um risco.

— Esse festival não vai atrapalhar o nosso namoro — sussurrou Nicholas quando se afastaram.

Ela esperava que ele tivesse razão.

Onde está Sycreth para me aconselhar nesses momentos?

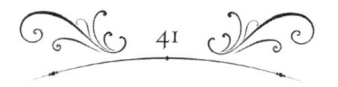

4

Sophie ficou surpresa quando a produtora italiana não soltou nos jornais que ela poderia ser o caso amoroso de Nicholas. Mas imaginou que estavam felizes com o ibope trazido pela repercussão do furo deles. Todos os sites de música falavam sobre a suposta namorada do rapaz e citavam o programa como referência. Já fora até divulgado um link na internet com o trecho do programa em que a revelação havia sido feita. Se eles vazassem a informação de quem era a garota, o foco poderia ser desviado para outro veículo de imprensa, e a ruiva imaginou que o diretor não iria gostar.

— O passeio foi muito bom — comentou Nicholas quando chegaram de volta ao hotel. — Acho que eu estava precisando de um momento como esse, totalmente a sós com você.

Ela entendia. Sair da rotina da banda e ficar longe de fotógrafos trazia tranquilidade para a relação. Sentia-se amada ao lado dele e queria poder ter mais momentos como aquele em seu dia a dia.

— Que tal viajarmos apenas nós dois quando a turnê acabar? Vi que você terá um tempinho antes de voltar para o estúdio — sugeriu Sophie para a surpresa do rapaz.

— Você toparia isso? Seria maravilhoso! Adoraria viajar só com você.

Ver que o namorado às vezes duvidava um pouco de sua vontade de estar com ele a entristecia. Mas entendia de onde vinha sua insegurança. Sophie não expressava seus sentimentos com frequência, e o passado dela era conturbado.

— Então fechado! Podíamos ir para o Japão. Você sempre comenta o quanto gostaria de conhecê-lo. Acho que iríamos nos divertir.

Nicholas a beijou no meio do corredor, sem se importar com quem estava ao redor.

— Você é a melhor namorada do mundo — soltou ele.

Sophie teve vontade de rir da bondade do roqueiro. Nicholas estava bem mais próximo de ser o melhor namorado do mundo do que ela. Sem dúvida eles se divertiriam juntos pelas ruas de Tóquio.

Passara a tarde revisando e organizando com Jonas cada passo que o grupo daria a partir do dia seguinte. Tudo precisava ser extremamente coordenado e eles precisavam escolher a quem delegariam cada função.

— As próximas apresentações serão nos mesmos moldes das que fizemos nos outros países da Europa. Nenhum bicho de sete cabeças. A diferença é que agora as cidades são menores e, pela minha experiência, isso significa um pouco mais de confusão, pois os organizadores e os habitantes não estão tão acostumados a receber artistas tão famosos. Vai ser o primeiro show da banda em todas essas cidades, será uma grande novidade. Por isso, precisaremos de atenção redobrada.

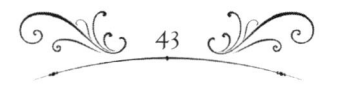

A jovem anotava mentalmente tudo que o mentor dizia. Nicholas a apelidara de "chefe" porque via como Sophie admirava Jonas Richmond e queria um dia ser tão boa na função como ele. Não sabia se poderia continuar no ramo ao seu lado: precisava encontrar coragem para conversar com Jonas sobre o assunto.

— A mídia está nos contatando desde aquele programa. Todos querem o flagra ou a notícia em primeira mão. O que vamos fazer? — perguntou Sophie e logo notou a expressão dele se fechando.

— O que você gostaria de fazer? — questionou o homem. — Sei que passou por algumas dificuldades no colégio e que isso pode ser trazido à tona. Provavelmente também vão querer falar sobre o seu passado com o cantor da Unique. Está preparada para isso?

Ela não estava. Sabia que não.

— E se fossem divulgadas na mídia imagens minhas ao lado de outro membro da banda? Nicholas poderia colocar nas redes sociais que não vai comentar sobre o assunto em nenhum canal. Depois poderemos ignorar completamente qualquer veículo que nos procure.

Pela expressão de Jonas, ele concordava com o plano.

— Por que você não vai dar uma volta com Samantha pela cidade? Ela deve estar surtando por não poder sair do hotel, e eu confio em você. Sei que ela é bem cuidada quando está sob a sua vigilância.

— Eu não sei se ela vai querer sair comigo... — disse a ruiva, encabulada. — A última vez que nos falamos foi na van.

Jonas riu da insegurança da jovem.

— Acredite em mim! Samantha aceitaria sair com o diabo se ele pudesse tirá-la desse hotel por pelo menos cinco minutos.

Sophie ainda sentia receio. Não sabia se conseguiria controlar a baterista. Se algo acontecesse, poderia magoar Jonas e Nicholas. Duas pessoas que ela prezava muito.

Estou ferrada.

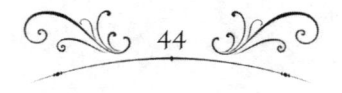

Tomou coragem e se dirigiu ao quarto de Samantha. Quem sabe ela não estaria disposta a visitar a Fontana di Trevi? Era a última noite deles na cidade antes da final da turnê italiana, que também aconteceria em Roma. Não queria visitar o local ao lado de Nicholas, então a companhia da cunhada viria bem a calhar.

Bateu à porta e ouviu a voz da garota, questionando quem era. Logo foi autorizada a entrar. Quando fechou a porta atrás de si, sentiu um cheiro suspeito empesteando o quarto.

— Você achou que conseguiria esconder esse cheiro se fosse o Jonas na porta? — questionou Sophie, genuinamente tentando entender.

Samantha riu, e a ruiva observou que o cabelo da baterista agora tinha um tom esverdeado.

— Se fosse o Jonas eu estaria ferrada, mas poderia jogar fora correndo isto aqui — disse apontando para o cigarro.

Sophie pensou que era muito triste ver uma menina saudável, amada, talentosa e bonita jogando a vida no lixo daquela forma. Mas logo se arrependeu de tal pensamento, pois se lembrou de uma época em que era tudo isso e de certa forma tomara o mesmo caminho autodepreciativo.

Samantha conectara o seu celular ao aparelho de som, e uma de suas músicas favoritas da banda Puddle of Mudd tocava alto. Relembrou como era ter a idade da garota. Já começava a se sentir velha.

Everything's so blurry. And everyone's so fake. And everybody's empty. And everything is so messed up.

— Você gosta dessa música? — perguntou Samantha, ainda fumando e observando Sophie balançar a cabeça ritmadamente.

A ruiva riu.

— Não somos tão diferentes.

— Às vezes também acho isso. Mas outras fico pensando: eu não sou chata como essa garota, né?

Sophie atirou a almofada mais próxima na direção da jovem, entrando na brincadeira.

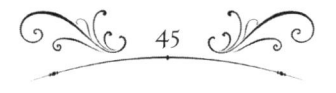

— Sua maluca! Quase queimo a almofada — gritou Samantha, ainda rindo da situação. — Ou pior, a almofada quase atravessou a janela. Certeza que falariam que me suicidei!

Sophie contraiu os ombros, e a cunhada percebeu que dissera besteira. O remorso por ter brincado com um assunto tão sério ficou escrito no rosto dela.

— Relaxa, a suicida da equipe sou eu! — sussurrou Sophie, percebendo que o comentário não havia sido por mal. Meses antes, ela revelara um pouco da sua experiência à baterista, tentando se aproximar dela para ajudá-la.

— Pelo menos você ficaria gata no Esquadrão Suicida — brincou a outra, voltando ao clima de descontração.

— Ah, eu ficaria mesmo! Hollywood adora uma ruiva.

Samantha ficou feliz ao perceber que a garota deixava o assunto passar. Ela tinha uma boca grande e costumava se meter em encrencas por conta disso. Sabia que a namorada do irmão não era má pessoa, contudo, em alguns momentos, precisava extravasar em alguém. Muitas vezes, Sophie era a pessoa mais próxima.

— Vim ver se você está a fim de dar uma volta comigo pela cidade — explicou Sophie.

— Jonas mandou você para ser minha babá?

— Algo parecido — disse a ruiva rindo. — Mas eu também quero dar uma espairecida. Estou precisando tomar um ar.

Samantha foi até o espelho e aproveitou para colocar um chapéu preto, tampando um pouco do verde berrante que usara na coloração do cabelo.

— Ótimo! Estou doida para sair daqui mesmo. É melhor você do que nada. Só não estou no clima de ouvir historinhas de amor envolvendo meu irmão, ok?

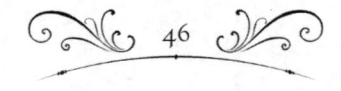

— Eu não sou muito de contar historinhas de amor...

Sorriram uma para a outra e partiram para o hall do hotel.

Era um pouco tarde, mas ainda havia curiosos no local. Duas outras celebridades também estavam hospedadas no famoso hotel, que acabara se tornando um *point* para os paparazzi. No trajeto até a porta, não viram nenhum outro membro da banda, e Sophie aproveitou para mandar uma mensagem ao namorado avisando que sairia com a cunhada.

— Pronta para causar? — questionou Samantha, colocando os óculos de sol apesar do breu.

Sophie resolveu imitá-la.

— Me mostre um pouco do que é ser você.

Então saíram.

Foram escoltadas pelos seguranças do hotel até o carro que as aguardava. Meninas completamente vestidas de preto pulavam descontroladas, senhoras que as acompanhavam tapavam os ouvidos, marmanjos seguravam máquinas fotográficas de todos os tipos e tamanhos e havia uma gritaria geral. Precisaram se esmagar entre as pessoas para conseguir chegar até a porta do veículo, aberta com muita dificuldade. No percurso, Sophie ouviu diversos comentários, e prestou bastante atenção neles querendo entender Samantha.

"Samantha, sua gostosa! Me beija."

"É verdade que você bateu em uma mulher da produção depois que revelaram o namoro de seu irmão ao vivo?"

"Não vivo sem você!"

"Sorria! Sorria!"

"Vai voltar para a reabilitação?"

"Essa ruiva é sua namorada?"

"Para onde vão esta noite?"

"Uma foto aqui, por favor!"

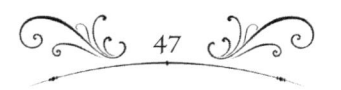

"Te amo!!!"

"O que está achando de Roma?"

Eram tantas vozes, sentenças e entonações que Sophie teve vontade de vomitar. Não entendia como os membros da banda suportavam tamanha exposição. Sabia que Samantha gostava de ser famosa, contudo, se estava agindo daquele modo, alguma coisa começava a mudar em seu pensamento. Talvez a fama não fosse tão benéfica como antigamente.

— Que ótimo! Agora a namorada de Nicholas virou a minha namorada — comentou a jovem após entrar no carro.

— Você é uma pessoa muito fácil de amar. Super trocaria seu irmão por você — ironizou Sophie, em seguida informando ao motorista aonde iam.

Alguns carros as seguiram, mas logo conseguiram despistar todos. Chegaram sem problemas à famosa fonte. Era uma área muito turística, e Samantha provavelmente seria reconhecida, mas tinham a vantagem de ela estar com uma cor de cabelo que nunca usara antes. Os óculos e chapéu ajudavam no disfarce, mas ao mesmo tempo chamavam a atenção por ela ter um estilo diferente demais das outras pessoas.

Na Piazza di Trevi, caminharam entre os turistas e moradores que aproveitavam a noite fresca de céu límpido. Sendo a maior fonte barroca de Roma, a Fontana di Trevi é também um dos monumentos mais conhecidos e visitados por quem está de passagem pela cidade. Sua aparência noturna era fascinante. A dramaticidade da iluminação contrastava com a imponência das estátuas, conferindo um tom dourado à imensa escultura, e a água normalmente azulada assumia uma tonalidade esverdeada.

O resultado era uma obra monumental, com vinte e seis metros de altura e vinte metros de largura, tendo como fundo o palácio

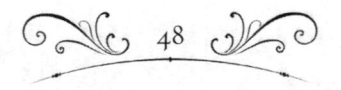

Poli, perfeitamente harmonizado com a composição das estátuas na fonte.

Sophie estudara tanto sobre aquela obra de arte a céu aberto que tinha vontade de chorar por estar novamente no local para onde tanto desejara retornar. Samantha percebeu a emoção da garota ao seu lado.

— Xiii! Eu disse que não queria histórias de amor — comentou a baterista, sentando-se em um dos degraus.

— É um romance muito lindo mesmo o meu com esta fonte — ironizou Sophie. — Quando comecei a me recuperar da depressão, sonhei muito em voltar a este local. Acho que demorei um pouco para realizar isso.

Samantha ficou observando o movimento das águas e dos pedestres. Não imaginava que a noite seria daquela forma.

— Fico feliz por estar aqui com você — soltou a garota.

A ruiva a observou, surpresa. Conhecia-a um pouco e sabia de suas diversas facetas, mas ainda não tinha conhecido seu lado amiga.

— Obrigada.

Aproveitaram por mais algum tempo a noite e a liberdade. Morar em hotéis e ficar na estrada por tantos meses podia acabar enlouquecendo uma pessoa.

— Eu precisava muito disso. Desse ar. Desse clima — comentou Samantha olhando para o céu.

— Sempre que precisar dar uma volta é só me avisar.

— Digo o mesmo — respondeu a garota. — E desculpa por ter explodido na van. Você sabe que é só o meu jeito.

— Estou aqui para o que precisar, Samantha.

Elas sorriram e resolveram voltar para o hotel.

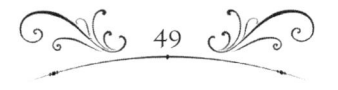

Tinham pouco tempo para arrumar as malas e dormir antes de recomeçarem a turnê. Sophie receava o que viria pela frente. Esperava que sua aparição com Samantha despistasse os jornalistas dos rumores sobre sua relação com Nicholas e mostrasse que ela era apenas mais uma pessoa da equipe da banda.

Mais ainda: esperava não ter que encontrar Léo na apresentação final.

Observando a fonte por uma última vez, se lembrou dos beijos, das juras, das músicas, do aquário...

E toda a magia que um dia ela vivera ao lado dele.

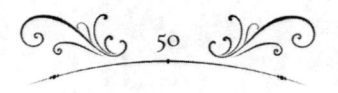

5

A pedido de Jonas, Sophie saiu pelo portão dos fundos e seguiu com o restante da equipe, encontrando o grupo principal no aeroporto. A banda certamente causaria um caos ao deixar a cidade, e o empresário precisava tentar controlar a situação. Não podiam relaxar e esquecer que estavam sob constante vigília.

Embarcados no voo para Florença, finalmente todos puderam respirar com calma. Samantha, ainda tentando se redimir pelos últimos acontecimentos, pediu para Sophie sentar ao seu lado, o que a deixou bastante próxima do namorado. Não podiam se sentar juntos, pois sempre poderia haver alguém com um celular por perto, e uma foto aumentaria a confusão.

— Por mim eu confessaria a todos que estou louco por você e pronto — comentou o rapaz horas depois, quando já estavam instalados no novo hotel, após passarem por diversos fãs que os esperavam no aeroporto.

O empresário preferia mantê-los em quartos separados, mas Sophie e Nicholas sempre acabavam no quarto um do outro. Teriam uma noite intensa de show, e os dois sabiam que naquele dia era importante eles relaxarem antes do ensaio geral.

— Quem te vê falando assim até esquece o quanto você é reservado... — disse Sophie em tom de brincadeira.

— Eu não tenho motivos para esconder você. Só não gritei ainda para os quatro ventos que tenho essa mulher tão linda e encantadora ao meu lado porque sei que você, sim, preza a privacidade.

Será que isso o faz se sentir infeliz?

— Algumas coisas são muito mais interessantes quando feitas em privacidade... — Ela sorriu, provocando-o, e Nicholas puxou-a para si em um abraço carinhoso.

— Precisamos descansar agora. Vamos dormir um pouquinho? — sugeriu ela, beijando seu pescoço. Depois, teriam ainda que se preocupar com diversos itens da agenda.

Estavam felizes por começar a turnê em Florença, a capital da região da Toscana e uma das cidades mais belas do mundo, berço do Renascimento italiano.

Enquanto Jonas resolvia alguns detalhes por telefone, Sophie aproveitou a hora que se seguiu ao almoço para adiantar os procedimentos para o dia seguinte, em Pisa. Estava na cidade natal de Dante Alighieri, autor da *Divina comédia*, e sentia-se muito honrada por poder conhecer o cenário de um marco da literatura universal, mas também a empolgava muito a oportunidade de conhecer a Torre de Pisa.

— Conseguimos conter um pouco o frenesi que se seguiu à declaração de Nick — disse Jonas ao sair do telefone.

Sophie respirou com mais tranquilidade.

— Você não sabe o peso que tirou das minhas costas.

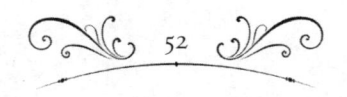

— Mas soube que o seu ex fez uma aparição na mídia por conta do lançamento de um single, e temos que fazer de tudo para que seu passado não venha à tona. Tudo bem? É preciso evitar que os comentários cresçam.

Sophie não entendeu por que tanta preocupação com o lançamento de um single. Sabia que a banda de Léo preparava um novo álbum, mas não soubera de mais nenhum detalhe. Imaginou que tinham adiantado a música para chamar atenção no festival. Fariam a abertura do evento, por isso provavelmente não causariam muito impacto. Se impressionassem com uma nova música, poderiam reverter a situação. Se o single novo alcançasse a Billboard, estariam feitos.

— Vou verificar isso e tomarei cuidado para não termos problemas — garantiu a garota.

O problema era que nem ela se sentia muito segura.

Quando teve a oportunidade de ficar a sós em seu quarto, aproveitou para entrar na internet. Queria ouvir a música e entender o que o patrão dizia. Não foi difícil achá-la, pois todos comentavam sobre a letra e a melodia fantásticas.

— Filho da mãe!!! — soltou Sophie quando percebeu que a música falava sobre uma garota que as pessoas consideravam louca, mas que na verdade era a princesa de um reino mágico.

Não acredito que ele está contando a minha história, pensou com raiva.

Léo não tinha o direito. As informações que ele divulgara eram íntimas demais, e Sophie pensou em ligar para o garoto e cobrar explicações. Contudo, nem tinha mais o número do ex e se recusava a ligar para Mônica, chateada por não ter sido alertada pela garota. Na verdade, se não tivesse ligado para a amiga, teria descoberto da participação da banda deles no dia do festival pela própria equipe.

E dizem que eu fiz parte dessa banda. Que fui parte da família deles.

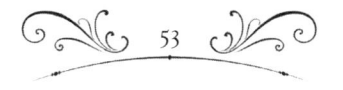

Só conseguia descrever como desrespeitosa a atitude de Léo. Não se falavam havia tanto tempo, e vê-lo expor algo tão pessoal sobre eles parecia uma afronta. Seu estômago se revirava ao ouvir as referências aos Tirus. Aos *Tirus!* E ao mundo que pertencia a ela. Somente a ela.

— Se eu vir esse garoto na minha frente, não sei se vou me controlar — vociferou, encarando a tela.

Na internet, os comentários eram todos positivos. Todos achavam que a música resgatava um clima *Alice no País das Maravilhas* e *Romeu e Julieta*. Ela ainda não conseguia acreditar. Lembrou-se de uma música que ele costumava cantar com ela. Tinha referências parecidas. Murmurando a letra de "As You Wish", investigou mais detalhes nas redes sociais do antigo namorado.

One day lovers will dream of this undying kiss. Not of Romeo or Juliet. Stories told of our love will never die.

Sentia-se mal por Nicholas enquanto fazia aquelas buscas, era como se estivesse traindo o namorado de alguma forma, mas precisava entender de onde vinha a urgência de Léo em compartilhar algo tão particular.

Em um dos perfis, havia diversas fotos do rapaz, muitas com os outros membros da banda, algumas com Mônica e outras com mulheres de vestidos curtos. Uma loira se destacava por estar sempre ao lado dele nas fotografias. Ver a desconhecida grudada no ex-namorado mexeu com ela. Não queria admitir que sentia ciúmes por Léo também estar seguindo em frente.

Claro que ele seguiu! Foi por causa das farras dele que terminamos.

Colocou algumas das entrevistas dele para passar e se arrependeu de imediato. O cabelo encaracolado, os chapéus estúpidos e sexys, o sorriso e a fala mansa. Tudo mexia com ela. Amara demais aquele rapaz, e era inevitável reviver seu antigo conto de fadas na cabeça.

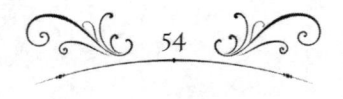

Fechou o computador para tentar deixar aquela história de lado. Não queria começar a chorar. Resolveu não confrontar Léo sobre aquilo. Tentaria esquecê-lo de alguma forma. Só conseguia sentir raiva por ter ficado descontrolada com aquela invasão de privacidade. Tentou se recompor antes de seguir para o ensaio geral da banda e depois para o show na cidade.

Antigos hábitos como apertar os dedos e se alimentar pouco voltavam a assombrá-la. Temia regredir para um estágio de sua vida de que não gostava de se lembrar. Foram muitos anos de recuperação. Deixar que uma música e a presença do ex no festival mexessem tanto com ela não parecia certo.

Saiu do quarto e desceu para o ponto de encontro da equipe. No caminho, respirou profundamente diversas vezes, tentando relaxar. Não queria chamar a atenção.

Nicholas estava no final do corredor com seus coturnos característicos. A regata mostrava uma de suas diversas tatuagens, e usava o cabelo preso apenas na parte de cima, o que lhe dava um ar medieval. Sophie sorriu quando o viu admirá-la de longe. Gostava de como ele a olhava. Era um misto de admiração com paixão.

Tudo vai passar, repetiu para si mesma.

Era o que esperava.

Ainda ouviam os gritos da multidão que aparecera em Florença para curtir o show. Antes da performance, já sabiam que a casa estaria lotada, mas a experiência de ver o público pulando e cantando era inigualável. Fãs de rock se expressavam com intensidade, e todos da banda amavam aquilo. Saíam sempre energizados de cada apresentação. Não fora diferente naquela noite.

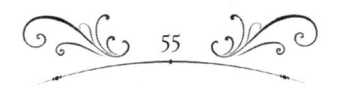

Ver o mar negro de pessoas se movendo a um só ritmo era quase como presenciar um ato religioso. O movimento dos cabelos e o êxtase em cada rosto eram reflexos do que se passava no coração de todos ali. As luzes coloridas percorriam as centenas de fileiras, iluminando a multidão que interagia com a banda. O show durou mais de duas horas e, no final, quando deixaram o palco, o coro agitado gritou pedindo mais uma música. Voltaram para cantar, animados com o magnetismo que havia entre a Maguifires e o público. Era uma sensação eletrizante.

— Você foi ótimo, Nick! — comentou Sophie sorridente, estendendo uma toalha para o rapaz ao vê-lo entrar no camarim.

Ela fizera questão de chegar antes para checar se tudo estava em ordem para a banda. Era praticamente parte de uma família agora, mas ainda sentia vontade de impressionar seu empregador.

Nicholas se adiantou para beijá-la, entretanto, com um olhar de reprovação, Sophie o fez parar no meio do caminho. Havia pessoas de fora por todos os lados, até mesmo na área dos camarins. Não podiam se dar ao luxo de demonstrar afeição.

— Valeu — respondeu o rapaz, parecendo decepcionado ao se afastar.

Incomodava-o manter o segredo, e a ruiva temeu perdê-lo por isso. Desejava beijá-lo após assistir a mais uma de suas incríveis performances, mas precisava pensar no que isso poderia desencadear.

— Viu só, garota? A noite foi nossa! — comentou Samantha, entrando com uma garrafa de Black Label na mão.

Jonas a reprovava com o olhar, porém havia um limite no controle que ele podia exercer sobre ela. Temia que Samantha pudesse desistir da banda antes do final da turnê. Aquilo acabaria com todo o trabalho e tempo investidos no último ano.

— As noites sempre são de vocês — comentou Sophie, tímida, percebendo que todos olhavam para ela.

— Esse é o espírito! Entrem no espírito, pessoal! — exclamou a baterista, virando a bebida no gargalo, acompanhada pelo baixista.

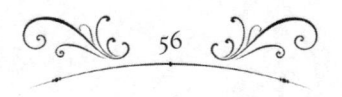

— Lembrem-se de que temos um voo cedo para Pisa. E que lá vamos fazer uma visita à Torre com cobertura da imprensa.

O comentário era dirigido para quem festejava, mas o empresário mal foi ouvido.

Ficaram mais um tempo aproveitando a comida e as bebidas do camarim, preparando-se para voltar ao hotel. Depois do olhar reprovador de Sophie, Nicholas tentou evitar conversar com ela, que por sua vez também não tentou criar situações para eles se falarem. Na verdade, a mente da ruiva ainda voltava ao fato de que Léo escrevera mais uma música sobre ela e sua depressão, mas principalmente sobre seu Reino mágico.

O que minha avó pensará de mim?, condenou-se.

Sempre que conversava com os pais ao telefone, lembrava-se da Rainha dos Tirus e do amor que sentia quando estava junto a ela. Fazia algum tempo que não falava com George e Laura. Deviam estar preocupados.

— Você está com a cabeça longe, não é? — comentou Alex, notando a assistente no canto do camarim com o celular aceso na mão, mas sem utilizá-lo.

— Lamento — respondeu prontamente Sophie, com medo de ser repreendida. — Estou repassando alguns detalhes de amanhã na cabeça.

Precisava mentir. Alex era o mais responsável do grupo, e não podia deixá-lo pensar que ela não se preocupava com a banda. Precisava assegurar-se de estar sempre à disposição deles.

— Fique tranquila — comentou o guitarrista, rindo. — Foi só uma observação. Imagino que deva estar grilada com tudo...

Grilada? Por que eu estaria grilada? Com o que eu estaria? Será que ele sabe que a música da Unique é sobre mim?

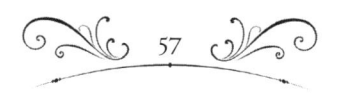

As dúvidas dela devem ter transparecido, porque o rapaz logo se explicou:

— Todos os questionamentos a respeito da vida amorosa de Nick, os segredos que precisa guardar e os dramas da Sam. Não deve ser fácil adicionar isso ao seu trabalho, que já é puxado.

Sophie achou bacana ver que Alex reconhecia o seu esforço e se preocupava de certa forma com seu bem-estar. Nunca tivera uma conversa como aquela com ele. Na maioria das vezes, ele era o primeiro a ir para o hotel, sempre acompanhando Jonas. O empresário adorava ser bajulado.

— A gente se adapta — respondeu. — Mas obrigada por notar.

Alex sorriu para ela e se afastou, percebendo o olhar enciumado de Nicholas. A namorada não quis acreditar que ele pudesse se importar com uma conversa inocente como aquela.

Minha cabeça está tão confusa, pensou.

Queria voltar para o quarto e dormir. Precisava de boas horas de sono e sabia que teria menos de cinco. Achou melhor começar a reunir o pessoal e colocá-los na van em direção ao hotel. Ainda teriam que enfrentar os fãs do lado de fora da casa de show e depois os que aguardavam onde estavam hospedados.

Foi chamá-los um por um e percebeu que Samantha havia sumido. Conhecendo a garota, devia estar no banheiro fazendo o que não devia. No caminho para lá esbarrou no namorado, que continuava a observá-la.

— Está tudo bem? Você parece distante hoje — comentou ele, olhando para os lados para ver se alguém prestava atenção.

— Você é a segunda pessoa que me fala isso esta noite! — respondeu Sophie com o tom de voz alterado. — Estou apenas cansada e terminando o meu trabalho. Só isso.

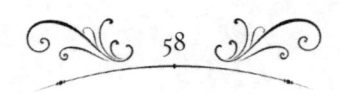

Não podia compartilhar com ele que a música de Léo a incomodara.

— Nossa! Estou vendo que está tendo um dia daqueles. Tudo bem, chefe! Vou tentar agitar o pessoal.

Ela se sentiu mal por ter tratado Nicholas daquele modo.

— Agradeço. Estou realmente precisando voltar para o hotel. Tudo bem?

— Tudo bem.

Teve vontade de beijá-lo e pedir desculpas.

Seguiu até o banheiro para procurar a única pessoa que não estava no camarim. Precisava que ela estivesse em um estado decente para passar pelos fãs e temia o que poderia encontrar. Começou a bater à porta de madeira e a chamá-la.

— Sam, é a Sophie! Precisamos ir! Venha.

Nada.

Tentou escutar pela porta, mas nenhum som vinha do outro lado. Vendo que o baixista passava por ela, perguntou:

— A Sam estava com você. Cadê ela?

O rapaz explicou que eles tomaram alguns goles e ela dissera que precisava retocar a maquiagem. Quem a conhecia sabia bem o que ela queria dizer com isso.

— Samantha, abra a porta! — berrou Sophie, batendo novamente com uma intensidade maior. — Não estou brincando.

A maioria das pessoas estava no cômodo ao lado, porém ainda havia movimentação por perto, e Sophie percebeu que precisava ser mais discreta. Jonas já não estava mais por lá, e teria de resolver aquilo da melhor forma possível.

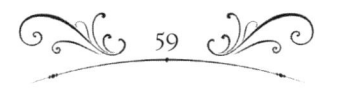

Pediu para Bobba avisar a Nicholas que a irmã provavelmente estava apagada dentro do banheiro. Enquanto isso, Sophie chamou os seguranças da banda. Não queria que ninguém tentasse tirar uma foto quando abrissem a porta. Também precisou chamar o responsável pelas chaves extras do banheiro. Tentou coordenar tudo, mas estava certa de que ainda assim teriam problemas.

Como eu vou poder ajudá-la?

Sentia-se responsável por guiar Samantha por aquele caminho difícil. Quando sofrera com a depressão, a tentativa de suicídio e a quase anorexia, sentira dores similares. Pensara estar forte o bastante para orientá-la, porém, vendo-se naquela situação, já não sabia se estava preparada para influenciar positivamente outro ser humano.

Em pouco tempo, a ajuda chegou, e dois seguranças barraram o local contra os curiosos. Uma das responsáveis pela casa de shows chegou com a chave, e Nicholas parecia desesperado, com medo de a irmã ter sofrido uma overdose no banheiro. A preocupação com a discrição era tão grande que Sophie temia estar perdendo um tempo necessário. Contudo, era o trabalho dela pensar naquilo também.

— Sam, é o Nick! Vamos entrar no banheiro. Cuidado!

Infelizmente, Sophie não acreditava que a menina pudesse ouvi-lo. Encontrara-a algumas vezes dormindo em locais como aquele, apagada por excesso de bebida ou drogas, então se acostumara a não pensar no pior. Para o irmão, contudo, ainda era difícil.

— Ela está respirando — tranquilizou-os o segurança que a carregou para fora do banheiro.

Pelo estado da roupa e pelo excesso de pó branco ao redor do nariz, perceberam que ela havia tido a própria festa.

O médico de plantão no local fora acionado e já chegara para examiná-la. Alguns curiosos da equipe técnica ficaram por ali.

— Samantha ficará bem — concluiu o médico, após fazer todos os procedimentos de rotina. — Ela exagerou, mas, pelo visto, apagou por causa da bebida. Pela bagunça que estou vendo, talvez nem tenha conseguido se drogar. Os sintomas seriam diferentes se tivesse.

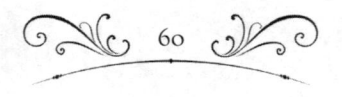

Desesperado, Nicholas mantinha as mãos sobre a cabeça, preocupado por ver a irmã mais nova outra vez naquele estado. Ela conversara com profissionais dias antes sobre seus vícios. Ele nem sequer entendia de onde ela tirava as substâncias. Precisava conversar com Jonas. Teriam que cortar a bebida alcoólica dos camarins e revistar o quarto da irmã, mesmo se aquilo fizesse a garota desistir da banda. O vocalista já sentia que, se continuassem daquela forma, seria ele quem desistiria. Conseguia ver o desespero também nos olhos da namorada e odiava ver Sophie envolvida naquela confusão.

Por um instante, houve um silêncio incômodo, constrangedor.

— Quando o médico a liberar, a gerente me ajudará a fazê-la vestir algo limpo — esclareceu Sophie. — Solicitei que a van estacione o mais perto possível para a colocarmos lá dentro e já pedi para não deixarem nenhum fã esperando no perímetro do local. A saúde da Sam é prioridade agora.

Nicholas concordou com tudo.

Ficara surpreso com a responsabilidade e a agilidade da namorada durante a crise. Não gostava quando Jonas ia para o hotel antes do restante da banda. Se ele estava na turnê com eles, precisava permanecer até o final. Contudo, também entendia que o homem vinha trabalhando nos últimos meses sem muito tempo para descanso.

— Você é demais, sabia? — comentou Nicholas, não se importando com as outras pessoas.

Sophie sorriu com tristeza para ele.

No final, Nick era quem a ajudava a manter sua sanidade.

Até quando o Reino das vozes que não se calam vai ignorar o silêncio agoniante do mundo em que agora eu vivo?

Desejava poder ter de volta aquela parte de sua vida.

Precisava de luz em seu caminho. Com urgência.

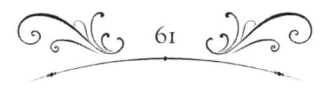

6

Foi divulgado que Samantha não se sentira bem após a apresentação, contudo, havia apenas teorias sobre o caso na mídia. Muitos internautas se lembraram das suas idas à reabilitação e houve muita discussão sobre os diversos momentos em que ela aparecera alterada fora dos shows, porém nenhuma imagem dramática fora compartilhada. Sophie conseguira controlar tudo de maneira exemplar.

— Não sei como agradecer — discursou o empresário no dia seguinte. — O que você conseguiu foi um milagre.

— Só estava fazendo o meu trabalho — respondeu Sophie com timidez, enquanto caminhavam pelo aeroporto Galileo Galilei, em Pisa.

A saída de Florença havia sido bem mais tranquila do que imaginavam, mas ainda assim o grupo aguardava receoso a chegada das malas, antecipando o pandemônio que os esperava do lado de fora. A equipe de maquiagem conseguira fazer um milagre com a aparência de Samantha, que tivera poucas horas de sono em uma noite terrível.

— É sério — continuou o patrão. — Se precisar de alguma coisa me avise, pois estou te devendo uma.

A assistente ficou pensativa. Talvez aquele fosse o momento perfeito para abrir um pouco o seu coração.

— Apenas me deixe conversar com o senhor no final da turnê. Queria falar do futuro. Para mim, isso já seria incrível.

Jonas Richmond estava fascinado com a forma como ela sempre se portava. Responsável, atenciosa e educada. Era difícil achar uma funcionária assim.

— É claro que vamos falar sobre o futuro.

Ela sorriu.

Após uma noite infernal, aquele dia trazia toques de luz, mostrando que a paz ainda existia.

As perguntas dos jornalistas na saída do aeroporto foram as mesmas de sempre:

"A Samantha está bem?"

"É verdade que ela teve uma overdose na noite passada?"

"Ela voltará para a reabilitação?"

"Ainda visitarão a Torre?"

"Vão cancelar o show?"

Estavam sem dúvida em uma maré de azar.

Entrando na van principal, o empresário comentou:

— Pelo menos já não ouvimos mais comentários sobre o Nicholas estar namorando.

— Viu que irmã exemplar eu sou, Nick?

A ironia da garota não fez Nicholas sorrir. Ao contrário. O vocalista não pronunciara uma palavra desde que tinham chegado ao hotel na noite anterior, carregando sua irmã desmaiada. Sophie começava a se preocupar. Muitos problemas deviam assombrar a mente do namorado.

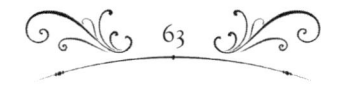

O lado profissional dela havia aflorado na noite anterior, e Sophie não sabia como ele reagira àquilo. Sem contar seu mau humor naquela noite por conta do novo single de Léo. Tinha dó por Nicholas ter que passar por tudo aquilo. Era um rapaz muito bom, não gostaria de vê-lo sofrer.

Será que ele está bravo comigo?

— Eu adoraria ir à Torre de Pisa, mas acho que o melhor é ficarmos no hotel. Vou cancelar com o jornalista que ia nos acompanhar. Temos sido um prato cheio para a mídia nos últimos dias, e, se continuarmos nos expondo tanto, as coisas podem piorar.

— Mas nos escondermos não será pior? — perguntou Alex.

— É — concordou Bobba. — Não é melhor mostrarmos que a Sam está bem?

Houve um silêncio incômodo. Sophie tomou coragem e disse:

— A questão é: ela está? Não podemos ignorar que foi uma noite difícil para todos nós. Estamos todos esgotados, principalmente a Sam. Ela precisa se fortalecer e relaxar. Como a menina vai tocar de noite se ela passar o dia posando de turista? Acho que o bem-estar dela tem que ser a prioridade no momento.

Sophie percebeu que um pequeno sorriso se formou nos lábios do namorado.

— Mas e se nos separarmos e só alguns forem? — insistiu Alex, que provavelmente queria muito conhecer o local.

— Vocês podem passear em uma próxima viagem. Agora é importante que nos apresentemos como uma banda unida. Se um membro da equipe está mal, precisamos todos mostrar compaixão. Emitirei um comunicado para a imprensa explicando que a série de eventos, shows e promoções acabou afetando Samantha, mas que ela estará em boa forma hoje à noite — disse o empresário.

Todos pareceram concordar.

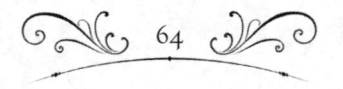

— E ela estará em boa forma? — A pergunta de Nicholas deixou todos desconfortáveis.

— Eu vou, Nick! Prometo.

A declaração da garota, sentada no último banco, aqueceu o coração de Sophie. Partilhava da dor dos dois irmãos. Lembrava-se de todas as pessoas que machucara no passado com seu comportamento: seus pais, Léo, Mônica, Sycreth, a avó, Mama Lala e Anna.

Anna.

Com tudo o que vinha acontecendo, se esquecera completamente de que encontraria a melhor amiga em Bolonha. Fazia mais de um ano que não a via, e ambas ficaram empolgadas ao perceber que conseguiriam se encontrar durante a turnê. Anna estava cursando mestrado em moda no interior de Paris, mas Sophie não pudera visitá-la quando a banda esteve na cidade. O fim de semana que o grupo passaria em Bolonha era o único que ela teria livre, e sua amiga decidira comprar a passagem a fim de encontrá-la.

Sophie por um instante se sentiu feliz ao lembrar que veria um rosto familiar novamente. Alguém que sabia de seu passado, dos obstáculos que enfrentara, de suas vitórias e de seus dramas. Precisava desabafar e seria incrível fazer aquilo com uma das pessoas que mais a entendia. As duas tiveram seus desentendimentos no passado, porém Anna ainda era a amiga que mais a conhecia.

Será que com ela volto a me sentir normal?

Mas o que era normal naquele mundo, que em um dia se preocupava com um relacionamento secreto e, no outro, com um caso de abuso de drogas?

Seguia para o seu novo quarto quando Nicholas a procurou para conversar.

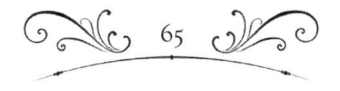

— Agradeço por pensar no bem-estar da minha irmã — disse, olhando-a nos olhos como gostava de fazer.

— Você sabe que até quando estou focada no trabalho eu mantenho a saúde dela em primeiro lugar. — Sophie queria justificar suas atitudes da noite anterior.

— Eu sei...

Ela entendia que os dois estavam em uma posição complicada.

— Quer ir para o meu quarto? — questionou ele, olhando-a de forma sedutora. — Acho que a gente merece um momento relaxante a dois...

Sophie riu, entendendo as intenções dele pelas entrelinhas.

— Bonitinho você, seu porforão! Você terá a tarde para descansar, mas eu ainda preciso trabalhar e lembrei que tenho que falar com os meus pais.

Ela adorava o tempo que passavam juntos, mas estava cada vez mais confusa com relação aos próprios sentimentos.

Se eu me distanciar só um pouco, talvez perceba que estou ficando louca, que o Nick é a melhor pessoa pra mim.

— Adoro quando você fala essas suas palavras esquisitas. — Nicholas sorriu, e completou brincando: — Você é tão única...

Única. Por que ele resolveu dizer isso agora?

O namorado percebeu a mudança na expressão facial dela.

— Você precisa deixar o passado no passado, chefe — comentou ele ao se lembrar do nome da banda de Léo. — Sei que não deve ser fácil, ainda mais agora que a Unique lançou uma música sobre você, não é? Estou tentando compreender o que você está passando, amor. Mas ainda assim é difícil, sabe? — Nicholas tinha uma expressão chateada.

Sophie não esperava por aquilo.

Como ele sabe disso? Como chegou à conclusão de que a música falava sobre mim?

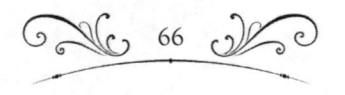

— Eu sei que outras pessoas ficariam morrendo de ciúmes e iam querer quebrar a cara desse moleque. Essa é a minha vontade também — brincou Nicholas. — Só que a música é realmente boa, e sendo sobre você tinha mesmo que ser especial. Pena que foi feita por aquele babaca.

Uma sensação estranha percorreu seu corpo, como se ela fosse desmaiar a qualquer segundo. Nunca falara sobre o Reino para ninguém além de Léo, que espalhara seu segredo para o mundo todo, mesmo mantendo sua identidade preservada.

— Para uma pessoa que costuma esconder tanto os sentimentos, você não sabe encobrir suas emoções quando colocada contra a parede, não é, chefe?

Mais uma vez, ela foi pega de surpresa.

— Estou sendo colocada contra a parede? — arriscou Sophie.

— Foi um modo de dizer. Mas acho que foi o que eu acabei de fazer, né? — concluiu Nicholas, coçando a cabeça. — Dá pra ver a resposta no seu olhar quando eu faço um questionamento. De início eu achei que você fosse difícil de desvendar, mas, agora que eu a conheço, parece que é...

— Um livro aberto? — ironizou ela.

— Mais acessível — corrigiu o músico. — Eu sei que não é culpa sua se o seu ex resolveu lançar um single sobre você. Mas está começando a me incomodar essa interferência dele.

— Você não precisa se preocupar com isso, Nick — respondeu Sophie, com uma ponta de culpa. Ainda se perguntava como Nicholas sabia sobre sua conexão com o Reino e os Tirus.

— Eu sei que não preciso, só é um pouco inevitável. — Nicholas riu. — Você deve estar curiosa para saber como eu deduzi que a música é sobre você.

A ruiva não respondeu. Não daria o braço a torcer.

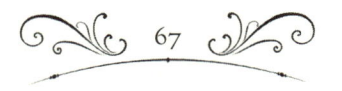

— Eu vou dizer — completou o rapaz. — Em algumas noites você murmura coisas. Em geral, só palavras. E tudo sempre parece se relacionar a um lugar: *um reino*. Você sempre fala desse reino. Eu confesso, na minha cabeça eu só te chamo de Alice.

O rapaz sorriu. Ficou observando se conseguiria arrancar um sorriso dela com sua brincadeira, mas logo ficou claro que isso não aconteceria. A garota estava com uma expressão chocada demais.

— Quando ouvi o single deles, percebi uma coisa: só havia outra música no repertório deles com aquela intensidade. Aquela poesia.

A que o Léo escreveu pra mim quando estávamos namorando.

— Você já entendeu: a que ele escreveu antes sobre você. Isso fez todo o sentido para mim. Você murmura coisas sobre um reino e ele escreve uma música brilhante sobre o mesmo assunto. Parece que vocês foram para a Disney juntos e você nunca me contou.

Ela gostou de ver que ele, pelo menos, estava levando tudo na brincadeira.

Então ela havia murmurado sobre o seu segredo por várias noites. Só se lembrava de ter sonhado com o lugar uma vez havia pouco tempo, e ele não dormira ao seu lado naquela noite.

Será que penso neles mais do que imagino?

— Como eu sempre digo: relaxa! Não quero complicar tudo entre a gente, sei que você já está se sentindo pressionada. Mas, se essa for mesmo uma música sobre você, e tudo na sua expressão diz que é, isso não tem nenhuma importância, desde que você ainda queira ficar comigo.

— Eu quero.

— Então está tudo certo, Alice! Nos vemos mais tarde no País das Maravilhas.

Quando ele saiu, Sophie não sabia como agir. Precisava ligar para os pais, mas sentia-se muito fraca. Tinha a sensação de que uma nuvem negra cobria sua cabeça. Lembrou-se do Snow Patrol e murmurou no caminho para o quarto:

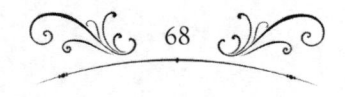

— *I want so much to open your eyes. Cause I need you to look into mine. Tell me that you'll open your eyes. Tell me that you'll open your eyes.*

Ela queria que Nicholas abrisse os olhos. Queria que enxergasse bem dentro dos dela.

7

Entrou no quarto com o choro entalado. Parou diante do espelho e observou a mulher que se tornara. Ainda era mais magra do que a maioria das pessoas, mas encorpara um pouco com os anos. Os cabelos ruivos encaracolados estavam mais lisos, curtos e não tão vibrantes como na juventude. Carregava algumas olheiras pelo excesso de trabalho, porém sentia-se mais bonita do que nos tempos de colégio. Aprendera a aceitar sua aparência e percebera que outras pessoas a achavam linda e que aquilo era normal. Sua passagem pelo Reino havia mudado completamente sua vida.

Segurou por mais um tempo a vontade de extravasar e, sentando-se na nova cama, observou o quarto. A Itália era um país tão bonito, e estava em uma cidade daquelas se preocupando com coisas que não queria. Era o que mais a incomodava.

Por que ele voltou para a minha vida?

É claro que Sophie desejava voltar aos primeiros anos que se seguiram à sua despedida do Reino, quando passava as tardes vendo filmes franceses no colo de Léo e as noites beijando-o ao som de Beatles. Mas aqueles eram tempos bons que nunca mais voltariam.

Ou voltariam?

A dúvida ainda se insinuava no fundo do coração dela. Desde que ouvira a nova canção da Unique, não parava de pensar no amor daquelas palavras. Léo talvez ainda a amasse. Isso mexia com ela.

Preciso urgentemente falar com meus pais.

Criando coragem, discou o número e rezou para que o pai atendesse antes da mãe. Laura costumava falar tanto que quase não sobrava tempo para saber de George. Notícias de Dior, então, eram quase impossíveis.

— Sempre que aparecem esses números bizarros em nosso telefone, fico animado de ver que nossa filhota se lembrou dos coroas aqui — brincou George, bem-humorado.

— Tão bom ouvir sua voz — desabafou a filha, deixando as lágrimas presas finalmente rolarem.

Sentia muita saudade da normalidade. Era quase impossível construir um cotidiano na estrada. Ainda mais acompanhando uma banda de rock.

Fui eu que pedi isso para a minha vida, lembrou.

— Ainda se mantendo na linha, senhorita? Essa tal de Samantha é muito maluca para o meu gosto.

— O senhor já disse isso da outra vez, pai.

— Conselho de pai nunca é demais! Você precisa sempre se lembrar das suas origens, só assim saberá que estamos do seu lado.

Ela sabia que estavam.

Quando finalmente se recuperara após tentar tirar a própria vida para viver no Reino, percebera o quanto eles eram compreensivos e, principalmente, o quanto a amavam. Nunca poderia esquecer algo assim.

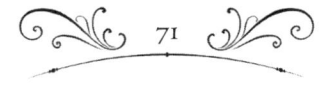

— Como vocês estão? — questionou a filha. — Não estão engordando o Dior, né?

O pai riu do outro lado da linha.

— O que você não tem de apetite ele tem, minha filha! Não tenho culpa, desde que você foi para a faculdade ele não para de me seguir. E eu sou o gordinho da casa. Claro que ele vai querer me imitar!

— Um gordinho que precisa se cuidar mais. Cadê a mamãe nessas horas?

— Sua mãe foi passar a tarde com uma amiga. Ela vai ficar chateada de não falar com você. Da próxima vez nos avise quando vai ligar, para a dona Laura ficar esperando também.

— Pode deixar, pai! Liguei pela saudade mesmo. Tenho tido dias difíceis aqui.

Para a sua surpresa, seu pai bufou.

— Eu sei. Estou viciado nessa droga de internet por sua causa. Pesquiso vocês o dia inteiro! Parece que está dando tudo errado desde que vocês chegaram na Itália.

— Nem tudo está errado, não precisava ficar preocupado. Eu aprendi a me cuidar. Você sabe disso, não sabe?

Ele demonstrou sua dúvida com um grunhido.

— Saber eu sei, mas nunca fui roqueiro e muito menos saí pela estrada que nem um nômade. Esse povo de cabelo estranho e vida alternativa me assusta um pouco.

Sophie riu do comentário.

— Eu sempre tive cabelo estranho — ponderou ela, achando graça. — Aliás, sempre fui estranha e alternativa.

— Por isso mesmo que sempre me assustou — respondeu ele, também rindo.

Como eu precisava ouvir a voz dele.

— Todo mundo é do bem aqui — explicou ela, tentando consolá-lo.

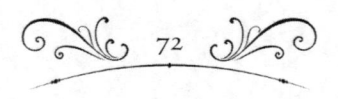

— Sei. Mas a pergunta que eu quero fazer é: você é a bendita da namorada?

Sua vontade de gargalhar foi intensa. Achava completamente bizarro o pai lhe perguntar aquilo. Não imaginava que eles pudessem estar desconfiando disso em casa. Nicholas ia achar engraçado quando ela lhe contasse sobre essa conversa. Mas logo lembrou-se de que não poderia contar. Não queria que o cantor soubesse que não falava dele para as pessoas.

Devo confessar?

— Por que tá dizendo isso, sr. George?

— É óbvio que um roqueiro solitário se apaixonaria pela minha ruivinha sensível — disse ele com a maior naturalidade possível. — Não estou recriminando, pois, pelo que eu li desse garoto, parece ser bem bacana. Faz caridade, não tem muitas namoradas e está bem de vida, se você me entende.

— Pai! — recriminou a garota, ainda achando graça.

— Isso mesmo! Sou seu pai e preciso saber com quem você anda se engraçando.

Sentindo que era o momento certo, resolveu falar sobre o namoro.

— A mamãe vai querer me matar por estar falando isso primeiro para o senhor, mas, já que insiste: sim. Estou há alguns meses com o Nicholas.

O pai pareceu feliz.

— Sabia! Sua mãe me deve dinheiro agora. Apostamos se você estava com ele ou não. Ela acha que você ainda está apaixonada pelo dito-cujo.

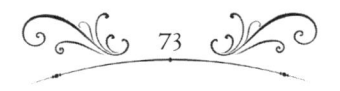

Desde que ela e Léo tinham se separado, George o chamava daquela forma. Tanto que Mônica começara a copiar o novo termo. O rompimento afetara muito seus pais. Léo se tornara parte da família, e sua mudança brusca causada pela fama acabara desiludindo o patriarca. Sophie sabia o quanto também havia sido difícil para George, que o tratava como um filho. Entretanto, não esqueciam o papel de Léo na cura de Sophie. Seriam gratos a ele para o resto da vida.

— Que bonito ver os meus pais apostando sobre a minha vida amorosa — brincou a garota.

— O importante é você ser feliz, minha filha. Se esse vocalista estiver te fazendo bem, ele já tem o meu carinho.

Sophie imaginava que Nicholas adoraria ouvir aquilo. Cogitou levar o rapaz para passar uns dias na casa de seus pais.

— Ele está me fazendo muito bem, pai, e por isso está tudo ótimo por aqui.

Logo desligaram, pois Jonas começara a telefonar, procurando Sophie para programarem o restante do dia. Não iriam mais visitar a Torre de Pisa, mas ainda tinham uma entrevista, a passagem de som e o show.

Ela comemorava internamente que logo passariam alguns dias em Bolonha, e um deles seria livre. Não via a hora de conversar com Anna. Falar com o pai já havia tirado um peso de suas costas. Queria completar a experiência com a melhor amiga.

Horas depois, Samantha cumpriu o prometido para o irmão e estava ótima para a agenda em Pisa. A entrevista foi tranquila, pois Jonas barrara com antecedência qualquer pergunta que não queriam responder, e a passagem de som e o show também correram bem. Receberam muito rapidamente alguns fãs no camarim e deram autógrafos na saída do local do evento.

Já em Bolonha, Nicholas procurou-a no quarto e perguntou:

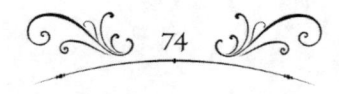

— Você acha que estamos perdendo nossas raízes?

A filosofia da banda sempre fora tratar os fãs como família, mas a turnê havia sido tão longa que o vocalista sentia que estavam perdendo a energia ao longo do percurso. Nicholas frequentemente repreendia os outros membros por conta disso. Ele não queria que deixassem de tratar bem os fãs.

— Na vida de qualquer figura pública, existe um momento de exaustão. Vocês daqui a pouco completarão seis meses de estrada, sempre fazendo shows e usando a internet nos momentos de folga. Nunca deixam os fãs sem notícias, não atrasam os concertos, amam o que fazem, isso tudo já mostra como vocês são dedicados. Muitos não fazem dez por cento disso. Claro que em algumas noites vocês ficam mal-humorados, e algumas vezes as pessoas os enxergam como máquinas. Esquecem que vocês têm necessidades e vidas pessoais. Mas está se cobrando demais. Está esquecendo que é uma pessoa como outra qualquer.

Na larga cama do novo hotel, uma das dezenas em que dormiram nas últimas semanas, ele a abraçou com carinho.

— É por isso que gosto de conversar com você. Você me entende.

Ela se sentia feliz por ele achar isso. Só não sabia dizer ainda se Nicholas um dia a entenderia cem por cento. Havia muitos segredos em sua vida. Muitas confusões.

— Que bom que você veio falar comigo sobre isso, mas, infelizmente, preciso ir. Estou indo encontrar com a Anna.

Nicholas riu.

— E você acha que eu esqueci? Veja se ela pode jantar conosco hoje ou amanhã, por favor. Seria um prazer.

Sophie sabia o quanto o namorado queria conhecer alguém de seu mundo.

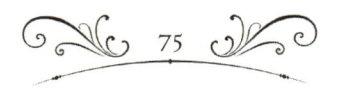

— Farei de tudo. Ela veio com o horário meio apertado e está estudando muito. Agora ela está cheia de responsabilidades — brincou, levantando-se e vestindo o casaco.

Não queria se perder em Bolonha, pois não via a hora de poder abraçá-la. Era a primeira vez das duas nas terras avermelhadas da cidade do norte da Itália, por isso tinham marcado o encontro em um ponto turístico.

Sophie foi a primeira a chegar ao local escolhido, a Piazza Maggiore. Aquela era a praça principal da cidade. Haviam combinado de se encontrar perto da Fontana del Nettuno, símbolo de Bolonha, construída no século XVI. A fonte exibia uma enorme estátua de bronze de Netuno, e, do topo do monumento, o deus dos mares parecia controlar as águas. O lugar era ainda mais impressionante pessoalmente do que nas fotos. Sophie aproveitou para se sentar em um dos degraus da fonte, circundada por uma série de belos palácios.

Em poucos minutos, a amiga atravessou a praça em sua direção. A ruiva não conseguiu disfarçar seu gigantesco sorriso. Ficou eufórica ao reconhecer aqueles cabelos escuros e bem-cuidados, agora na altura do ombro. Também o corpo voluptuoso e a atitude confiante. Anna exalava segurança desde sempre, mas parecia que a faculdade e o mestrado em moda a haviam tornado em uma mulher ainda mais exuberante. Vestia-se da cabeça aos pés com peças de designers famosos, e Sophie percebia de longe a elegância de seus passos.

— Sempre que te vejo parece que o mundo parou e ainda temos dezesseis anos — comentou Anna ao chegar e lhe dar um abraço.

Tinham esperado meses por aquilo.

— Nem vem que não estou mais com tanta cara de pivete. Sei que dei uma amadurecida no visual, vai?

Anna riu e sentou-se junto com a amiga no degrau, sem se preocupar com as roupas caras.

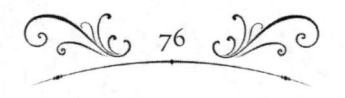

— Seu corpo deu uma modificada, mas nem venha me falar de visual. Você é a mesma punk, gótica, sei lá o quê! Mas é como a gente comentava no colégio: ruivas ficam descoladas assim. E você acabou no rock mesmo. Não tem problema.

— Eu sou descolada de qualquer forma — brincou Sophie, e a amiga encostou a cabeça em seu ombro.

— Senti tanto a sua falta, maluquinha!

— Eu também, Anna! Eu também...

Ficaram alguns minutos colocando o papo em dia. Anna explicou um pouco mais de sua rotina, comentou sobre os estudos, os colegas e o rapaz francês que ela começara a namorar.

— Juro que aquele papo de eles serem sedutores pra mim foi tudo mentira. Ele é tão perdido que às vezes chega a dar dó. E olha que já namorei o Daniel, e ele só tinha fama de ser popular, porque no dia a dia não parecia nem um pouco sociável. Mas e você? Desencanou do magricela? Pegou o seu patrão?

Sophie não sabia com qual das perguntas ficava mais ofendida.

— Endoidou, garota? Eu lá iria me envolver com o sr. Richmond? Eu o admiro e isso é bem diferente.

— Blá-blá-blá! — ironizou a outra. — Sophie e suas manias de santinha.

Continua a mesma, pensou a ruiva, com vontade de rir com os delírios da amiga.

Tentou mudar de assunto falando um pouco sobre a banda, os preparativos do show deles na cidade e do restante da turnê, contudo, a amiga fazia de tudo para voltar ao papo amoroso.

— Não me enrola! Impossível que não tenha nem ficado com alguém da produção esse tempo todo. Está na seca mesmo?

Sophie sabia que não escaparia fácil. Anna sempre se metera em sua vida sentimental.

— Ok! Eu falo porque sei quanto vai me encher com isso — resmungou, ainda levando na esportiva e notando a empolgação da outra. — Eu estou namorando há alguns meses. Não falei nada ainda porque estava esperando para ver se daria tudo certo.

Anna levou as mãos à boca, parecendo em choque, e seus olhos brilharam com a informação.

— Quem diria! — comentou ainda abismada. — A senhorita namorando outra vez! Que milagre!

— Você é sempre muito dramática — cutucou Sophie.

— Sim, sim! Só eu que sou, né?

Elas riram. Era gostoso poderem conversar, depois de anos, sobre assuntos pelos quais as duas estavam interessadas. Por muito tempo, a relação delas fora pautada mais nos gostos da morena. Sentir aquela igualdade alegrava o coração de Sophie.

— Eu não sei se comentei com você, mas vou precisar assistir a um seminário on-line daqui a pouco. — Anna percebeu a expressão de insatisfação da amiga. — Eu sei que prometi que nos veríamos mais. Prometo que podemos jantar mais tarde.

Sophie não escondeu a decepção. Havia tirado o dia para passear com a melhor amiga, mas agora teriam pouco tempo de conversa.

— Só perdoo porque é você, e o Nicholas queria mesmo te conhecer mais tarde.

O nome revelado quase fez Anna ter um ataque do coração. Só naquele momento a ruiva percebeu que ainda não contara quem era o namorado.

— Sim! Estou namorando o vocalista da banda — explicou Sophie, sem graça. Anna ainda tentava se recuperar do susto.

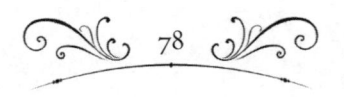

— Nossa! Ainda bem que o Léo também está namorando, senão o garoto teria um ataque pior do que o meu, menina! Como assim está namorando o gatão cabeludo? Que absurdo não ter me contado nada!

Sophie se perdera na informação sobre o ex-namorado: então Léo *também* tinha uma nova namorada. Aquilo não havia chegado até ela.

Como assim? Mas e a música? Como ele era capaz?

Eles já não se viam há tempos, porém achava que Anna poderia ter razão: Léo talvez ficasse chateado quando descobrisse sobre seu namoro. Mas precisavam namorar outras pessoas. Precisavam seguir em frente. Estavam agindo da maneira certa.

— Pela sua expressão fúnebre, percebo que não sabia sobre ele.

Sophie apenas fez que sim com a cabeça.

— É com uma loira peituda com um estilo groupie. Ela não tem nada a ver com você. Relaxa!

Sophie não sabia como aquelas informações podiam fazê-la relaxar. A nova namorada parecia realmente muito diferente dela, e já não sabia mais se conhecia Léo como antigamente. Lembrava-se das fotos do perfil dele e imaginava qual das garotas deveria ser.

— Eu preciso ir — comentou Anna, olhando para o relógio delicado. — Você vai ficar bem? Podemos nos ver mais tarde? Adoraria conhecer o Nicholas. Sei que ele te fará feliz. Não parece ser o tipo de homem que te trocaria por banalidades.

Ela sabia que a amiga tentava consertar o clima. Sabia o quanto tinham sofrido na época em que estavam brigadas.

— Vou te passar o endereço de algum lugar onde ele possa aparecer. Queríamos ir nos barzinhos universitários, mas o meu patrão me mataria se o deixasse ficar exposto.

— Você é muito chique! Só namora celebridades — comentou Anna, mostrando um pouco de ciúme na voz ao se levantar.

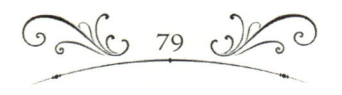

Sophie apenas deu-lhe um pequeno empurrão no ombro seguido de um abraço. Mal acreditava que não poderia conversar mais com a amiga.

E era difícil acreditar que Léo finalmente estava firme com outra mulher.

Uma mulher que não era ela.

8

Sophie resolveu voltar a pé para o hotel, tentando esfriar a cabeça. Pensava estar preparada para aquela informação. No entanto, lidar com os altos e baixos da estrada e as emoções de um novo relacionamento já vinha sendo bastante árduo, e saber que provavelmente esbarraria com o ex-namorado e sua nova companheira fazia seu estômago doer. Sentia-se péssima e bastante culpada por se deixar afetar pelo novo relacionamento de Léo daquela forma. Nicholas não merecia aquilo. No caminho, sem ar, se apoiou, zonza, em uma das casas de tom terroso da cidade. Nem conseguia mais enxergar a beleza ao redor. Começou a temer se perder pelas ruas por estar tão cega de raiva.

Léo tinha todo o direito de ter uma namorada, mas Sophie se sentia traída. Eles haviam se separado porque ele decidira ficar sozinho para curtir a fama e o sucesso. Não havia sido fácil, e agora era muito difícil vê-lo amando alguém.

Será que ele ama essa mulher?

Voltou a se sentir um monstro por estar se perguntando aquilo. Nicholas já lhe dissera "eu te amo". E ela *gostava* dele, gostava de estar em um relacionamento.

Eu estou melhor sem Léo! Tenho uma pessoa que me ama!

Nicholas era louco por ela desde o primeiro encontro e faria tudo por ela. Ele a amava de verdade.

Como um dia Léo já me amou.

Não queria passar pelos próximos quatro shows pensando na possibilidade daquele reencontro. Não queria ficar todo aquele tempo na estrada, em novas cidades, pensando em Léo. Precisava focar outra vez em Nicholas, mas era muito para a sua cabeça processar. Estava cada vez mais difícil para a ruiva distinguir entre o certo e o errado. Acima de tudo, não queria mudar seu comportamento com o namorado, pois temia que toda aquela confusão pudesse atrapalhar a banda.

Eu deveria estar mais preocupada em não atrapalhar o meu relacionamento, pensou quando finalmente encontrou o hotel onde estavam hospedados.

Passou depressa pela recepção, com medo de haver alguém da equipe por ali. Não queria falar com ninguém. Precisava se deitar na cama do hotel e fazer desaparecerem aqueles pesadelos.

Quando chegou ao quarto, se sentiu aliviada por ter o espaço só para si. Teria a tarde livre, já que Nicholas e Jonas imaginavam que ela estaria com Anna. Precisava se lembrar de dar um toque na amiga sobre isso para fingirem que não tinham se separado antes do previsto. Não sabia se teria coragem de ser honesta com o namorado. Não naquele dia.

Não no meio daquela tormenta.

Tirou a roupa e colocou o pijama. Pensou em tomar um de seus antigos calmantes para relaxar, mas desistiu da ideia. Não queria voltar a tomar remédios. Desde que ingerira aquela superdose, tentava não se intoxicar mais com essas substâncias.

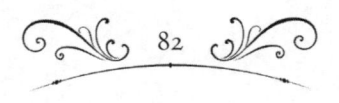

Eu queria poder ser feliz de vez, pensou momentos antes de fechar os olhos.

E desejou fugir de sua realidade.

Sentiu o vento fresco passar pelos seus cabelos e achou a sensação renovadora. Não se lembrava de ter deixado a janela aberta. Mexeu um pouco o corpo, de bruços, e a cama lhe pareceu mais macia. Sorriu involuntariamente, pois aquela sensação de aconchego era agradável. Depois, ouviu sons intensos e se assustou. O hotel ficava em uma rua sossegada, e não havia mais fãs acampados dessa vez. De onde viria tal som?

Percebeu que precisava abrir os olhos, mesmo sem vontade. Ainda tinha que ligar para Anna e localizar Nicholas. Não queria deixar os dois esperando.

Que preguiça.

Pelo menos, sua raiva inicial ao saber sobre a nova namorada de Léo passara. Poderia tomar um banho quente e colocar uma roupa confortável para sair com as pessoas que realmente amava.

Então abriu os olhos...

E ouviu o trinado da ave.

Ao fundo, o canto das flores.

Não havia muita luz, porém era impossível não saber onde estava. Percebeu que estava deitada no dorso de Condx, e o som ouvido era o kia da fênix, que sempre lhe indicava que estava lá. Não se encontrava mais em sua dimensão.

Finalmente voltara para o Reino.

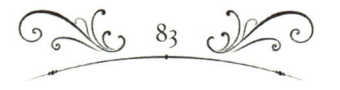

Teve vontade de gritar de felicidade e sair correndo pelos campos esverdeados e por entre as árvores de copas douradas. Precisou se conter: encontrava-se a três metros do chão. A vista mantivera sua magia, e o castelo, sua imponência. Era como se os anos não houvessem afetado o local. Lembrou-se então de que ela mesma mudara um bocado e imaginou como os habitantes reagiriam às suas transformações. Não era nada drástico, mas não queria chocá-los com o fato de não estar mais com o Léo, a quem havia apresentado o Reino. Aquele momento fora crucial.

Mais uma vez usava a minicartola com coroa e vestia um vestido longo esvoaçante, agora dourado. Sentia-se novamente parte daquele mundo e gostava disso. Estava certa de que aquilo não era mais um sonho. Era incontestável: voltara ao Reino das vozes que não se calam. Ainda chocada com a novidade inesperada, finalmente conseguiu balbuciar:

— Senti sua falta, Condx! Senti falta de tudo por aqui.

Olhando ao redor, arrepiou-se por mais uma vez sobrevoar as terras de sua avó.

— Também sentimos a sua, alteza! Todos nós. É um prazer conduzi-la novamente. — A sensação de outra vez conversar com um pássaro gigante era indescritível. Por impulso, abraçou as penas macias do animal, e ele apreciou o gesto, mexendo o largo pescoço. — Estão todos à sua espera — comentou o pássaro, preparando-se para pousar.

A ansiedade aumentou. Pensara que nunca mais encontraria aquelas pessoas. Seres que amava intensamente e sabia que a amavam também. Mas sempre estaria preparada para encontrar os Tirus.

Eram parte dela.

Pouco tempo depois, pousavam no pátio em frente ao castelo. E foi como se sua primeira vez ali se repetisse. Os Tirus aglomeravam-se ao final da escada, aguardando-a com esperança, e diante deles um grupo de pessoas amadas se enfileirava.

— Como é bom revê-la, minha querida neta! — comentou a Rainha Ny, abraçando-a.

Com algumas rugas a mais e o cabelo um tanto curto, ela estava diferente. Muito magra, com o aspecto um pouco abatido. Sophie não conseguiu segurar o choro. Sentia falta da avó e precisava desabafar. Nunca imaginara que um dia voltaria ao Reino e sentia-se emotiva.

— Queria tanto ter vindo antes — comentou a ruiva, olhando sua avó nos olhos enquanto segurava gentilmente seu rosto.

— Sentimos sua falta também — respondeu vagamente a mulher, soltando-a para que cumprimentasse os outros.

Em seguida veio Jhonx, animado por encontrá-la.

— Estava precisando de uma companheira de canto, e olha só quem aparece — revelou o gato, com uma nova tonalidade acinzentada em parte dos pelos. Ainda mantinha o traje social com cartola e bengala, que naquele dia tinha coloração azulada. — Não se passa um dia em que não pensamos em você, princesa! É difícil passar por nossa biblioteca e não a termos por lá.

— Tentei não pensar no Reino para não sentir tanta saudade, mas foi difícil. Vocês são uma parte muito importante de mim. Mas estou curiosa, Jhonx...

— Já imagino com o quê! A alteza gostaria de saber onde está o Ministro, correto?

— Isso mesmo! Vocês estão sempre tão juntos. Estranhei ele não estar aqui.

— Isso eu acredito que posso te explicar!

Atrás de Jhonx, sua Guardiã a esperava paciente, acompanhada de um homem de estatura média, ombros largos e pele morena, com olhar calmo e expressivo. Era a primeira vez que o via no Reino, e

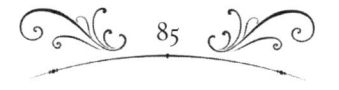

Sophie se questionava sobre quem poderia ser. Então a já não tão jovem Sycreth entrelaçou os dedos nos dele, caminhando em sua direção.

— Vejo que muita coisa mudou. Não somente a ausência de Phix — comentou Sophie.

— Princesa, este é meu marido. Apresento-lhe Drak, nosso novo Guardião, que há muito tempo é chefe da segurança do Reino. Ele tem me ajudado a manter a paz em nossas terras, auxiliando no dia a dia de nossa Rainha. O Ministro foi convocado por outro Reino e Ny o liberou de suas obrigações.

Sophie sabia que muito tempo havia passado e que a vida modificava os passos das pessoas. Não veria mais Phix, mas sentiu-se emocionada por Sycreth. Podia perceber como ela estava feliz ao lado daquele homem.

— O sorriso da minha amiga é seu melhor cartão de visita. É um prazer conhecê-lo, Guardião! Obrigada por defender nosso Reino! Que bom que nosso Reino pode contar com todos vocês.

Drak se aproximou e beijou sua mão. Sophie achou bonito o gesto. Em poucos segundos, percebeu que ele tinha uma energia forte e vibrante, como Nicholas.

— Todos nós estamos felizes e empolgados com a sua visita — comentou a avó após vê-la cumprimentar os amigos. — Mas ficamos surpresos. Para ser sincera, não esperávamos o seu retorno até o momento em que eu completasse meu ciclo e você precisasse assumir o trono.

Isso a deixou confusa e preocupada. *Não era para ter sido chamada ao Reino? Como é possível? Será que minha avó está bem?*

— Tive um dia como outro qualquer e resolvi dormir para relaxar. Acabei vindo parar aqui e sei que isso não é um sonho.

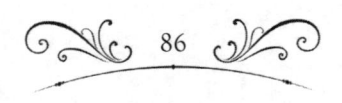

— Você deve estar tão confusa quanto nós — concordou Sycreth. — Acho que sei exatamente quem você precisa visitar.

A Guardiã nem precisou concluir seu raciocínio.

Mama Lala.

A vidente do Reino certamente teria a explicação para o retorno de Sophie mais de cinco anos depois.

— Talvez eu não devesse mesmo estar aqui, mas para mim é maravilhoso vê-los novamente.

Dizendo isso, voltou a atenção para os súditos que a esperavam.

— Sei que faz muito tempo que estive aqui. Muitos devem achar que eu abandonei vocês, mas isso nunca será verdade. Alguns obstáculos acabaram atrapalhando nossos encontros. Saibam que não existe um segundo em que eu não peça pelo bem de todos aqui deste Reino. Posso estar distante, porém meu coração sempre permanecerá ao lado dos seus.

Os tradicionais "Viva! Viva! Viva!" foram ouvidos com intensidade. A emoção de estar rodeada de tanto amor recarregava suas energias. Queria rever a sábia senhora da floresta e agradecer mais uma vez por tudo o que recebera dela, contudo, temia o que Mama Lala teria para lhe dizer.

Os encontros com ela sempre lhe reservavam surpresas nem sempre agradáveis.

Precisava encarar seu destino e para isso atravessaria a floresta dourada até achar a casinha onde a vidente morava.

— Não se esqueça de nos contar as cenas dos próximos capítulos — brincou Jhonx, reverenciando-a em seguida.

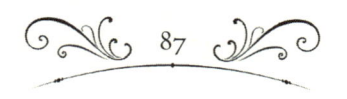

Curiosos e radiantes, todos se dispersaram para abrir caminho para a princesa. A Rainha decidiu acompanhá-la daquela vez. Também precisava de respostas. Ny sabia que, sempre que Sophie aparecia, a energia do Reino mudava, e no fundo receava novos incidentes negativos. Na primeira vez, a tristeza de Sophie afetara a vibração do círculo de pedras das pixies, do qual dependia todo o equilíbrio cósmico do Reino.

Caminharam caladas por algum tempo. Sophie sabia o quanto a Rainha lhe queria bem, porém conseguia entender que a avó pudesse ter pensamentos conflitantes, ainda mais tão cansada e abatida. Pelo visto, seu retorno não fora um choque apenas para ela mesma. Por isso, a caminho da cabana, a garota respeitou seu silêncio. Haveria muito tempo ainda para dialogar.

— Chegamos — disse a Rainha quando avistaram a casinha circular enfeitada com desenhos de runas, bem no meio da floresta.

Sophie pôde sentir de longe a magia da feiticeira. Imaginava que Mama Lala estaria à sua espera. Ela sempre estava. Observou a fumaça avermelhada da chaminé antes de entrar. Flores pretas decoravam a residência, e o típico barulho de tambores indígenas invadia o espaço.

— Então nos encontramos outra vez — disse a senhora de cabelos negros presos em um apertado coque, com um manto estrelado sobre o corpo.

Sentada à pequena mesa com o tarô posicionado ao centro, ela fez um gesto para que as duas visitantes ocupassem as cadeiras rústicas.

— Imagino que a minha presença não seja uma surpresa para você...

— Sempre será, princesa! Sempre será! Você é o eterno ponto de interrogação na história deste Reino. Não sabemos como tudo isso aconteceu. Nossa única certeza é de que o encontro de sua alteza com os Tirus estava escrito nas estrelas.

A avó segurou sua mão, demonstrando carinho.

— E um novo encontro foi escrito por elas? Isso tem alguma coisa a ver com o que eu estou vivendo na Terra?

Aquela era a pergunta de ouro. Forças maiores tinham-nos reunido outra vez? O que ocasionara aquilo?

— Por que não vemos nas cartas?

Sophie concordou e, de relance, olhou para a avó sentada ao seu lado. Queria o bem dela e esperava não trazer problemas.

Tensa e ansiosa por respostas, assim como da primeira vez que ficara diante da Senhora da Sabedoria, a princesa respirou fundo e cortou o baralho, esperançosa por encontrar caminhos mais seguros pela frente. Mama Lala o dividiu em seis pilhas, pedindo a Sophie para escolher uma carta.

— O Enforcado — sussurrou Mama Lala. — Pegue outras duas.

Após um instante de indecisão, Sophie fez suas escolhas.

— A Força e A Estrela. Muito bem, princesa! Agora sabe o caminho a seguir.

A Rainha pareceu mais confusa do que Sophie ao ver que a consulta havia acabado. Imaginara que a vidente fosse ajudar na interpretação dos significados daquela vez.

— Não podemos encontrar agora uma explicação para esse retorno? — questionou Ny, mostrando preocupação.

Aquilo preocupou ainda mais a neta. A avó parecia mais receosa do que feliz com a sua vinda, e Sophie suspeitou de que Ny não estivesse lhe contando todas as informações.

Ela não estaria com um aspecto tão abatido se não tivesse acontecido alguma coisa. Preciso descobrir o que é.

— Claro que há! As respostas estão nas cartas. Cabe à princesa solucionar seus problemas.

— Então eu voltei ao Reino por conta dos meus problemas? — indagou-se a jovem. — Estou doente de novo?

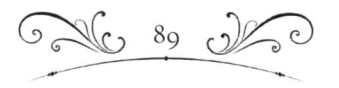

Sophie sabia que acumulara um grande nível de estresse nos últimos tempos, mas não conseguia acreditar que tinha depressão outra vez. Não queria ser rotulada daquela forma para sempre. Superara muitos de seus medos e julgamentos.

— Talvez não seja novamente uma doença, mas está claro que sua vida está desregulada. Isso é o máximo que posso compartilhar. A senhorita precisa se descobrir e evoluir como pessoa. O Reino aguarda o dia em que estará preparada para o trono, porém isso só acontecerá quando tiver total controle de sua vida. Quando se aceitar por completo. Você já mudou muito desde que era a jovem frágil e autocentrada que um dia se sentou nesta mesma cadeira, mas existem muitas interrogações sobre a sua personalidade ainda.

Sophie suspirou. Pensara que todos os últimos dramas poderiam ser apagados apenas por alguns segundos no Reino. Que ali poderia se sentir menos preocupada e mais feliz.

Acho que nunca terei a minha vida cem por cento sob controle. Quem consegue isso?

— Poderei voltar ao Reino depois de hoje?

O clima era de tensão dentro do aposento.

— Eu também não sei explicar completamente a magia deste lugar e tudo o que acontece aqui. Agora, posso dizer apenas o seguinte: o importante é você passar por essas três novas etapas.

A avó novamente pegou em sua mão, e aquilo a fez se sentir melhor.

Aceitando o seu destino, comprometeu-se a interpretar as cartas. Despediu-se da anciã e saiu da casa acompanhada pela Rainha.

Teria um novo desafio pela frente. Precisava se dedicar ao máximo às novas cartas, pois acreditava que assim descobriria o que quer que sua avó estivesse escondendo.

Descobriria o significado de O Enforcado.

9

Abriu os olhos, e não havia nenhum sentimento que a confortasse. Existiam apenas o vazio e as dúvidas.

Para ela era muito difícil aceitar que pudesse estar de novo doente como quando conhecera o Reino. Sentia-se outra pessoa. Não era mais uma garota triste, sem amigos, complexada e constantemente inferiorizada. Tornara-se uma ótima profissional, com amigos que a queriam bem, pais compreensivos e um namorado incrível. Também não se julgava tanto como antes. Claro que não se tornara perfeita, mas conseguia lidar com as pressões do dia a dia e com o término do namoro anterior, que pensara ter superado meses antes.

Será que não posso ter momentos ruins? Isso sempre vai significar que devo voltar para o Reino?

Tantas dúvidas deixavam-na com dor de cabeça.

Olhou para o relógio ao seu lado e notou o horário tardio. Provavelmente o grupo devia estar preocupado com ela. Achou melhor falar primeiro com a amiga, assim as histórias bateriam quando estivessem com Nicholas. Não queria que houvesse nenhum desconforto.

Durante o telefonema, Anna não percebeu nenhuma mudança no humor de Sophie, que sabia esconder muito bem da amiga as suas emoções. A morena sugeriu que fossem jantar em um restaurante muito interessante que descobrira no centro de Bolonha.

— Fica no centro histórico, perto daquela universidade considerada a mais antiga do mundo. Ouvi dizer que o lugar foi uma farmácia antes de virar restaurante. Todo o visual anterior foi mantido, e estou morrendo de vontade de conhecer! Todo mundo diz que é incrível!

Ficaram de se encontrar em uma hora e meia. A jovem desligou rapidamente e telefonou para o namorado antes de começar a se arrumar.

Uma parte sua queria resgatar o antigo livro de tarô, que, por um milagre, ainda carregava consigo, mas outra achava que precisava apenas passar um tempo com os amigos. Se de alguma forma estava mal, eles eram as pessoas que poderiam fazê-la melhorar.

— Achei que Anna tivesse te raptado e levado para Paris. Estava até animado em poder ir te buscar por lá.

Sophie riu. Gostou de ver que Nicholas estava de bom humor.

— Eu não sei você, mas prefiro mil vezes a culinária italiana! Acho que estou muito bem aqui com você.

Foi a vez de o rapaz rir.

— Então quer dizer que eu só valho pela comida que posso oferecer, sua gulosa?

O clima de descontração melhorou seu humor. Nem a brincadeira relacionada ao valor que ele tinha para ela a afetou. Na verdade, ela até gargalhou. Nunca achara que alguém a chamaria de gulosa.

— Vou começar a me arrumar e acho melhor você ir também. Combinei com a Anna que nos encontraríamos em uma hora e meia em um lugar que você vai amar.

Nicholas pareceu gostar da novidade.

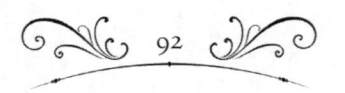

— Então vou mesmo conhecer a famosa Anna? Que maravilha! Estou vendo que a conexão de vocês é forte mesmo. Nem chegaram e já vão sair.

— Está com fome ou não está, reclamão? — brincou a namorada. — Vai conhecer a melhor amiga da sua amada pela primeira vez, e ainda por cima em um restaurante que fica em uma área medieval. Quer mais o quê?

Ele concordou que tudo parecia perfeito, mas, antes de desligarem, o rapaz a pegou de surpresa com uma pergunta:

— Samantha passou a tarde aqui comigo. Conversamos muito, e vi que no fundo ela só tem se sentido sozinha. Será que ela pode ir também? Acho que vai gostar!

Sophie não esperava por aquela sugestão. Sem perceber, ficou alguns segundos em silêncio. Gostava de Samantha apesar de toda a situação difícil, mas sabia o quanto ela era diferente de Anna. Ela própria era o completo oposto da amiga. Tentou imaginar as duas conversando, sabendo que não poderia negar isso ao namorado. Também não gostaria de ser a chata que recusa a companhia da cunhada.

— Claro, Nick! A Sam é bem-vinda sempre.

Ele pareceu ainda mais animado após sua resposta, e desligaram. Sophie teria pouco tempo para ficar apresentável e não queria Anna julgando o seu visual.

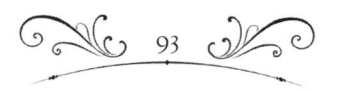

Como sempre, Sophie chegou antes de Anna. Usava um vestido preto relativamente justo e botas de cano alto que ultrapassavam o joelho. Continuava com um visual bastante próprio, mas não deixava de estar elegante. Prendera o cabelo em uma trança e arriscara usar maquiagem. Sabia que a amiga gastaria muito tempo julgando a aparência de Samantha, por isso decidira facilitar um pouco o trabalho dela com o seu look.

A cunhada exibia sua mais nova coloração de cabelo. Dessa vez fizera praticamente um arco-íris com as madeixas. Usava seu habitual jeans preto e jaqueta de couro, mas, unindo os trajes ao colorido do cabelo e à forte maquiagem, se tornara o centro das atenções do restaurante tradicional. Sam parecia gostar de sentir todos os olhares voltados para ela. Nesse instante Sophie percebeu que na verdade seria muito bom ter a companhia da cunhada ali. Se alguém arriscasse uma foto, ao menos estariam em grupo.

Nicholas havia caprichado no visual também, mas Sophie ainda não conseguira se acostumar. Nunca o tinha visto de camisa social. Era uma camisa preta, mas com um bom caimento, e ele ficava bem no jeans que estava usando. Ainda prendera os longos cabelos em um rabo de cavalo e fizera a barba. Pela primeira vez, a ruiva percebeu que, se quisesse, o namorado poderia ser modelo de alta costura.

É tão estranho perceber de repente que na verdade ele é extremamente lindo, recriminou-se em seguida.

No final, Anna tinha mesmo alguma razão: tinha muita sorte por ter se relacionado apenas com rapazes tão talentosos e bonitos.

O Drogheria Della Rosa era um restaurante charmoso. As antigas prateleiras de madeira herdadas da farmácia, onde antes ficavam expostos os vidros apotecários, agora deixavam à mostra potes de conservas e vinhos da região.

Anna chegou logo em seguida em um vestido creme esvoaçante e decotado, que marcava bem a sua cintura.

— Desculpem, acho que ninguém me disse que iríamos a um enterro — brincou a morena ao chegar.

Era a primeira vez que Sophie apresentava alguém de seu mundo para os dois irmãos, e Anna começara o encontro do pior jeito possível.

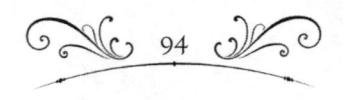

— Bem, com esse decote você vai matar metade dos velhos italianos deste restaurante, então é melhor estarmos preparados — respondeu Samantha, séria.

Por alguns segundos, todos ficaram em silêncio. Por fim, Anna desatou a rir e enroscou o braço no de Samantha, entrando no local junto com ela.

— Adorei essa garota. Como a escondeu de mim por tanto tempo? — comentou Anna, olhando para Sophie.

Nicholas finalmente soltou o ar que nem percebera estar prendendo e depois sorriu.

A proprietária cuidava do local havia mais de vinte anos e dera uma nova perspectiva para ele, respeitando a tradicional comida de Bolonha ao mesmo tempo em que misturava outros sabores interessantes vindos de diversos pontos da Itália. Ela recebeu os quatro na porta, e Anna aproveitou para explicar-lhes que era uma tradição cumprimentar cada cliente na entrada, assim como oferecer informações sobre a origem de cada sabor e indicar os pratos do dia. Aquele era um lugar muito bem recomendado e visitado. Personalidades como Arnold Schwarzenegger, Danny DeVito e Francis Ford Coppola haviam degustado seu vinho e suas massas.

Quando se sentaram, Anna pôde finalmente reparar em Nicholas.

— Para quem normalmente tem um péssimo gosto para tudo, devo dizer que você sempre acerta na escolha dos namorados — elogiou a morena, observando cada detalhe do acompanhante da amiga.

— Você é superdiscreta em seus comentários, amiga!

Samantha riu. Encontrara alguém mais sem filtro do que ela.

— Obrigado pela parte que me toca. Estou muito feliz por poder te conhecer. A Sô fala muito de você e da época em que eram inseparáveis.

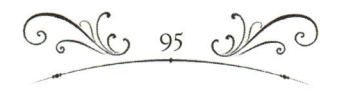

Anna sorriu de orelha a orelha, feliz por saber que a amiga ainda a mantinha viva na memória. A distância machucava as duas. Só não era pior do que os meses que tinham passado sem se falar no colégio após um desentendimento na festa de Angélica.

— Legal, todo mundo já disse oi. Está na hora de pedir um vinho, não?

A pergunta de Samantha fez Nicholas levantar as sobrancelhas. Havia pedido para Jonas cortar a bebida da irmã e agora se via em uma situação delicada. Não sabia se a namorada havia compartilhado com Anna sobre as condições de Sam. Percebendo o desconforto dele, Sophie tomou a dianteira antes que a amiga se empolgasse:

— Acho que podemos dividir uma garrafa de vinho leve. Mas quero ver vocês dois bebendo muita água, pois amanhã temos uma entrevista cedo e mais toda a preparação para o show.

O roqueiro sorriu. Sam não pareceu se importar.

— Que lindo te ver toda mãezona, tomando conta deles — comentou Anna, observando a cena. — Parece até quando você fala com o Dior.

Nicholas e Samantha franziram a testa.

— Não vai me dizer que eles não sabem do Dior? — continuou a morena.

— Pelo amor de Deus, não me diga que você já é mãe e batizou seu filho de Dior — disse Samantha, se segurando para não gargalhar no restaurante.

Nicholas estava visivelmente alterado com a nova informação. Somente naquele momento Sophie percebeu que não tinha falado de Dior para ele.

— Calma, gente! É só o nome do meu cachorro, e já adianto que foi batizado por essa maluca. Acho que eu não teria a mesma criatividade.

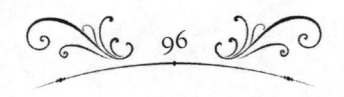

Sam pareceu se divertir com a novidade, mas Sophie notou que Nicholas continuava pensativo. Realmente precisava compartilhar com ele mais informações sobre a sua vida.

Percebendo a tristeza do rapaz, lembrou que, até poucas horas antes, encontrava-se no Reino das vozes que não se calam. Tentou não se preocupar com isso e focar no jantar, mas foi ainda mais difícil depois de perceber que vinha se blindando do próprio namorado. Retornar ao Reino a fizera entender o quanto o término com Léo a havia afetado. Levantara uma muralha de proteção ao seu redor, e talvez aquilo a estivesse prejudicando, fazendo-a voltar a ficar doente.

A conversa foi fluindo enquanto aproveitavam o jantar. Samantha tentara convencê-los a pedir mais uma garrafa, mas, após receber um olhar de reprovação do irmão, acabou sossegando.

— Toda essa distância dela quase me fez esquecer certos detalhes, e esse é um deles — revelou Anna, observando o olhar distante da ruiva. — Nunca sei onde ela está quando vaga desse jeito. Sempre achei que a Soph vivia no mundo da lua.

Sophie corou e deu um pequeno empurrão na amiga, como nos velhos tempos.

— Mas é uma chata mesmo — brincou.

— Só que ela tem razão — disse Nicholas, quebrando o clima. — Tem horas que realmente fico preocupado com esse seu olhar distraído. Há momentos em que parece que você nem está mais presente.

Por aquela chamada de atenção Sophie não esperava. Desde que soubera da existência de Dior o namorado estava emburrado, mas ela não imaginava que o roqueiro pudesse pressioná-la daquele jeito na frente da amiga, deixando-a desconfortável.

— Eu sou assim... Fazer o quê!

Percebendo o clima pesado, Samantha tentou ajudar e perguntou sobre o mestrado de Anna e o namorado francês.

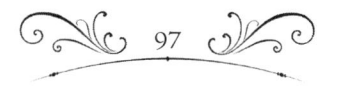

No final da noite, Nicholas fez questão de pagar a conta.

— Este sim é um cavalheiro! — sussurrou Anna, satisfeita, para Sophie. O comentário provavelmente era uma referência ao fato de que Léo, durante o namoro, não a havia paparicado tanto.

Sophie, porém, entendia que eles tinham se conhecido na escola. Durante todo o tempo em que estiveram juntos, ele tentava fazer a banda dar certo, e muito saíra de seu próprio bolso. Léo só pudera dispor do próprio dinheiro quando o sucesso chegou.

E havia sido nesse momento que a garota saíra de sua vida.

Quando estavam na porta do estabelecimento, precisou se despedir da melhor amiga. Anna precisaria voltar cedo no dia seguinte.

— Não acredito que no final só nos vimos um dia — reclamou Sophie, carente. — Isso não é justo, sabia?

Anna a abraçou com carinho, segurando as lágrimas.

— Realmente não é justo, mas sabemos que é para o bem. Nós duas nos tornamos mulheres fortes, independentes e talentosas. Se temos que ficar afastadas por um tempo para crescermos ainda mais, é um nobre motivo. Você sabe que sempre estarei ao seu lado.

Ela sabia que sim.

— Não se esqueça de ligar.

— Você também, senhorita *rockstar*!

As duas riram e enxugaram as lágrimas que se formavam nos cantos dos olhos.

Nicholas e Samantha se despediram de Anna depois que ela conseguiu um táxi para voltar ao hotel. Sophie gostou de ouvir que os dois tinham aproveitado bastante a noite. Havia sido como um bom jantar em família.

Apesar de Nicholas estar estranho.

Sophie chegou ao hotel sentindo-se triste pela despedida, mas animada pelo reencontro.

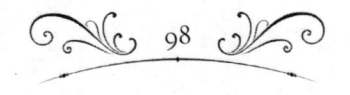

— Vou precisar pegar algumas coisas no meu quarto, Nicholas. Quer vir comigo?

Para a sua surpresa o rapaz agradeceu o convite, disse que estava cansado e apenas deu-lhe um pequeno beijo de boa noite, deixando-a para trás junto com a irmã, que pareceu levemente constrangida.

— Não se preocupe! — consolou-a Samantha, vendo o elevador que levava o cantor se fechar. — Ele sabe ser cabeça-dura quando quer. Acho que ele apenas gostaria de saber mais sobre a sua vida, entende? Fazer mais parte dela.

Sophie respirou fundo e soltou o ar com dificuldade.

— Eu tento. Eu realmente tento, Sam! Não queria que ele se sentisse assim.

— Eu sei — concordou a cunhada. — Você é como eu: tem dificuldade de se abrir para as pessoas. Entendo, mas pessoas como o Nicholas têm que aprender a lidar com isso. É só dar um tempo para ele se acostumar. Ele realmente te ama.

Ela sabia disso.

— Acho que eu não tenho merecido todo esse amor que ele sente por mim. Mas vou me esforçar pra agir diferente daqui por diante.

Samantha parecia sentir que estavam se tornando verdadeiras amigas.

— Claro que você merece. Você demonstra diariamente o que sente por ele também. Agora vê se descansa, pois amanhã vai precisar estar empolgada para conseguir me empolgar.

Sophie revirou os olhos, e juntas embarcaram no outro elevador.

Lembrou que teria uma jornada pela frente, mas precisaria, principalmente, de novas respostas. A primeira carta precisava ser desvendada.

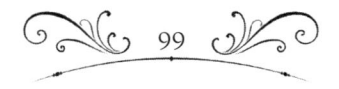

10

Dormira com o antigo livro de tarô apoiado sobre o peito. Ficara um bom tempo olhando para ele sem abri-lo, apreensiva quanto ao significado da carta O Enforcado. Nunca achara que fosse precisar daquelas cartas novamente, mas, por algum motivo, não conseguira se desfazer do livro ao longo dos últimos anos. Nem na faculdade, e muito menos em sua viagem pela Europa.

O que acontecerá comigo quando eu ler?, pensou, deixando o livro na escrivaninha e começando a se arrumar. Ficou na dúvida se era melhor descer para tomar café da manhã com o grupo ou comer a maçã que tinha no quarto e finalmente ler sobre a carta. Pesou os prós e os contras, contudo, sabia que precisava desvendá-la.

Só assim conseguiria seguir em paz com a sua vida e ter as respostas certas para voltar ao Reino.

Já era tarde, não podia mais se permitir ficar parada, questionando-se. Teria um dia longo pela frente. De nada adiantaria aquela atitude.

Após o clima pesado do fim da noite anterior, precisava, antes de tudo, ligar para Nicholas e avisar que não desceria. Não o queria preocupado com ela, muito menos achando que não tinha valor em sua vida.

— Que bom que ainda te peguei no quarto — começou, depois que ele atendeu parecendo um pouco emburrado. — Me atrasei um pouco e terei que resolver algumas coisas por aqui. Vejo você antes de irmos para a entrevista. Tudo bem?

— Tudo bem, chefe. Às suas ordens — brincou Nicholas, ainda um pouco mal-humorado, mas sempre compreensivo.

Agora é a hora.

Sophie respirou fundo. Sentou-se diante da mesa em seu quarto e colocou o livro aberto sobre ela. Sentiu vontade de ligar para Mônica a fim de retomar sua antiga parceria na leitura do tarô, mas se deu conta de que precisava fazer aquilo sozinha. Com o passar dos anos, aprendera a ler as cartas, ainda que nunca mais tivesse precisado usá-las.

— Agora é achar O Enforcado. Que belo nome essa carta tem — pensou em voz alta, folheando o livro colorido.

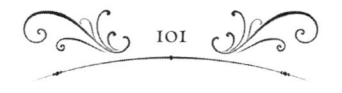

Aquela carta tinha uma aparência muito menos assustadora se comparada às cartas passadas, mas sempre lhe causava uma sensação estranha. Negativa. Não gostava da forma como o homem da imagem estava pendurado nem de como parecia encará-la. Era importante analisar aquilo. O homem estava suspenso apenas pelo pé em uma trave de madeira apoiada em duas árvores podadas. Aquela carta era também conhecida como O Pendurado, o que fazia muito sentido, já que é estranho chamar de Enforcado alguém que não está suspenso pelo pescoço. Os dois troncos eram amarelos e conservavam seis tocos da poda cada um, todos pintados de vermelho. De suas bases verdes nasciam as árvores e brotavam plantas de quatro folhas. A corda curta que suspendia o homem descia do centro da barra transversal.

— Ótimo! Mais um maluco para me ajudar a interpretar minha maluquice! — exclamou, mas logo depois se arrependeu do seu sarcasmo.

O Enforcado vestia uma jaqueta colorida com um saiote marcado por duas meias-luas que pareciam bolsos. A cabeça dele encontrava-se bem próxima à base das árvores, e suas mãos ficavam ocultas atrás da cintura. A perna da direita, que não estava presa, dobrara-se, cruzando por trás a perna esquerda, que, é claro, mantinha-se completamente esticada. Ele não aparentava sentir dor, tristeza nem cansaço. Na verdade, observando melhor, Sophie achava que parecia até entediado, e era impossível para ela imaginar que aquele pudesse ser o semblante de uma pessoa naquela situação.

Contudo, não deixava de ser uma cena triste.

Aquela era uma carta de abnegação, o que fazia certo sentido. Também significava a aceitação de um destino ou de um sacrifício. Conseguia enxergar aquilo. Mais que tudo, aquela era a indicação de uma mudança de vida, do início de algumas provas que levariam à superação.

Mama Lala sempre acerta.

Degustando sua maçã, pensou em seus queridos Tirus, e em como a distância e o tempo não conseguira afastá-los. Lembrou-se também do olhar triste de Nicholas na noite anterior e da forma seca como ele havia se despedido dela.

Percebendo que voltara a se questionar e a ter conflitos internos, resolveu continuar sua interpretação da carta. Constatou que as características mais marcantes de O Enforcado, no campo afetivo, eram a falta de clareza, a indecisão.

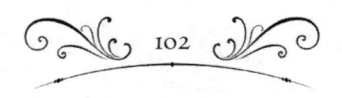

Precisava mesmo ser no bendito campo afetivo.

E havia também o sacrifício pessoal. Sophie se deu conta de que, em busca do sucesso profissional, se afastara de muitas questões pessoais: deixara para trás não apenas o Léo, mas também os poucos amigos, a família e até mesmo Dior. E quase tudo o que lhe era familiar. O Enforcado também era uma carta que indicava um processo de amadurecimento e a necessidade de ajuda para se livrar de assuntos não resolvidos. Talvez ela estivesse se abstendo de tomar alguma decisão importante, mas não conseguia pensar em nenhuma. De acordo com o livro, ela corria o risco de ver bons sentimentos serem desviados para ações condenáveis.

Não sabia por que, mas, ao ler a última palavra, pensou: *Nicholas*.

Cada vez mais percebia que, com o estresse do dia a dia e as preocupações envolvendo Léo, acabara se afastando de si mesma e do namorado. Precisava resgatar seus bons sentimentos, além de conquistar a confiança da pessoa que de alguma forma queria amar.

Não queria voltar a ficar mal, mas, interpretando aquela carta, notou que alguns sintomas de sua antiga inimiga, a depressão, haviam retornado.

O grupo estava reunido em um estúdio musical para uma entrevista com um canal local. As perguntas foram basicamente sobre o que os habitantes de Bolonha poderiam esperar para o show daquela noite, e o que tinham achado da região. Os assuntos de sempre.

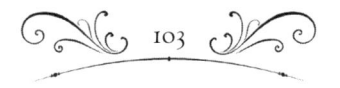

Jonas estava satisfeito com a performance de todos. Alex e Bobba eram muito corretos em sua postura, Nicholas evitava falar de seu histórico amoroso ao responder às perguntas, e Samantha sorria, não se estendendo em suas palavras. Nenhum deles queria desviar do que havia sido proposto: uma pequena entrevista local para agradar os patrocinadores.

— Nem acredito que logo teremos que enfrentar o aeroporto outra vez — comentou o empresário para a assistente. — É difícil manter tudo sob controle até mesmo nesses aeroportos menores. Na verdade, *difícil* não é a palavra que procuro...

— Desgastante — completou a garota.

Ele pareceu concordar, e Sophie ficou satisfeita ao perceber que Jonas a respeitava a ponto de desabafar com ela.

— Pelo menos teremos dias mais tranquilos. Vamos poder descansar e trabalhar nas redes sociais. Eu estava pensando em marcar um hangout, pois faz tempo que os fãs estão pedindo um. O que acha?

O empresário sorriu.

— Acho que, como sempre, você sabe como manter essa banda na linha. Fico feliz que tenha embarcado nesta jornada conosco.

O dia começara de forma tumultuada, mas melhorara com o passar das horas. Ainda assim, encontrava-se fragilizada.

Sophie sentia vontade de correr até o banheiro e chorar. Fazia o seu trabalho muito bem e ficava feliz de ter o reconhecimento do chefe, mas aquilo não a fazia mais se sentir completa.

Qual é o meu problema?

— Conseguimos o que precisávamos — declarou o diretor que acompanhava o grupo na gravação.

Todos ficaram satisfeitos com a perspectiva de serem liberados para almoçar. Em seguida passariam o som antes do show da noite.

— Podemos conversar quando chegarmos ao hotel? — perguntou Nicholas ao passar por ela no caminho para a van.

Sophie apenas consentiu.

Era a primeira frase direta que o namorado lhe dirigia desde aquela breve conversa no telefone pela manhã. Podia sentir a discussão a caminho. Parecia que as coisas estavam prestes a desmoronar.

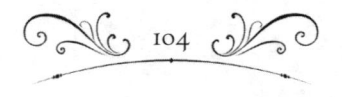

Quando chegaram ao hotel, Nicholas fez sinal para a namorada segui-lo até o seu quarto. Sophie se manteve quieta no trajeto, mesmo querendo elogiar a performance dele durante a entrevista.

Nicholas entrou no quarto e se jogou na cama de tênis e tudo.

— Você pode ser sincera comigo? — questionou.

Sophie ficou um pouco constrangida.

— Sempre faço de tudo para ser sincera com você, Nick — disse ela, tropeçando nas palavras.

— Mas nem sempre consegue, não é? — reagiu o roqueiro demonstrando tristeza na voz.

Ela baixou a cabeça. Não entendia por que ele estava sentindo tanta necessidade de feri-la. Estava um pouco farta daquilo, e sua vontade era sair chorando e se isolar. Queria deitar na cama e ir para o Reino. Talvez lá sentisse um pouco de alegria.

— Nicholas, não sei o que mais quer de mim! Eu respeito você e estou do seu lado, sou sua companheira. Sim, tenho dificuldades em compartilhar e mostrar meus sentimentos. Sim, tenho segredos que guardo de você. E eu tenho esse direito. Mas nada é para o seu mal, ao contrário. Eu não quero te ver infeliz. Quero tentar te fazer feliz. Só que antes preciso saber me fazer feliz.

O rapaz manteve os olhos fechados, pensativo. Não queria pressioná-la a fazer uma declaração, mas ficava magoado por nunca tê-la ouvido expressar seu amor por ele.

— A Anna não sabia sobre a gente antes de vir para cá, né?

Ela não poderia mentir sobre aquilo.

— Não. Ela não *sabia*. Eu não falava pessoalmente com a Anna há séculos e não vi necessidade de compartilhar com ela nosso relacionamento.

— Todos os seus outros amigos não sabem? Seus pais não sabem? O Léo não sabe?

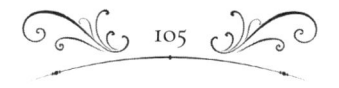

— Meus outros amigos também estão longe de mim e não precisam saber. Mas já contei para os meus pais, recentemente. Só que na verdade a questão é essa, não é? Você quer saber se *ele* sabe.

Nicholas abriu os olhos e se sentou na cama para encará-la. Ela continuava em pé, perto da porta.

— E se eu quiser saber isso? Acho que eu também tenho direitos, não tenho?

Sophie fechou a cara e sentiu o rosto ficar vermelho.

— Eu perdi o contato com ele há mais de um ano. Desde que ele me deixou em casa, após a festa do disco de platina, nunca ouvi nem um oi. Então lamento se não deu para ligar e avisar que tenho um namorado novo! Pelo que eu sei, nosso relacionamento não é público. Como você quer que meu ex-namorado seja informado sobre ele, se nem o público sabe?

Nicholas precisava admitir que Sophie tinha razão em muito do que dizia.

— Pensei que você estivesse feliz comigo e que me quisesse ao seu lado — balbuciou o rapaz.

— É claro que eu quero você ao meu lado, Nicholas! — descontrolou-se a ruiva. — Quantas vezes vou precisar dizer isso? Eu não ligo para o Leonardo nem para a nova namorada dele. Meu foco é você e só você.

Pelo menos, eu queria que isso fosse verdade.

Houve um silêncio.

Ela sentiu que ainda havia algo errado, mas não entendia o quê. Só percebeu o que dissera segundos antes da frase seguinte do namorado, mas era tarde demais.

— Que bom que você não liga para o Leonardo e a *nova* namorada. Bom saber!

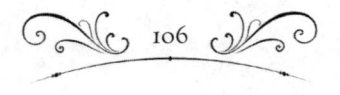

Sophie explodiu de raiva e, sem ânimo para continuar a conversa, saiu como um furacão do quarto. Não se importava se algum hóspede os ouviria. Não queria mais pensar na opinião da mídia e pouco se importava com as fofocas.

Queria apenas sumir.

Ligou para Jonas e pediu para tirar o restante do dia de folga, apesar de ter acabado de voltar de uma. Como estava sempre fazendo horas extras, o patrão não se importou. O empresário logo percebeu a voz alterada dela, o que ajudou na agilidade de sua liberação.

Sophie não era de faltar, e se ela estava alterada provavelmente isso significava que seu vocalista também estaria.

Era por ocasiões como aquela que um dos mantras de Jonas era: nada de romances na estrada.

Sophie começava a concordar com ele.

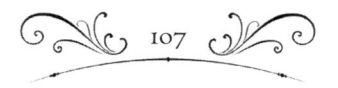

11

Chorou no quarto por um bom tempo. Tinha comido apenas uma maçã no café, mas não desceu para almoçar com a equipe. Também ignorou o serviço de quarto. Estava completamente desanimada, e o desentendimento com o namorado piorava tudo.

Tinha noção do quanto sua atitude era prejudicial para si mesma. Além disso, faltar um dia de trabalho podia acarretar muitos problemas para a banda, principalmente em uma noite de show. Sentia-se um pouco culpada porque, se ela estava tão deprimida, Nicholas também não devia estar nada bem, e ele era a alma da banda Maguifires. Pensou em tentar localizá-lo e se desculpar, mas não conseguiu tomar essa iniciativa. O pânico dominara seu corpo, e as lágrimas, os olhos. A visão estava cada vez mais embaçada.

Chegara ao seu limite e cogitou buscar a caixa de remédios que havia trazido consigo. Antes de começar aquela viagem, ainda frequentava o consultório do dr. David pelo menos uma vez por mês, mas não tomava mais as medicações. Em sua última visita, ele recomendara que ela levasse uma cartela, fazendo-a prometer que só tomaria o remédio se tivesse alguma crise na estrada. Sentia que aquele era o momento certo, mas decidiu não tomar nenhuma atitude sem antes conversar com ele. O médico a advertira de que andaria com pessoas acostumadas ao uso de álcool e drogas. Uma mistura desses hábitos com remédios controlados poderia ser desastrosa.

— Sophie! Quanto tempo! Pensei que não fosse precisar de mim por aí — declarou o psicólogo e psiquiatra, assim que atendeu a ligação internacional. — Ou você só queria dizer um oi?

Sophie gostou de ouvir a voz serena do doutor. Ao longo dos anos, ele se tornara um porto seguro. De repente ela percebeu que teria sido melhor não ter parado o contato durante a viagem. As sessões sem dúvida tinham feito falta naqueles meses.

— Infelizmente, estou precisando — respondeu a ruiva, chorosa.

A preocupação dele logo se revelou pelo seu tom de voz.

— O que está acontecendo, Sophie?

A garota precisou respirar fundo algumas vezes antes de conseguir falar. A briga com Nicholas realmente a deixara um tanto descontrolada.

É muita pressão acumulada.

— Estou pensando em usar aquela cartela que me receitou...

— Você pode usá-la, Sophie. Mas é importante fazer isso com responsabilidade.

Sophie entendia aquela preocupação.

— Claro, eu estou ligando por isso! É que realmente não tenho conseguido mais controlar minhas emoções. Muita coisa aconteceu nos últimos meses, doutor.

O médico a aconselhou a tomar um pouco de água e deitar-se na cama enquanto conversavam, para que se sentisse em um divã.

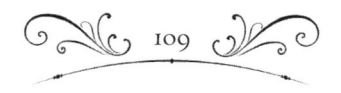

— Pode me dizer o que mudou em sua vida? É importante analisarmos se é uma mudança passageira.

De um fôlego só, Sophie relatou os últimos acontecimentos da turnê, com o máximo de detalhes:

— Para começar, acho que estou me sentindo pressionada por ter de trabalhar sob o olhar constante do meu chefe e de lidar o tempo todo com um grupo de estrelas, e ainda há o caos que a mídia criou em cima deles e a intensidade dos fãs. Está difícil conviver com essa mistura.

— Realmente você tem tido muito com o que lidar.

— E ainda há a questão do vício da Samantha e sua instabilidade. Também tenho tido muita insônia.

— Tente utilizar algumas das técnicas de concentração que eu te ensinei. Faça os exercícios de respiração, volte a escrever em seu diário de sonhos, que é tão importante, e estabeleça prioridades no seu dia a dia.

Sophie concordou.

— Agora conte-me sobre seu novo relacionamento. Como você tem se sentido?

Sophie relatou sobre o namoro com Nicholas, o fato de estar insegura quanto a seus sentimentos, a vergonha em confessar o relacionamento para o patrão, a preocupação em esconder tudo do público, o turbilhão de emoções quando a informação quase vazou, a falta de comunicação entre os dois e o ciúme dele.

— Acho que estou preparada para amar de novo, mas não sei se posso sofrer outra vez. Isso é o que mais mexe comigo.

— E você tem tido contato com seu passado e as outras pessoas que também são importantes na sua vida?

— Sinto muita saudade dos meus pais e dos meus amigos. Estive com Anna recentemente aqui em Bolonha. Foi muito bom revê-la.

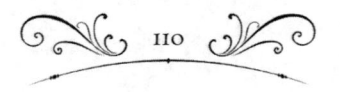

E às vezes converso com Mônica por telefone... Ela me contou que a Unique também vai participar do festival em Roma, eles vão abrir o show da Maguifires. Estou um pouco ansiosa com a possibilidade de rever o Léo, por mais que eu saiba que tudo entre nós já é passado e que ele até está envolvido com outra garota agora. O pior de tudo é que a Unique acabou de lançar um single, você já ouviu? Acho que é inspirado em mim, na minha depressão e no Reino. E eu não consigo deixar de pensar que tudo seria mais fácil se eu voltasse para lá. Se me afastasse de tudo.

Houve uma pausa.

— Eu ainda não ouvi esse novo single da Unique, vou procurar saber sobre ele. Vejo que os últimos meses não foram nada fáceis para você, não é à toa que está se sentindo fragilizada. Qualquer um se sentiria assim, ainda mais com o seu histórico de tratamento. Já se alimentou hoje?

A garota ainda se surpreendia com a calma do médico quando ela mencionava o Reino e em como ele parecia ignorar o fato de que Sophie acreditava em um Reino mágico e, logo em seguida, se preocupava com o apetite dela.

— Comi uma maçã no café e não almocei.

O doutor ponderou um pouco antes de chamar sua atenção:

— Você sabe que uma maçã não sustenta ninguém, nem mesmo uma pessoa pequena como você. Já conversamos muito sobre a necessidade de você se alimentar corretamente e de não deixar o estresse afetar seu apetite. Você se fortaleceu tanto nos últimos anos! Não há motivo para ter uma recaída.

Como não?, pensou, analisando tudo o que acabara de desabafar.

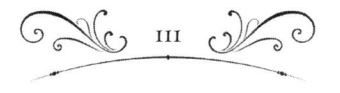

— Sophie, todo esse turbilhão que você está enfrentando é passageiro. Hoje, o bullying que você sofreu é apenas um fantasma. Digo o mesmo a respeito da sua sensação de solidão. Por que acha que as suas dificuldades atuais não poderão ser derrotadas?

Ele tinha razão. Depois de todas as conquistas que tivera, não havia motivo para não superar seus medos do presente.

— Agora, eu quero que você peça comida e tome o primeiro remédio da cartela. Você vai precisar tomá-lo diariamente. Tente se alimentar com coisas saudáveis. Isso ajuda muito o seu tratamento. Quero que me ligue mais vezes enquanto estiver na Europa. Você vai precisar enfrentar seus medos, Sophie. Não deixe que eles tomem conta de você. Ninguém nasce para sofrer e se apagar do mundo.

O psicólogo fora realmente um acréscimo válido em sua vida.

— Mas o que eu faço em relação a tudo isso?

Dr. David respirou fundo.

— Seu emprego é muito importante para você e acho que seria bom focar nele de maneira positiva. Pense em todos os objetivos que tinha na época da faculdade. Na sua alegria quando o sr. Richmond a convidou para essa turnê. Você sonhou e desejou tanto isso que aprender a lidar com as dificuldades envolvidas com o trabalho tem que ser parte do processo. Não se esqueça de respirar fundo. Fique longe de qualquer substância que possa te prejudicar e se mantenha ocupada. Quando está focada em suas atividades, você para de se preocupar com os problemas.

— E em relação ao meu namoro?

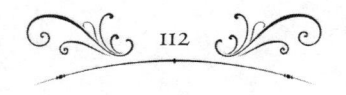

— Quando você e o Léo decidiram terminar, nós conversamos muito sobre relacionamentos, lembra? Não foi fácil para você lidar com o término, pois ele tinha sido um pilar essencial em sua vida por muito tempo. Você se lembra de que conversei com você sobre não deixar as pessoas se tornarem um ponto de apoio onde se sustentar? Uma pessoa não precisa de ninguém para ser feliz. Só de si mesma. É saudável iniciar um novo relacionamento, ainda mais quando a outra pessoa tem tanto em comum com você. Não estou aqui para julgar as suas escolhas, mas acho que o único ponto negativo dessa história é você ter se envolvido com um dos integrantes da banda com a qual está trabalhando. Pelo que você me contou sobre esta manhã, o que aconteceu foi uma cena clássica de ciúmes. Ele está com ciúmes de você com o Léo. E você também está enciumada por causa da nova namorada do Léo.

A última frase a revoltou.

— Calma aí! Eu não estou com ciúmes do Léo com essa groupie!

Sophie conhecia muito bem o médico e sabia que ele devia estar se segurando para evitar um comentário sarcástico. Pelo silêncio dele, devia estar pensando em uma forma delicada de expor sua opinião.

— Você acabou de chamar uma mulher que não conhece de groupie.

Ela entendeu, mas ainda não concordava.

— Se o senhor olhar dois segundos para a foto dela, com aqueles vestidos que quase mostram tudo, entenderá o que estou dizendo.

Houve um novo silêncio do outro lado da linha.

— Mas é o seu incômodo com a vestimenta dela que chateia o seu novo namorado. Dá para entender o lado dele, não dá?

— Muito sabe-tudo, você... — retrucou ela com sarcasmo.

— Não sei tudo sobre a vida, mas conheço você um bocado, Sophie.

A ruiva não teve o que dizer.

Depois de devorar um espaguete, caiu na cama, exausta por todos os dramas vividos naquele dia. Acordou com a insistência de uma batida na porta de seu quarto e levantou-se assustada, mal conseguindo olhar para o relógio. Ficou frustrada por não ter visitado o

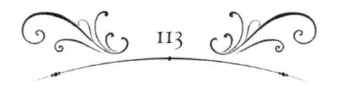

Reino: aquele teria sido um momento propício para voltar às terras da avó.

Bambeou pelo quarto escuro até chegar à porta. Dependendo de quem fosse, preferia fingir que ainda dormia, por isso nem perguntou quem era. Viu Nicholas pelo olho mágico, cabisbaixo no corredor. Parecia que muito tempo tinha se passado desde a última vez que o vira. Espichou-se para olhar o relógio e entendeu que dormira mais do que imaginava. Pela aparência cansada, ele havia acabado de chegar do show.

Sophie estava usando apenas uma regata preta e calcinha. Abriu só uma fresta da porta para que ninguém pudesse vê-la. Também tinha certo receio da reação de Nicholas. *Será que ele veio para terminar comigo?* Não sabia se suportaria aquilo. Talvez precisasse se demitir. O estômago começou a doer.

— Oi... — sussurrou ao encará-lo da forma mais doce possível.

Nicholas não lhe deu tempo de dar mais nem um suspiro.

Ele entrou depressa no quarto, fechando a porta com força, e pegou Sophie pela cintura. A ruiva cruzou suas longas pernas ao redor dos quadris dele. Em um beijo caloroso, os dois derrubaram tudo que havia pelo caminho até a cama. O importante era a paixão que existia entre eles.

Com os corpos em um frenesi, suas mãos percorreram os cabelos um do outro com intensidade. Ele sustentou o corpo frágil de Sophie, e ambos se entregaram ao calor do momento como se suas vidas dependessem disso.

Amaram-se como nunca tinham se amado antes. Em cada movimento e som, ficava evidente o quanto um significava para o outro.

Ela precisava de momentos assim.

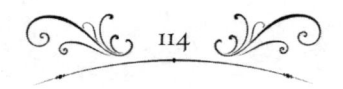

— Não parei de pensar em você um minuto — contou Nicholas, ao lado da garota na cama do hotel. — Foi muito difícil me concentrar no show. É difícil me concentrar em qualquer coisa quando estamos brigados.

— Eu te amo... — disse Sophie, hesitante, pela primeira vez. Ela queria mostrar para o namorado o quanto se importava e o quanto estava envolvida. Não queria que Nick tivesse motivo para sentir ciúmes.

Uma lágrima solitária escorreu do olho direito do rapaz, e ela chorou também. Ele sorriu e a abraçou com carinho. Por causa do suor, o cabelo de Nicholas estava grudado de um jeito engraçado em sua testa. Mas nada disso importava.

Nada, exceto a energia que trocavam naquele momento.

E o fato de que estavam juntos de novo.

12

Sophie abriu os olhos lentamente e viu no alto um tecido escuro com pontos luminosos, que reconheceu de outra época de sua vida. Era a tela que cobria a sua cama no castelo de Ny. Estava de volta a seu quarto no Reino, e isso encheu seu coração de conforto.

E também de incertezas.

Em sua primeira jornada de autodescoberta no Reino, sempre voltava ao mundo mágico logo após resolver o enigma de uma carta. E, enquanto dormia ao lado de alguém, só visitara o lugar duas vezes. Uma vez no carro com sua mãe, e outra com Léo, quando ele visitou o Reino com ela.

Depois de uma noite de amor com Nicholas, Sophie imaginou que devia ter dormido de cansaço.

— Que bom vê-la por aqui — comentou uma voz familiar.

Na beirada da cama, a Guardiã trançava seu longo cabelo loiro enquanto esperava a princesa se levantar. Sophie notou que o homem moreno não estava ao seu lado.

— Bom te ver sozinha para podermos tagarelar — brincou.

Sycreth sorriu. Havia uma ligação cósmica entre as duas. Não passavam muitos momentos juntas, mas tinham se tornado grandes amigas.

— Por que estou aqui? — quis saber Sophie.

— Sempre curiosa, princesa! Mas temo não ter essa resposta. Você ainda não terminou sua jornada pela carta O Enforcado, porém sinto que sua energia está diferente hoje.

— Você me deixa com medo quando fala assim. Será que estou prejudicando o círculo de pedras das pixies novamente?

— Ainda não chegamos a esse ponto. Talvez você esteja se desviando dos ensinamentos da carta que precisa desvendar. Acredito que deva estar com dificuldade de abandonar elementos de seu passado para enfim mudar de vida.

Sophie estranhou a suposição. Nada mudara em suas atitudes desde que começara a estudar a carta. Não entendia o que poderia estar fazendo de diferente.

— Acho que talvez esteja errada, amiga! Não tive tempo ainda para trabalhar em mim o que descobri sobre a carta. Passei por alguns momentos difíceis, mas agora está tudo controlado.

A Guardiã torceu o nariz ao ouvir a palavra "controlado".

— Você já sabe que O Enforcado é a carta das promessas não cumpridas e dos amores não correspondidos, não é?

Será que isso é uma indireta?

— Não me lembro de fazer nenhuma promessa, e sou correspondida. Eu e Nicholas temos nossos altos e baixos, mas nos amamos. Hoje mesmo tive uma prova disso.

Sycreth achou melhor retirar a tensão do ambiente, entendendo que poderia confundir ainda mais a princesa com aquele tema. Não queria cutucar feridas abertas.

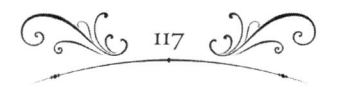

— Que tal darmos uma volta pelo Reino? Vai lhe fazer bem, e os Tirus vão gostar de vê-la. Eles às vezes reclamam porque em algumas de suas vindas você só vê a mim, ou visita apenas a Rainha, Mama Lala e Jhonx. Até Condx sente ciúmes.

Sophie concordou e resolveu se arrumar. Se estivesse no seu mundo, provavelmente colocaria a primeira calça e regata que encontrasse e esconderia o cabelo bagunçado em um chapéu. Samantha brincava que a ruiva só usava chapéu quando a preguiça de lavar o cabelo era grande.

Mas ela não estava mais em um hotel na Itália.

Encontrava-se em um belíssimo paraíso, onde as pessoas usavam vestidos bufantes de longas caudas e cartolas. Lá, todos amavam cores. Aquele era o único lugar onde ela se sentia à vontade para usar roupas espalhafatosas e coloridas.

Sabia quanto Sycreth gostava de fazê-la de sua boneca, então a deixou arrumar seu cabelo e escolher o seu visual. A Guardiã se decidiu por um vestido creme sem mangas, com aplicações de flores delicadas nas tonalidades rosa, azul e amarela sobre a parte transparente do colo. O cabelo foi apenas ajeitado, pois agora Sophie o usava mais curto, na altura do ombro. Sycreth gostava da nova aparência da princesa. Achava que a deixava mais madura.

Sophie estava diante do mesmo espelho em que aprendera a se ver com orgulho. Agora, mesmo confusa e longe da perfeição, nem precisou de muita reflexão para saber que estava linda. Acreditava ser uma pessoa bonita e de bom coração. Era um gigantesco avanço desde a primeira vez em que a imagem dela se refletira naquela superfície.

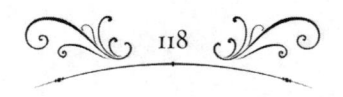

Quando deixaram o quarto, Sophie observou que recebia atenção por onde andasse. Ninguém deixava de notar a princesa caminhando pelos salões do castelo, e aquela era uma situação muito diferente de sua realidade. Na época do colégio, ela não chamava atenção alguma pelos corredores. Agora as pessoas tendiam a olhar para os membros da banda com quem trabalhava. No Reino, *ela* era o foco. Aquilo sempre seria especial.

O importante para ela era o olhar deles.

Somente deles.

— Feliz retorno, princesa! — comentou um grupo animado de cidadãos na porta da residência real.

Sophie sentiu-se grata pela recepção daquelas pessoas. Aproveitou para olhar ao redor e ver se reconhecia mais alguém, porém Sycreth logo lhe informou:

— Dessa vez acho que seremos apenas nós duas. Sua avó está reunida com o conselho, Jhonx, na biblioteca, e Mama Lala, como sempre, em sua cabana na floresta.

— Sua presença é mais do que suficiente. Gosto quando temos momentos assim.

Seguiram pelos gramados verdejantes, cujo tom beirava o limão.

Por onde andavam, cumprimentavam as pessoas e sorriam. Até que algo chamou a atenção da princesa.

À sua frente havia uma feira: barracas feitas de madeira e tecidos coloridos exibiam jarros de formatos distintos, guloseimas com cores néon e diversos ingredientes mágicos, como pelos de unicórnio, escamas de sereia e pó de fadas. Ali perto, dois Tirus discutiam por causa de um estranho tipo de pão, que tinha cor lilás. Sophie viu o quanto estavam alterados, e o conflito poderia partir para uma agressão física a qualquer momento. Aquilo era algo totalmente inesperado para seu local mágico. O Reino parecia ter saído de um conto de fadas, e gostava de acreditar que ali nunca havia gritos e discussões.

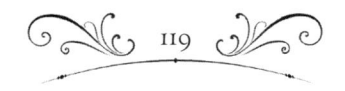

— O que está acontecendo ali? — indagou, surpresa.

Sycreth suspirou e, sinalizando para os guardas próximos ao castelo, orientou que interviessem na discussão.

— Isso tem se tornado comum aqui, infelizmente.

A hesitação de Sycreth e sua resposta evasiva deixaram Sophie ainda mais aflita.

— Como assim comum? Aqui não é um Reino de paz? Você e Drak não são responsáveis pelo povo? Minha avó está sabendo disso?

O suspiro da jovem que a acompanhava foi diferente daquela vez. Mais pesado. Até mesmo irritado, o que para Sophie seria outra novidade, afinal, Sycreth sempre fora sensata e serena.

— Os comandantes de onde você vem conseguem controlar todos os habitantes? Existe paz o tempo todo em seu outro mundo, alteza?

Sophie ficou embaraçada. Compreendia o que a Guardiã queria dizer.

— Como eu disse, tentamos o nosso melhor — continuou Sycreth. — Mas nem sempre é o suficiente.

Os guardas se aproximaram dos dois Tirus. Um deles vestia terno e cartola azul-anil, e o outro, uma estampa quadriculada em tons rosados. Muitos dos cidadãos ainda encaravam Sophie, e ela sentiu necessidade de tomar uma atitude.

— Podemos ir até lá? — perguntou a ruiva.

— Este é o seu Reino.

As duas se dirigiram para o foco da confusão, e a atenção que recebiam foi redobrada. Todos os Tirus presentes acompanharam seus passos até o conflito. Quando chegaram, os dois causadores da confusão ficaram chocados e automaticamente se curvaram diante das mulheres.

— Alteza, pedimos desculpas por perturbá-la com nossas atitudes. Não acontecerá novamente.

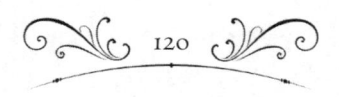

Sophie ficou surpresa por não precisar dizer nada. Em seu outro mundo, não tinha o mesmo tipo de autoridade.

— O que aconteceu?

Os dois homens, afastados pelas mãos dos guardas, se olharam por longos segundos.

— Pedimos a nossa Rainha para estabelecer novas medidas em nossa feira, princesa. Todo o trabalho da comunidade é compartilhado, mas algumas pessoas, como este senhor aqui presente, não gostam de colaborar nas atividades coletivas em prol do Reino e da família real. Ainda assim, querem as mesmas regalias.

Ao dizer a última frase, o cidadão olhou para o pão.

— O conselho lhe deu algum retorno sobre metas e responsabilidades? — questionou ela.

O homem balançou a cabeça negativamente, e seu companheiro de discussão manteve-se mudo.

— O senhor teria algo a acrescentar a essa história? — questionou Sophie, dirigindo-se ao homem de trajes quadriculados.

Todos os olhos se voltaram para ele. Seria impossível escapar daquela situação.

— Eu amo minha princesa e minha Rainha! Amo meu Reino! Mas, quando a preguiça me toma e ninguém aparece para me mostrar que preciso trabalhar, e que isso até poderia ser divertido, além de benéfico para todos, então simplesmente não trabalho.

Sycreth parecia envergonhada com os relatos e, estarrecida, observava Sophie conversar com os dois homens.

— O senhor gosta de pão? — perguntou a ruiva, sorrindo.

— Claro! — O homem riu, um pouco surpreso com a pergunta. — Os cozinheiros do Reino fazem o melhor pão. Tudo aqui da feira é muito saboroso.

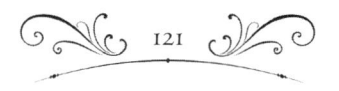

Ela ouviu o outro feirante bufar com a declaração. Alguém sussurrou um "folgado" atrás dela, mas Sophie resolveu não buscar de onde vinha.

— Fico feliz por saber disso. Ainda não experimentei o pão daqui. Se me permitir, gostaria de lhe fazer mais uma pergunta.

Mais do que depressa, o senhor curvou-se e explicou que estava ali para agradá-la e não queria prejudicar ninguém.

— O senhor já parou para pensar que, no tempo que o cozinheiro fez esse pão, ele poderia estar com a família dele? E que, se o senhor ajudasse em alguma atividade, todos nós conseguiríamos atingir resultados até melhores?

O homem coçou a cabeça, sem saber o que responder. Sycreth ficou satisfeita ao ver aquilo.

As bochechas do homem agora estavam coradas de vergonha, seu olhar estava cabisbaixo, e seus olhos, um pouco marejados.

— O que dizer em uma situação dessas, não é? A alteza tem toda a razão. Peço desculpas por ter pegado mais um pão. Tem horas que a gente não pensa. Nunca mais vou me esquecer do trabalho necessário para fazer as coisas darem certo.

A jovem sorriu para ele. Depois se voltou para o grupo que a olhava.

— Este homem entendeu seu erro quando outra pessoa lhe dedicou atenção. Todos vocês são bondosos e agem com boas intenções. Às vezes, só é necessário um momento. Conversem, trabalhem juntos, sonhem juntos. Nós podemos mudar todos os reinos assim. Este é o poder dos Tirus: mudança e crescimento.

Houve um som alto de palmas, vindas de todos os lados. A melodia das flores ao redor ficava cada vez mais animada, e Condx e a fênix singraram o céu, comemorando.

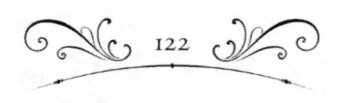

— Belas palavras, princesa! O Reino precisa de discursos assim para funcionar. Para voltar a ser apenas sereno como foi por muito tempo.

Sophie refletiu sobre as palavras da amiga, que pareciam ecoar em sua mente. Estava preocupada, pois não entendia por que a avó não estava ali. Os Tirus não podiam ficar sem quem os incentivasse a seguir o bom caminho. Até ficou impressionada com a própria iniciativa. Provavelmente o dia a dia com a banda a ajudara a amadurecer e a solucionar melhor os conflitos que surgiam, mas talvez O Enforcado também estivesse tendo um grande efeito sobre ela. Esperava que aquilo significasse que poderia superar com mais facilidade os próprios dilemas e conflitos.

Será que essa carta pode estar agindo tanto assim em mim?

— Ainda vamos conversar? — questionou a Guardiã, indicando que queria continuar a caminhada.

A princesa sorriu, consentindo, e saíram da feira. Quando avistaram um tronco de madeira caído, sentaram-se para conversar na privacidade da floresta. Tudo o que Sophie dizia ou fazia repercutia publicamente, então estava feliz em se resguardar um pouco, longe de todas as formalidades, ao lado de Sycreth.

— Então você se casou! — exclamou sem rodeios, fazendo a outra rir.

A Guardiã a levara para passear no intuito de buscarem juntas uma solução para as próximas cartas. Por isso, a pergunta a pegou de surpresa.

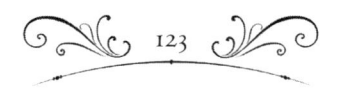

— Eu o conheci pouco tempo depois de a alteza se afastar. Desde o primeiro dia, tínhamos certeza de que éramos almas gêmeas e estávamos destinados a passar a vida juntos. Temos muita afinidade, e quando nos olhamos tudo parece parar. Quando estamos juntos, nossos sentidos se embaralham. Não poderia haver outra explicação para esses sinais.

Ouvindo a intensidade da paixão na voz da amiga, Sophie se lembrou de alguns momentos de sua vida, quando também amara daquela forma. Sentia-se um pouco triste de reconhecer que não era a mesma coisa com Nicholas, apesar de agora estar praticamente convencida de que o amava.

Talvez a vida esteja me punindo de alguma maneira.

— A vida nunca te fará mal de propósito — disse a que guardava os segredos, escutando os pensamentos da protegida.

Sophie quase sempre se esquecia de que Sycreth tinha um dom especial que lhe dava acesso a tais sentimentos e segredos.

— Tenho muito medo de machucar pessoas que realmente amo. Não é nem um pouco fácil a minha situação.

As duas ficaram em silêncio por um tempo, apenas observando a paisagem.

— Está na hora de conversarmos sobre Léo — disse Sycreth. — Sobre amores não correspondidos.

O coração de Sophie quase parou. Sabia que precisariam conversar sobre o passado, mas não imaginava que isso aconteceria tão cedo.

— Por isso você estava falando da carta, não é? — questionou a princesa. — Você acha que existe ainda algo não resolvido entre mim e Léo?

Sycreth suspirou.

— Quando você apareceu com o rapaz aqui no Reino, foi uma experiência muito forte, até porque apenas um sentimento muito profundo seria capaz de romper as barreiras entre as dimensões. Por isso, quando logo depois você optou por se concentrar em seu mundo natural, nenhum de nós ficou surpreso.

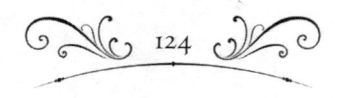

— E agora vocês estão se perguntando o que motivou meu retorno depois de tanto tempo — completou Sophie, um pouco desconfortável ao perceber que os outros vinham discutindo sua vida amorosa.

Sophie sentia que as pessoas achavam que ela podia quebrar a qualquer momento, voltar a ser uma menina insegura. O que ninguém enxergava era que ela se tornara uma mulher e, apesar dos momentos ruins, se considerava feliz.

— Todos nós tememos que o seu retorno não tenha sido motivado por uma necessidade de amadurecimento pessoal, mas por uma dificuldade de se desvencilhar do passado. Na verdade, um amor como esse nunca acaba, alteza.

A princesa ficou com raiva e apertou os punhos, cravando as unhas na pele, mas sabia que aquele sentimento não combinava com o Reino. Já aceitara como fato o fim do relacionamento com o ex e seguira com a sua vida. Não entendia por que outros não conseguiam acreditar nisso.

— Entender que uma etapa complexa da vida passou leva tempo — continuou a Guardiã.

Sophie se levantou de supetão. Séria e com os punhos fechados, observou as dezenas de casas coloridas e o castelo de nota musical. Queria que sua vida voltasse a ser mágica como aquele local tão puro, sem dúvidas, sem traumas.

— Minha vida não é mais a mesma. É melhor deixar tudo isso quieto!

— E fazer isso não seria como se enforcar? Sufocar o presente por causa de sentimentos que ficaram no passado, não se permitir escolher de coração aberto um caminho novo, abafar a alma com dúvidas e medos?

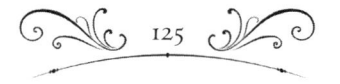

Sophie compreendeu onde a amiga queria chegar e então viu razão na conversa. Nos últimos tempos, tudo acontecia tão rapidamente, e suportava tanta pressão que ficara suscetível a antigos hábitos e pensamentos autodestrutivos. Percebera que vinha se sabotando, sacrificando alguns de seus desejos, mas, principalmente, se sufocando nos milhares de perguntas que ainda existiam dentro de si. Não estava se permitindo viver o presente por causa de sofrimentos do passado.

Agora percebia...

Era ela quem se enforcava.

13

Os dias em Bolonha tinham passado depressa, agitados, com altos e baixos como em uma montanha-russa. Deitada ao lado de Nicholas, Sophie ainda estava atônita pela visita ao Reino e, mais uma vez, pensava em Léo. Tudo parecia envolvê-los. Sentia-se cansada dessa sensação de déjà-vu.

Quietinha na cama, abraçada pelo namorado, lembrou-se de um dos últimos momentos realmente felizes ao lado do antigo companheiro. Um pouco antes de ele assinar com a gravadora, estavam no apartamento dela, perto da universidade onde estudava, e conversavam deitados sobre o futuro.

— Um dia, minha banda será famosa e você será a nossa produtora. Juntos vamos rodar o mundo mostrando nossas canções e poderemos tirar uma foto de nosso beijo em cada continente.

— Até na Antártida?

— Para você ver quão famosos nós seremos — brincara Léo na época.

Aquelas lembranças doíam. Agora, ela estava em uma turnê pelo mundo e ele não se encontrava mais ao seu lado. Não conseguia acreditar que até o Reino a condenava por trancar toda a tristeza do fim do relacionamento dentro de si. Desde o rompimento, nunca mais falara com Léo. Nunca gritara com ele nem dissera quanto ele havia sido imaturo. Não procurara saber se ele ainda sentia algo ou se havia pensado nela nos últimos tempos.

Quando eles terminaram, Sophie pensava muito nele.

Agora, não sabia mais dizer o que realmente sentia. Estava um pouco arrependida por ter se precipitado ao declarar seu amor por Nicholas. Não queria magoá-lo.

— Acordada?

Sophie deu um pequeno pulo de susto na cama, como se aquela pergunta significasse que ele pudesse ouvir seus pensamentos. Sentia-se mal por pensar no ex enquanto estava deitada ao lado do atual namorado.

— Acordei faz pouco tempo — respondeu um pouco atordoada e ainda sonolenta.

Ele sorriu e a beijou delicadamente, abraçando-a ainda mais.

— Queria te avisar que Jonas não está muito feliz. Ontem eu levei um sermão depois do show. Acho que hoje será a sua vez.

Aquilo não a animou.

Tudo o que menos precisava era ver o patrão zangado com ela. Respeitava-o demais para decepcioná-lo.

— Nicholas, posso perguntar uma coisa?

— Claro! — exclamou Nicholas, um pouco surpreso com a pergunta.

Sophie estava confusa com os últimos acontecimentos e queria aliviar as cordas que a enforcavam.

— Você vê futuro na nossa relação? — questionou, mesmo sabendo que provavelmente machucaria o namorado com aquela conversa.

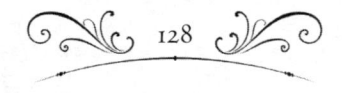

— Não estou perguntando se você me ama, pois sei que sim. Mas, apesar de saber que nós até fizemos planos de viajar depois da turnê, eu gostaria de saber se chegou a pensar nisto: no futuro.

— Não sei como você ainda pode ter dúvidas, mas, se ficará mais segura em ouvir da minha boca, aí vai: sim, Sophie! Eu amo você e vejo um futuro para nós. Sempre vi um futuro, e pensei que havia deixado isso claro para você. Você não é uma simples namorada para mim, muito menos um caso de estrada. Se for necessário, eu posso repetir isso todos os dias para você. Tenho investido em nossa relação como nunca fiz com ninguém.

— Mas *como* você chegou à conclusão de que vale a pena investir em mim? Como concluiu que nós teremos um futuro?

Nicholas respirou fundo e se sentou na cama. Passou as mãos pelos cabelos, temeroso do resultado daquela conversa.

— Nunca precisei chegar a uma conclusão — disse, após um segundo de hesitação. — Eu te amo, e para mim isso já é suficiente para querer você do meu lado. Nunca falei essas palavras para outra pessoa. Acho você uma garota incrível, talentosa, esforçada, de bom coração e linda. Aliás, linda é pouco. Você é deslumbrante. Como eu não ia querer uma mulher assim no meu futuro? Eu quero um futuro assim. Com você.

— Mas eu tenho tantos problemas... — sussurrou Sophie, sentando-se e encostando a cabeça no ombro dele.

Nicholas entendeu que todos aqueles questionamentos não passavam de inseguranças dela. Isso balançou um pouco seu coração. Ao menos, ela havia dito que o amava e não parecia querer terminar.

— Você foi moldada pela superação de todos esses seus problemas, e eu amo quem você é. Por isso, não tenho do que reclamar. Você também não deveria.

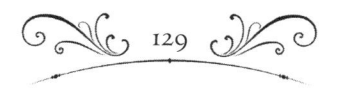

Dando um pequeno beijo nos lábios dela, o rapaz se levantou para se vestir. Era o último dia deles na cidade, antes de partirem para Verona. O tempo passava rápido demais. Logo estariam de volta a Roma.

Apesar da mente ainda pesada, Sophie também decidiu se levantar. As palavras de Sycreth e Nicholas ecoavam em sua cabeça, e se preocupava com o que Jonas lhe diria nas próximas horas. Precisava estar pelo menos apresentável quando se encontrasse com ele.

Após todos os seus rituais de limpeza, desceu para o café da manhã ao lado do namorado, na intenção de mostrar que tudo voltara ao normal.

— Bom dia, pessoal! — cumprimentou Nicholas ao sentar-se à mesa ao lado da irmã.

O empresário estava de óculos escuros e braços cruzados, claramente irritado.

Após longos minutos em silêncio, enquanto todos degustavam o desjejum, Jonas resolveu falar:

— Ontem o show foi medíocre. Não estou dizendo que foi ruim, pois todas as músicas foram tocadas, e vocês cumpriram com o trato. Só que o papel de um músico que trabalha para mim não é só subir em um palco e tocar alguns acordes de forma automática. É viver a música! Sentir cada trecho da melodia e se entregar ao público. Transformar aquela noite em uma ótima lembrança para quem esteve presente. Um show pode ser um dos melhores momentos da vida de uma pessoa, e vocês não podem se esquecer disso. Vocês fazem parte desses momentos e precisam se sentir gratos.

O grupo ficou constrangido. Alex olhou para baixo, envergonhado. Bobba manteve-se em absoluto silêncio, e Samantha mordeu o lábio.

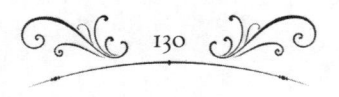

Nicholas era o maior culpado pela performance medíocre da noite anterior, mas todos eles já haviam passado por dias complicados antes. Quando se trabalha em grupo, sempre há situações assim. Mas aquelas palavras eram uma lembrança de que precisavam ficar mais atentos.

Jonas fez um intervalo no discurso, percebendo que ninguém se manifestava, apesar de todos estarem atentos.

— Problemas existem todos os dias e na vida de qualquer um. Precisamos de desafios para nos tornarmos seres humanos melhores. *Artistas* melhores. É na dificuldade que encontramos crescimento. Como empresário de vocês, vejo que ainda há *muito* crescimento à nossa frente. Se disserem que vocês estão no topo e sabem tudo o que precisam saber sobre a indústria, é besteira. Vocês ainda têm um logo caminho até o topo e nunca saberão tudo o que precisam saber. Sempre haverá coisas novas a serem descobertas e novas metas a serem atingidas. Agora eu pergunto: qual é a nova meta de vocês? Depois dessa turnê, o que querem conquistar? Não me refiro apenas a bens materiais ou posições de poder, me refiro também a questões espirituais. Vocês querem se tornar melhores músicos e melhores pessoas?

As palavras os machucavam, mas também os faziam refletir.

— Quero que tirem a manhã para pensar nisso. De tarde, após o almoço, me encontrem na sala de reuniões daqui do hotel. Hoje faremos um primeiro *brainstorm* sobre o próximo álbum. Terminem seu café da manhã e pensem. Usem esse tempo para refletir de verdade sobre o futuro de vocês.

Quando todos começaram a se levantar, Sophie se viu um pouco perdida. Mesmo sabendo que o discurso do patrão havia sido direcionado para a banda, sentia que era para ela também. Porém, não viu nenhum sinal vindo dele sobre qual era o *seu* próximo passo. Por isso, esperou todos se levantarem antes de seguir para o quarto. Já faltara um dia importante de trabalho e não achava que seria benéfico perder outra manhã.

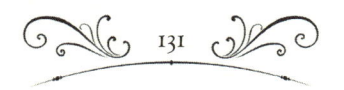

— A mocinha fica — esclareceu o empresário quando Nicholas se levantou. — Temos muitos assuntos pendentes.

O cantor hesitou por um instante, mas seguiu sozinho para o quarto. Não achava que Jonas fosse tomar qualquer decisão contra sua namorada.

— Preciso fumar um cigarro. Vamos até lá fora — chamou o empresário, se adiantando em direção à porta.

Pararam diante da porta principal do edifício e viram apenas um fotógrafo entediado na esquina. Se tivessem cuidado, poderiam conversar.

— Lembro-me até hoje de nossa primeira conversa — disse ele entre uma tragada e outra. — Naquele dia, foi como se eu tivesse acabado de entrevistar uma versão minha do passado. Era incrível como você tinha a mesma energia que eu no começo da minha carreira. Os mesmos princípios e objetivos. A garra e a vontade de provar seu valor a si mesma. Isso me fez colocar você na equipe.

Sophie involuntariamente sorriu.

— Mas eu não tenho mais motivos para dar um sorrisinho como esse que está no seu rosto. Durante esta turnê, você teve instantes de excelência, e muitas vezes fiquei te devendo uma. Só por isso eu risquei a opção de te demitir hoje.

A informação fez o coração dela gelar. Sabia que nunca devia ter envolvido seus dramas no trabalho. Jonas se decepcionara.

— Quando minha equipe puxou o seu histórico, me informou sobre o seu passado, principalmente sobre o fato de ter namorado um cantor famoso. Fui aconselhado a não contratá-la, para evitar problemas. Todos tinham cem por cento de certeza de que você iria nos prejudicar.

— Desculpe... — sussurrou a garota, envergonhada.

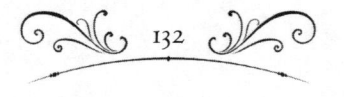

— Eu não diria que você nos prejudicou, mas ontem você me decepcionou. Não me importo se você quer namorar alguém da banda. Disse isso para todos da equipe desde o primeiro dia. O que me deixa louco é vocês terem se jogado em um relacionamento sem medir as consequências, e agora nenhum dos dois sabe lidar com elas. Uma performance foi prejudicada, e no dia seguinte vocês aparecem como dois pombinhos. Isso me deixa muito irritado.

Será que ele preferia que nós continuássemos brigados? Será que ele quer que eu me afaste de Nicholas? Isso não nos prejudicaria mais ainda?

Tudo isso passava por sua mente, contudo, não teve coragem de fazer perguntas. Ainda achava o patrão intimidador, e ouvir que ele passara por cima das opiniões de sua equipe só aumentava a pressão.

— Você prestou atenção no discurso que fiz para a banda?

— Claro, Jonas! Eu sempre escuto o que você fala.

— Pois eu tenho um extra para você: as pessoas acham que a vida dos artistas é perfeita. Mas devo admitir que, acompanhando-os de perto ao longo dos anos, percebo que celebridades sofrem às vezes até mais do que os outros. Além das cobranças internas, da família, dos amigos e do trabalho, elas são vigiadas vinte e quatro horas por dia por desconhecidos. Esses desconhecidos ditam na internet se o artista é um bom ser humano ou não. Se tem a beleza estética perfeita ou não. E isso pode fazer alguém pirar. É aí que nós entramos: os agentes e empresários. Nós somos as pessoas em quem esses artistas descontam a raiva e a frustração das injustiças que acontecem com eles. Somos nós que temos que prever os problemas e consertar tudo o que acontece. É responsabilidade nossa deixar o cliente o mais feliz e satisfeito possível. Então, tudo o que eles sentem acaba pesando em dobro na nossa imagem, e não recebemos glória por isso. Estar nos bastidores não é fácil.

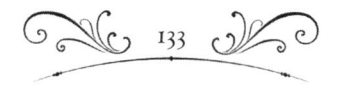

Sophie entendia o que ele estava dizendo. Lidava pela segunda vez com uma banda e via como o assédio, o sucesso, as fofocas e os fãs afetavam o dia a dia e o emocional dos integrantes.

— Agora me diz, Sophie: você agiu como uma assistente ontem? Ou melhor: agiu como uma empresária ontem?

— Me desculpe... — repetiu ela, envergonhada, segurando a vontade de chorar.

Não queria mostrar mais fraqueza.

— Eu não quero ouvir um pedido de desculpas, quero me certificar de que você entendeu. Houve uma briga entre vocês e o acúmulo de trabalho finalmente a pegou. Não há problema nisso. Você é humana. Mas, se quer trabalhar comigo no futuro, peço que se lembre de que seu namorado é, antes de tudo, o seu cliente. Você pode achar estranho, mas é verdade. Engula seus sentimentos e deixe para brigar depois do show se não houver compromissos na manhã seguinte. Procure outras formas de lidar com a sua frustração, mas não traga mais os seus problemas para dentro do meu mundo. Estamos entendidos?

Jonas Richmond não havia chegado àquele ponto de sua carreira por pegar leve com as pessoas. Era conhecido por arriscar, ser direto e destemido. Mas era a primeira vez que Sophie via aquele lado do patrão. Ele não lhe dera opções para seguir em frente, apenas lhe mostrara um caminho e deixara claro que, se não o seguisse, teria que partir.

O que aconteceria comigo e com Nicholas se eu saísse da equipe?

A pergunta lhe veio de repente, mas era impossível respondê-la agora. Não condenava o patrão por impor aquelas condições. Ela estava ali para aprender, esse era o primeiro objetivo. Nicholas tinha sido um desvio do caminho que pretendera seguir, e agora não podia esquecer seu papel como assistente dele.

— Estamos entendidos! Agradeço por ter tirado esse tempo do seu dia para conversar comigo. Eu me esforçarei ao máximo para lidar bem com todas essas situações.

Pela primeira vez, o homem soltou o que parecia ser um sorriso.

— Perfeito! Temos alguns e-mails acumulados e muitas confirmações para fazer. Acho melhor subir para seu quarto e trabalhar de lá. Ficarei com a equipe de arte até a hora do almoço, e nos reuniremos de novo no salão para o *brainstorm* sobre o novo álbum.

Jonas a deixara de fora da produção musical, justamente a parte de que Sophie mais gostava. E ele não lhe perguntara se estava de acordo com o plano do dia. Aquilo a entristeceu, apesar de saber que a intenção do patrão não era puni-la, apenas agilizar a resolução de pendências rotineiras.

Será que vou conseguir reconquistar a confiança dele?

Subiu para o quarto para começar a trabalhar imediatamente. Esperava que Nicholas estivesse ocupado, não queria ser interrompida. E não podia compartilhar com ele a conversa que tivera com Jonas. Não seria nada ético e ele não entenderia, se sentiria um objeto, um mero cliente.

Por que eu compliquei tanto a minha vida?

Precisava focar e consertar tudo.

14

Sophie passou o dia entre conversas internacionais, longos e-mails, posts em redes sociais, fechamento de campanhas e leitura das correspondências de admiradores da Maguifires. Jonas a liberara de participar do *brainstorm* para o novo álbum por considerar importante que ela adiantasse algumas questões administrativas. Aquela era uma parte essencial de seu trabalho, mas, apesar de ser boa com a burocracia, a considerava muito cansativa. Irritava-a não poder participar mais da área artística. George, seu pai, brincava que era a forma como as responsabilidades pegavam no seu pé. Sentia muita falta dele e da mãe, apesar de estar evitando os telefonemas dela. Recebera uma mensagem um tanto grosseira de Laura, que se ofendera porque a filha ainda não havia respondido nenhuma de suas dezoito mensagens. Sophie compreendia aquela rispidez: a matriarca só queria conversar um pouco e matar a saudade.

Antes de responder os últimos e-mails e finalmente ligar para Laura, resolveu deixar as malas prontas para o dia seguinte. Bolonha ficaria para trás, mas não as suas lembranças. Apesar da briga com Nicholas e de ter decepcionando Jonas, tivera muitos momentos bons ali, que queria guardar na memória. Era a primeira vez naquela turnê que saía de uma cidade sem ficar com a sensação de que não vivera ali tudo o que podia.

Terminava de guardar as calças jeans na lateral da mala quando o Skype começou a tocar no computador. Era uma chamada de Mônica. Estava ocupada, mas sentia falta de ver o rosto da amiga, por isso resolveu aceitar a ligação.

— Mas é muito bonita essa minha amiga — elogiou a loira que apareceu na tela.

Sophie ainda não se acostumara com o fato de que havia dois anos ela não usava mais marias-chiquinhas.

— Eu que o diga — brincou Sophie, se ajeitando na cadeira. — A fama está te fazendo bem, menina!

Não era só a forma como ela usava o cabelo que havia mudado. Seus fios se encontravam mais cuidados e volumosos, e Mônica estava bastante maquiada e usando um colar que Sophie podia jurar já ter visto em Samantha. Era de uma coleção exclusiva inspirada em bandas de rock. Havia cinco itens de cada peça no mundo. Não acreditava que o recente trabalho dela como maquiadora artística pudesse recompensá-la o suficiente para comprar uma peça assim.

— Ou meus peitos estão ainda mais lindos e você louca por eles, ou deve estar se perguntando, assim como todo mundo que eu conheço ultimamente, como eu consegui este colar.

— Bingo! Na verdade, as duas coisas.

A amiga riu.

— Meu boy me presenteou em nosso aniversário de namoro. Acho que ele queria realçar os meus queridos amigos aqui — disse, balançando os seios.

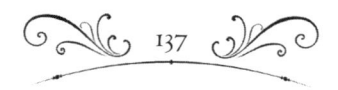

Houve um tempo em que Sophie invejava mulheres com comissões de frente como aquela.

— Percebi que a imprensa ainda não conseguiu descobrir a namorada misteriosa de Nicholas. Vocês estão sabendo mesmo controlar isso, hein?

Foi a vez de Sophie rir pela curiosidade da amiga.

— Eu, ao contrário, percebi que o grupinho de vocês não fez a menor questão de tentar esconder certo namoro até depois do festival, né?

Mônica não gostava quando Sophie falava daquela forma irônica. Conhecera-a em uma fase autodestrutiva, e suas atitudes agora a faziam lembrar tudo que já enfrentara no passado.

— Essa informação acabou fugindo do controle. Você sabe que eu estou tentando ficar neutra em tudo isso. Sou grande amiga dos dois...

— Você é a melhor amiga dele.

Sophie sabia que era injusto levantar aquilo, mas estava magoada e queria mostrar isso para a outra.

— Já conversamos sobre isso. Não gosto quando medem o meu sentimento por vocês. Amo os dois, apesar de serem dois pirados.

— Isso nós somos, mesmo — brincou Sophie, fazendo as duas rirem. — Voltei a usar o meu tarô...

A informação surpreendeu a amiga, mas também a agradou. Mônica havia sido a primeira pessoa que a instruíra na resolução de seu caminho. No final, ela não deixava de ser uma espécie de Mama Lala para Sophie neste mundo.

— Fico feliz que esteja canalizando sua energia. Se precisar de ajuda, sabe que pode me procurar.

— Obrigada! Vou procurar, com certeza.

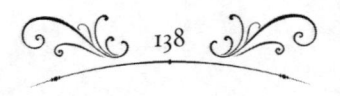

Ficaram quietas, olhando para a tela, por alguns segundos. Nem sempre as palavras são necessárias.

— Me conta uma coisa — pediu Mônica, quebrando o silêncio. — Você não costuma entrar em sites de fofoca, e sei que também não frequenta as redes sociais dele. Você nem segue mais a página da Unique. Como é que descobriu sobre a Natasha?

— Então o nome dela é Natasha...

A cara que a amiga fez por ter revelado aquele detalhe podia ter virado meme na internet.

— Você é muito espertinha, senhorita — ironizou Mônica.

— A Anna veio me visitar esses dias. Ela me contou — confessou, sem olhar a amiga nos olhos para não revelar que aquilo a incomodava.

— Viu só? Esse é o mal de não estar nas redes. Como eu não fiquei sabendo que você encontraria com a Anninha? Faz séculos que não a vejo. Adoraria ter curtido uma foto de vocês duas juntas.

Sophie riu da frase. A amiga não teria gostado de *ver* uma foto delas, e sim de ter *curtido*. O mundo girava cada vez mais ao redor da tecnologia.

— Eu tenho que cuidar de contas com milhões de seguidores. Acho que estou feliz de não ter uma minha com que me preocupar. Você sabe que eu nunca fui muito ligada a essas coisas. No máximo usava aquele perfil falso no colégio, lembra? Quando eu precisava ser uma personagem para me sentir incluída naquela turma.

— Você e suas maluquices.

— Mas então quer dizer que o sr. Leonardo está namorando uma groupie chamada Natasha? — questionou a garota, ainda cheia de ironia.

Mônica não parecia nem um pouco à vontade de falar sobre o assunto.

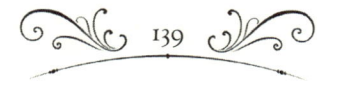

— Você sabe que o Léo ficaria muito bravo comigo se eu ficasse passando detalhes da relação dele para você. E a Natasha não é má pessoa. Eu gosto dela. Tenta não descontar nela a sua raiva de vê-lo com outra.

O astral da conversa mudou completamente com aquela declaração.

— É sério que acabei de escutar isso? — perguntou Sophie rangendo os dentes. — Você, minha amiga há tantos anos, vem me pedir para não pensar mal da mulher seminua que o amor da minha vida está pegando?

Por aquelas palavras, Mônica não tinha esperado.

Nenhuma das duas havia.

A ruiva teve vontade de desligar o aparelho e ir dormir. Ainda tinha que encontrar a banda, mas outra vez se deixava levar pelo mau humor e pelo cansaço. Só tinha vontade de voltar para o Reino e buscar conforto nos Tirus.

Por que a vida é tão difícil?

— Desculpa, amiga! Eu te amo — foi o que Mônica conseguiu dizer, vendo que Sophie se segurava para não chorar.

Conhecia a ruiva e sabia que ela devia estar sofrendo muito para deixar uma declaração forte como aquela escapar.

— Tenho que terminar de fazer a minha mala — disse Sophie, buscando um motivo para desligar. — Mas obrigada por ter ligado. Não vejo a hora de poder te abraçar no festival.

Mônica deu um leve sorriso por ver que a amiga estava se esforçando e de repente se lembrou do motivo pelo qual ligara.

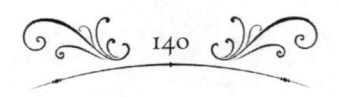

— Antes de desligar, preciso te contar uma coisa. Fico até sem jeito de falar isso depois dessa conversa, mas é necessário. A Unique fez uma reunião há uns dias para discutir detalhes do festival. Foi só durante uma pesquisa que o Léo entendeu que você está trabalhando para Jonas Richmond. Você sabe que eu te preservo ao máximo e que seus pais o evitam. Como além de tudo isso você não está na internet, fica difícil para ele ter essas informações. Acho que ele ficou grilado ao descobrir que você está trabalhando para uma banda de rock já há um tempo e que vai estar no mesmo festival que ele. Quando o Léo me perguntou se era verdade, não consegui negar e confirmei apenas que você está trabalhando para Jonas nessa turnê.

Sophie suspirou com a notícia.

Sabia pouco sobre a vida do ex-namorado, e muito do que conhecia havia sido adquirido recentemente com a sua pesquisa na internet. Imaginava que devia ser um choque para o garoto descobrir onde ela realmente estava. Para Léo, ela desaparecera do mapa pouco depois de se separarem.

— Deixa ele ficar grilado, Mô! Cansei! Minha vida gira em torno desse homem há muito tempo. Preciso pensar mais em mim — desabafou.

— Enforcado!

A ruiva se assustou com o que a amiga disse. *Será que eu estou imaginando coisas?*

— Você só pode estar se analisando na carta do Enforcado. Eu te conheço, Sophie! Se pegou no tarô de novo, é porque está tentando organizar a sua vida como na primeira vez. E se realmente acha que é o momento de tirar o Léo do centro, acredito que está bem perto de tirar a corda do seu pescoço.

A declaração fez o coração dela amolecer um pouco. No eco de sua memória, uma música do Seether tocava:

Say, can you help me right before the fall? Take what you can and lead me to the wolves.

Fazia todo o sentido considerar terminada a leitura de sua primeira carta.

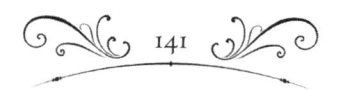

15

Apesar de estar um pouco chateada por ter tido duas conversas nada agradáveis em sequência, Sophie se esforçou para acabar suas tarefas. Finalizou as malas da melhor maneira possível, e, movida pela culpa, tentou surpreender Nicholas ao deixar as dele também em ordem antes de terminar de responder os e-mails do dia. Não queria aborrecer mais ainda o patrão.

Durante todo o processo, pensou diversas vezes no que Mônica havia lhe contado. Léo estava realmente namorando uma mulher chamada Natasha, e a amiga chegara a defender aquele relacionamento. Contudo, o rapaz finalmente descobrira onde ela estava. Sophie não se sentia à vontade de saber que ele conseguiria mais informações sobre sua vida.

Quando ele decidiu que eu não era mais a mulher da vida dele, deveria ter me apagado de sua memória.

Fez as contas do fuso horário de cabeça e percebeu que ainda era aceitável ligar para casa. Queria buscar conforto em uma conversa com a mãe. Ela era uma mulher madura e decidida, por isso sem dúvida a ajudaria a lidar com as novas informações.

— Já estava achando que não tinha mais filha — resmungou a mãe ao atender o celular no segundo toque.

— Você ainda tem filha sim, mas uma muito ocupada, dona Laura!

A mãe soltou um riso involuntário.

— Se você ligar de novo só para falar com o seu pai, juro que te deserdo — brincou a matriarca, e Sophie ouviu o latido de Dior no fundo. Seu coração se apertou. — Você ouviu o Dior dando 'oi' pra você? Ele está morrendo de saudade.

— O pai disse que ele está gordo...

— Seu pai também está, e não sei nem mais o que fazer. Já ameacei arranjar um garotão de academia, mas seu pai morreu de rir da minha cara. Filha, você acha que eu não conseguiria um homem malhado?

Sophie não conseguia acreditar que ouvia aquilo da própria mãe.

— Acho melhor sossegar um pouco e lembrar que sua filhinha querida aqui não pode gastar muito em ligação internacional.

Laura ficou muda por alguns segundos, digerindo a bronca.

— Além do fato de você ter um malhadão só para você, quer me contar mais alguma novidade?

Sophie ficou vermelha com a pergunta e se jogou na cama.

— Ele não é muito malhado, mãe!

— Então as fotos que eu vi na internet devem ter um belo de um Photoshop, porque vou te dizer, viu?

Sophie jurava ter ouvido um assobio, e aquilo não ajudou a acabar com a sua vergonha.

— Você deve estar lendo muito *Cinquenta tons de cinza*, hein? Continue falando assim que eu conto tudo para o Nicholas, e a senhora vai ficar toda constrangida quando eu o levar em casa.

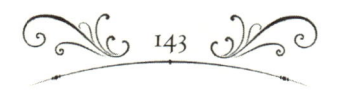

Laura resolveu parar com as brincadeiras.

— Que bom que está mesmo pensando em trazê-lo aqui. Prometo caprichar na comida e juro que não vou dizer que adorei a foto dele vestido de gladiador na capa da Rolling Stone.

Que piradinha! Nem eu vi essa foto ainda.

— Só que hoje eu não te liguei para falar sobre o Nick...

— Eu sei! Foi para saber o quanto eu ainda te amo.

— Também — respondeu a filha. — Mas eu queria mesmo é falar do dito-cujo...

— Do dito-cujo, não! — exclamou a mãe surpresa, pois não falavam dele havia muito tempo.

Sophie falou um pouco dos momentos ruins que tinha vivido com Nicholas antes de confessar que procurara saber mais sobre o ex-namorado depois de descobrir sobre a participação dele no festival. A cada detalhe novo que adicionava, Laura soltava uma interjeição ou um palavrão. Sophie se esforçou um pouco para não perder a coragem de desabafar tudo aquilo.

Aproveitou para contar que conversara com o dr. David e que teria outra consulta em mais alguns dias, dessa vez pela internet para não gastar tanto com ligação. A mãe mostrou preocupação com aquilo, pois sabia que a ausência de Léo poderia trazer de volta a depressão da filha. Temia pela segurança dela, ainda mais porque Sophie confessara estar novamente tomando seus remédios, agora de forma consciente.

— O Nicholas sabe que você está se medicando?

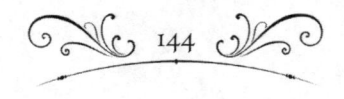

Sophie nem tinha parado para pensar naquela questão. Não compartilhara muito com o namorado, e certamente evitara trazer à tona o fato de que tomava antidepressivo. Mas entendia a pergunta e a preocupação da mãe. Ele agora era uma figura importante na sua vida, e, na ausência dos pais, alguém precisava ter ciência da situação caso algo lhe acontecesse. Contudo, temia que o rapaz contasse tudo para Jonas, mesmo que sem intenção. Após os últimos acontecimentos, tinha receio de ser demitida por não estar cem por cento saudável. Muitos empregadores ainda não sabiam lidar com a depressão, uma doença absolutamente controlável. Como o trabalho dela era cuidar de pessoas, talvez Jonas achasse que Sophie não estivesse mais capacitada para o cargo, e só pensar nisso destruía seu coração.

— Ele sabe sim — mentiu a garota, consciente de que Laura não dormiria sossegada se ninguém na Itália soubesse do tratamento de sua pequena.

— Então você tem outra pessoa, Léo tem outra pessoa, e os dois vão se encontrar pela primeira vez desde o rompimento. Confesso que não é uma situação muito agradável, mas qual é o grande problema?

Ninguém parecia entendê-la.

— Mãe, eu não sei se vou aguentar realmente vê-lo com alguém. Você sabe que não estou preparada para isso.

Laura ponderou do outro lado. Por um breve instante, Sophie ouviu apenas sua respiração.

— Já parou para pensar que talvez ele também não esteja preparado? Que ninguém na verdade gosta de rever um ex que já o magoou?

A resposta para essas questões era um sonoro não. Mas Sophie repetia para si mesma como um mantra que fora Léo que se afastara dela. Ele priorizara as festas e a curtição. Ele a deixara em casa e nunca mais voltara, sem nem sequer dizer adeus. *O Léo não tem direito de sofrer da mesma forma que eu.*

— A questão nem é rever uma pessoa que me magoou...

— É rever alguém que você sabe que vai amar para o resto da vida — concluiu a mãe.

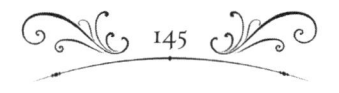

Laura tinha razão, só que Sophie não esperava que a conversa caminhasse para aquele sentido. Queria que a mãe a incentivasse a esquecer o rapaz e a focar somente no novo namorado carinhoso, bonito e trabalhador. No final, ela era mais uma a lhe mostrar que nunca deixaria de ter sentimentos por Léo.

— Filha, não consigo imaginar como deve ser a dor que está sentindo. Seu pai foi meu primeiro e único amor, pois acho que o Brad Pitt não conta. Mas já passou da hora de você deixar tudo isso de lado e focar nas coisas boas de sua vida. Você já superou tanto, sem dúvida conseguirá vencer essa fase também. Gostaria muito que tentasse focar em você.

Focar em mim. O que diz a carta.

— Você tem razão! Vou fazer de tudo. É o que eu quero também.

— Ótimo! Agora vá dormir, que deve estar tarde aí. Vocês vão para Verona amanhã, certo? Quero que minha filhota viaje descansada e, se possível, feliz.

— Obrigada, mãe!

— Você nunca precisa me agradecer. Conselhos vêm no pacote de ser mãe, e tenho orgulho de ser a sua.

Sophie desligou feliz o telefone por pelo menos ter conseguido conversar sobre seus problemas. Aprendera isso na terapia e sentia-se orgulhosa quando colocava em prática.

Com tudo arrumado, desceu para encontrar a banda e organizar os detalhes finais para a viagem do próximo dia. Teriam que fazer mais um plano para o aeroporto e a entrada do hotel.

Ouviu por alto o que fora discutido sobre o novo álbum da Maguifires durante o *brainstorm* que havia ocorrido após o almoço.

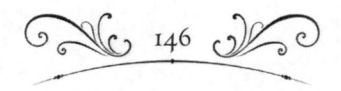

Depois, todos foram jantar juntos para celebrar o último dia naquela agradável cidade. A pedido de Jonas, o restaurante serviu um bom suco de uva para acompanhar as massas, e ninguém reclamou. Estavam surpresos por verem Samantha se esforçando para se manter longe de encrencas. Ela nem sequer mencionou o fato de não haver vinho na mesa.

Sophie gostou de ver a equipe feliz e relaxada depois daquele longo dia. O discurso do café da manhã havia mexido com os ânimos de todos, e isso a deixou ainda mais admirada com o poder exercido pelo patrão. Ela mesma ficara emocionada com as palavras dele e até cogitara contar para Nicholas sobre o antidepressivo durante o jantar, mas, ao ver como ele parecia mais animado, desistiu.

Apenas ao chegar novamente em seu quarto de hotel, sozinha, ela se surpreendeu ao perceber que havia tido três importantes conversas em apenas um dia.

Deve ser o remédio fazendo efeito, pensou, vendo a cartela sobre a mesinha de seu quarto.

Deitou-se, exausta, e apagou no mesmo segundo. Imaginou que iria para o Reino, porém isso não aconteceu. Dormiu intensamente, e só acordou, assustada, quando o seu celular tocou.

Como eu perdi a hora? Havia programado o despertador na noite anterior. Sentou-se depressa na cama e procurou a luz do abajur ao seu lado. Quando olhou o visor do celular, ficou ainda mais surpresa.

— Jonas, aconteceu alguma coisa?

Do outro lado, o homem fungou, e ela não teve uma sensação boa. Na pressa, conseguira ver que ainda eram seis horas da manhã.

— Acabei de receber um e-mail importante. Por sorte não consegui dormir muito hoje e estava acordado quando chegou.

— Você está me deixando preocupada. O Nicholas está bem? A Samantha teve uma recaída? Alguém morreu?

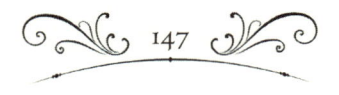

— Calma, Sophie! Não é nada disso. Acho que eles estão bem. Imaginei que Nicholas estivesse aí.

— Ele dormiu no quarto dele. Cancelaram algum show? Tiraram a banda do encerramento do festival? O que está acontecendo, Jonas?

Milhares de perguntas assombravam a mente dela enquanto não obtinha uma resposta concreta. Já estava de pé e ligava com urgência o computador para ler o e-mail.

— Não aconteceu nada disso, mas sem dúvida teremos um dia muito difícil — disse o empresário. E revelou: — Descobriram sobre você e Nicholas. Uma turista resolveu vender as fotos que tirou em Roma, no castelo Sant'Angelo. Vocês saíram em algumas delas. Parece que a turista não era muito fã de rock e não sabia o que tinha em mãos. A jornalista resolveu me avisar, pois vai sair agora no site deles, e provavelmente a mídia daqui e de Verona vai nos bombardear de perguntas. Vamos receber mensagens do restante do mundo também, e o problema é que você deveria ser a pessoa encarregada de responder ligações e e-mails, só que está envolvida.

Sophie não conseguiu acreditar. Tinham sido cuidadosos e naquele dia agiram muito discretamente. Era difícil acreditar que uma turista pudesse ter uma foto tão reveladora.

— Mas eu estava de óculos e boné. Nós nos beijamos apenas uma vez — balbuciou, tentando raciocinar.

Ouviu o patrão bufar do outro lado.

— Não importa o quanto se beijaram. Dá para ver na foto claramente que ele está com uma mulher ruiva. Não foi difícil depois arranjarem fotos suas com a Samantha na Fontana Di Trevi e outras nos aeroportos. Na matéria, esclarecem que ele está namorando uma funcionária da banda ligada à minha empresa e divulgam o seu nome.

— Como conseguiram o meu nome? — perguntou, surpresa.

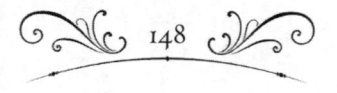

— Você é quem responde os e-mails, lembra? Não é tão difícil juntar dois mais dois.

Eles vão descobrir sobre Léo, foi seu primeiro pensamento.

— Desculpa, Jonas! Só tenho trazido problemas, e o senhor sempre foi incrível comigo. Acho que é melhor eu pegar um avião hoje mesmo.

O patrão pareceu aborrecido com o comentário.

— E me deixar nesse sufoco sozinho? Como pode propor isso? Não conversamos ontem? Você é valiosa, Sophie! Não será fácil, mas estava óbvio que um dia essa informação vazaria. Uma pena ter sido antes do festival, mas teremos que lidar com isso. Liguei para bolarmos juntos um plano de saída e o que vamos dizer à imprensa.

O coração dela, antes apertado, recomeçou a bater normalmente. Não se sentia mais tão desesperada. Combinaram que ela se aprontaria e se sentariam juntos para desenvolver novas táticas. Quando lidavam com casos que envolviam fofocas da mídia, se sentiam quase em uma guerra. Tudo precisava ser calculado para que pudessem minimizar os danos.

Partiram conforme o previsto: Nicholas, Samantha, Bobba e Alex foram na frente com Jonas, seguidos de perto por um grupo de fotógrafos. Quinze minutos depois, Sophie saiu do hotel usando grandes óculos escuros e um chapéu de abas largas que escondia seu cabelo. Pegou um táxi. Vestira roupas claras para despistar os fotógrafos, habituados a vê-la com trajes escuros. Samantha comentara que ela nem parecia a mesma pessoa. Os poucos fotógrafos que restavam ficaram em dúvida quando ela entrou no carro. Mesmo assim, houve fotos. Conseguiram despistá-los até a chegada em Verona, mas o pandemônio aconteceu no aeroporto da cidade, quando o grupo estava completo outra vez.

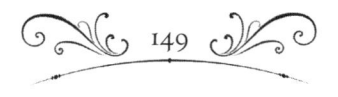

Caos.

Foram necessários mais seguranças para conter o alvoroço dos jornalistas, que gritavam diversas perguntas em meio ao burburinho dos fãs que tinham ido para o pequeno aeroporto. Sophie sentiu-se perdida com tudo aquilo. Quando não sabia mais o que fazer, uma mão firme segurou a sua. Para a surpresa dela e do empresário, Nicholas ignorou as instruções e ficou ao lado da garota. Andaram de mãos dadas até o carro, e todos foram à loucura. Eram tantos gritos, pedidos de beijo e flashes que a ruiva sentiu vontade de vomitar.

— Se estamos andando na chuva, acho melhor nos molharmos. Pelo menos podemos curtir e brincar no temporal — disse Nicholas dentro da van, e todos o olharam incrédulos.

Jonas apenas assentiu, e não falaram mais do assunto. O dia começara caótico demais. Somente quando chegaram à entrada dos fundos do hotel Sophie se lembrou de onde estava: na terra de Romeu e Julieta.

Aquilo automaticamente a fez pensar em Léo. O rapaz que tanto queria esquecer. Suspirou.

Como mesmo em meio à confusão com a notícia sobre meu novo relacionamento eu ainda fico associando o Léo a histórias românticas?

Para a sorte de todos, o hotel tinha uma boa organização de segurança: a van estacionou lá dentro e todos puderam sair sem serem bombardeados pela imprensa.

— Eu amo dar entrevistas, mas devo confessar que esse tumulto todo está cansando — reclamou Samantha, arrastando sua mala de mão enquanto os funcionários do cinco estrelas levavam o restante da bagagem.

Todos pensavam o mesmo.

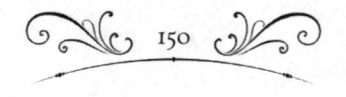

— Sophie, siga direto para o seu quarto. Em uma hora estarei lá para começarmos a pensar nas respostas e escolher com quais jornalistas vamos falar. As fotos de vocês de mãos dadas devem estar se espalhando como fogo. Nicholas, não entre na internet e tente descansar. Precisamos de você bem.

— Vocês me subestimam. Estou perfeitamente bem e não vejo problema algum em mostrar que estou apaixonado e encontrei a mulher da minha vida.

Sophie teve vontade de beijá-lo na frente de todo mundo. Estava balançada: não merecia um homem tão perfeito.

Samantha riu e fez sinal de que vomitaria se as declarações amorosas continuassem. O restante da banda ficou sem jeito. Aquela experiência era uma novidade para todos. A baterista volta e meia aparecia nos tabloides acompanhada, mas no fundo eram sempre notícias corriqueiras.

O caso de Nicholas e Sophie não era.

Ao chegar ao quarto, Sophie deixou a mala no canto, sem abri-la. Apenas se jogou na cama, exausta, mas tentando elaborar estratégias para lidar com tudo aquilo.

Para a sua surpresa, o telefone do hotel logo tocou.

É hoje que um telefonema me mata.

— A senhorita tem uma ligação. Posso transferi-la? — perguntou a recepcionista.

— Tudo bem — disse e logo se arrependeu de não ter perguntado quem era. A reserva estava em seu nome, e algum jornalista devia ter tido a brilhante ideia de conseguir uma declaração pelo telefone. Estava ainda muito afetada pelo nervosismo da chegada e não pensara claramente antes de responder. Começou a torcer para ouvir a voz de Jonas, Nicholas ou de qualquer outra pessoa da equipe. Quem sabe os pais não estavam preocupados? Eles tinham a lista de hotéis em que ela se hospedaria, e seu celular ficara desligado desde o embarque no avião. — Alô? Quem está falando?

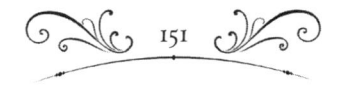

Houve silêncio do outro lado da linha.
– É melhor me dizer antes que eu desligue – reforçou a jovem.
Depois de mais um segundo veio a surpresa:
– Então já me esqueceu, AC/DC?

16

Os dois ficaram longos segundos em silêncio. Sabiam que algum dia voltariam a se falar, nem que fosse apenas para serem cordiais em algum evento. Mas receber uma ligação naquele momento foi totalmente inesperado para Sophie. Atender ao telefone e ouvir a voz melódica de Léo em meio ao caos que estava vivendo quebrou novamente todos os pedacinhos de seu coração que haviam sido remendados com muita dificuldade durante o período de separação.

Com uma frase ele já consegue fazer isso comigo. Derrubar todo o meu castelo de cartas...

O corpo dela tremia, e ela respirava com dificuldade, como se alguém estivesse pressionando seu peito. Sentiu a pressão cair ao mesmo tempo em que um peso tomou conta de seu estômago. A garganta estava seca, a boca, amarga, e a cabeça se enchia de perguntas inquietantes. Não falou nada até o rapaz se pronunciar outra vez. Ainda não acreditava que Léo ligara para o seu quarto em Verona. Era triste ter que reconhecer que a voz dele ainda mexia com ela.

Ouvir de novo o antigo apelido tinha sido um grande choque.

— Ainda na linha? — arriscou o rapaz em um sussurro, parecendo um tanto bêbado.

Sophie deu três longos suspiros antes de juntar as sílabas para elaborar sua resposta.

— Você está bêbado?

Nunca pensara que escolheria aquelas palavras para a primeira frase dita para ele em quase um ano. O coração doía tanto com o excesso de emoções daquela manhã que temeu estar sofrendo algum tipo de ataque. Sentou-se a fim de se restabelecer antes de continuar a conversa.

— Vejo que também sentiu minha falta — ironizou Léo, tentando atenuar o clima ao ignorar a pergunta.

Sophie não estava com espírito para entrar em uma brincadeira de egos. Não deixaria que ele zombasse dela enquanto passava por aquele turbilhão de emoções, e, ao mesmo tempo, era impossível fingir que aquela ligação era como outra qualquer.

— Depois de todo esse tempo, você liga claramente bêbado perguntando se eu te esqueci? — questionou, tentando controlar seu tom para que as palavras não parecessem abelhas prestes a dar ferroadas. — E logo hoje. Esperava que eu convidasse você para vir aqui tomar um chá?

Estava morrendo de vontade de ouvir a voz dele e de saber quais foram os motivos que o levaram a ligar, mas não queria se permitir ser amigável. Se deixasse aquilo acontecer, perderia toda a dignidade.

— E logo hoje — repetiu ele pausadamente. — Isso diz muito. E responde a minha primeira pergunta. Você realmente me esqueceu, não é?

— Mas que pergunta mais babaca! — explodiu Sophie. — Sério mesmo que você me ligou para falar essas idiotices?

Parecia impossível manter uma conversa civilizada. Tantas noites em claro pensando se *ele* ainda pensava nela. Lembrando-se dos momentos que tiveram juntos. Dos beijos ardentes, de seus abraços. Da ida ao Reino. A realidade não fazia jus a tudo o que sonhara para aquele momento.

— Então você não abandonou o nosso aquário... — concluiu Léo, esperançoso.

Aquela era outra frase para a qual não estava psicologicamente preparada. Ele não podia trazer à tona tudo que fazia os joelhos dela fraquejarem. Estava usando golpes baixos para uma sedução barata.

— Foi você que me abandonou nele, Léo! Você não se sentia mais perdido e abandonou o nosso aquário. Não fui eu que te deixei.

As últimas palavras dela foram ditas com a voz embargada.

— Quantas e quantas vezes eu me vi na frente de sua casa, Soph! Você nem imagina. Quantos dias rolei na cama pensando em você. Como te busquei na internet, tentando saber o que você fazia ou com quem estava. Imaginei que tinha viajado porque nunca mais vi seu carro estacionado na casa de seus pais nem na garagem do seu apartamento, e depois só me contaram que estava no exterior para que eu parasse de te procurar. Eu nunca iria simplesmente te abandonar. Você sabe que eu vou estar ao seu lado para sempre.

Aquilo a machucava demais, e ela não acreditava que doesse nele da mesma maneira.

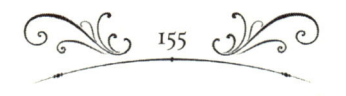

— Chego a sentir pena de você ao ouvir isso — disse ela, deixando de medir as palavras. — Agora eu vejo que você é um mentiroso. Você sempre falou que seria honesto comigo. E agora diz que sempre estará ao meu lado. Mas foi você que não quis mais saber de mim, e isso é claro. Transparente. Nós temos amigos muito próximos em comum. Se o seu objetivo fosse me reconquistar, qualquer um deles o teria ajudado. Mas a sua meta nunca foi essa. Você só me ligou hoje porque sabe que vamos nos reencontrar no festival em alguns dias e porque soube do meu namoro. Você está querendo me manipular? Isso não vai acontecer. Você não vai acabar comigo outra vez.

Foi a vez dele de dar longos suspiros. Sophie até o ouviu fungar disfarçadamente, como se estivesse chorando, mas achou que não era possível. Léo era sensível e estava claramente alterado, porém raramente o vira chorar.

— Sei que mereço a sua indiferença, só que você está sendo injusta. A Mônica e a Anna sempre desconversam quando eu falo de você, dizem que não querem desrespeitar a sua privacidade. Não sei se ficou sabendo, acredito que não, mas tive uma séria discussão uma vez com o seu pai. Ele percebeu que eu passava horas parado na frente da sua casa em algumas noites. Ameaçou chamar a polícia e tudo mais. Nada disso chegou até você, não é verdade? Mas eu tentei. Estou tentando.

— As pessoas ainda me consideram fraca, adoram esconder tudo de mim — resmungou ela, apertando as unhas com força na palma. Odiou fazer aquilo, porque se lembrou de seus dias depressivos.

— Não é isso, Sophie! A questão é que ninguém mais achava que eu te merecia, e preciso admitir que por um tempo eu não fui mais o cara certo para você.

Sophie cogitou desligar e pedir para trocar de quarto. Faria uma nova reserva, em outro nome. Nicholas poderia chegar a qualquer momento e não queria ser pega falando com seu antigo grande amor. Sabia das inseguranças do atual namorado e não gostaria de fazê-lo sofrer. Agiria de forma bem diferente de Léo.

— E a sua namoradinha groupie? Não está mais satisfeito com ela?

— Não estou comentando sobre o showzinho que você deu hoje para a mídia — irritou-se Léo —, e muito menos sobre o cabeludo esquisito que você está namorando, então deixe a Nat fora disso.

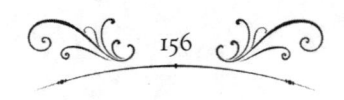

Nat.

— Não houve showzinho algum, Leonardo! Uma jornalista conseguiu uma foto nossa em Roma e postou esta manhã. Achamos melhor aceitar que agora a mídia e o público sabem que estamos namorando.

— Você odiava quando a imprensa tentava falar com você ou quando eu postava uma simples foto nossa na internet — esbravejou Léo. Sophie quase podia sentir a raiva que ele emanava. — Quase me matou quando compus uma música pra você. Agora mal começou a sair com um cara e já o apresenta para o mundo?

Sophie chegou à conclusão de que as amigas haviam sido realmente fiéis, não tinham contado nada íntimo de sua vida para o ex.

— Já estou há quase cinco meses com ele. Não é porque você ficou sabendo agora que tem todos os detalhes da minha vida. Muitas coisas aconteceram nos últimos meses. Então não venha falar do que não sabe. Mas, já que estamos aqui discutindo, eu queria muito saber uma coisa: por que agora você resolveu escrever uma música sobre o *meu* Reino? Você pode imaginar como foi ouvi-la? Passou isso pela sua cabeça?

— Minha intenção era que você sentisse um pouco de esperança...

O ego de Léo continuava o mesmo. Se ele estivesse diante dela, Sophie provavelmente o teria empurrado. O ex sempre fora confiante. Ela sabia disso desde a época do colégio. Desde o primeiro dia em que o vira na escola e ele sugerira uma nova forma de amarrar seu tênis.

— Mas eu me senti traída, Léo! Você expôs para o mundo algo totalmente pessoal e não tinha esse direito. Me senti uma babaca ouvindo aquilo junto com o restante do mundo. Sabendo que estão te elogiando por algo que é meu.

O rapaz hesitou por um instante. Não havia pensado que ela podia levar as coisas para aquele lado.

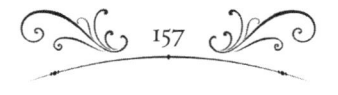

— Queria chamar a sua atenção. Meu objetivo nunca foi trair a sua confiança.

Ela deu uma gargalhada nervosa.

— Sabe, eu estive ao seu lado por anos! Apoiei sua carreira o tempo todo. E no primeiro sinal de que a Unique ia fazer sucesso, senti que você me abandonou. Você deixou o nosso aquário! Não quero te dar a minha atenção. Estou com muita raiva!

Sophie ouviu-o resmungar algumas palavras que não compreendeu. *Será que tem mais alguém com ele?*

— Cinco meses de namoro, então? Parece sério... — Léo retomou o assunto, parecendo um tanto atordoado.

A ruiva mais uma vez sentiu vontade de chorar.

— Não parece. É! Nicholas é meu namorado. Se o seu objetivo nessa ligação era desdenhar o meu relacionamento e me machucar, não vai conseguir mais. Eu não sou a garota problemática que você conheceu no colégio. Sou muito grata por você ter salvado a minha vida quando fui idiota de não dar valor a ela, mas hoje consigo me virar sozinha. Não preciso mais de você.

— Mas você não me quer mais? Não pensa em mim nem um pouco? — Léo fez uma pausa antes de cantar: — *In your house I long to be. Room by room patiently. I'll wait for you there. Like a stone. I'll wait for you there. Alone.*

Audioslave. Que golpe baixo. Não conseguia entender como ele podia fazer aquelas perguntas e cantar uma música romântica. Onde Natasha entraria naquela história? Léo tinha outra pessoa. O que ele pretendia ganhar com aquela conversa?

— Sabe, estou cansada — desabafou Sophie. — Tive um dia agitado e estou há muito tempo na estrada. Não quero mais entrar nas suas maluquices. Provavelmente vamos nos ver nesse estúpido festival, e é melhor não complicar ainda mais esse encontro. Eu acabei de chegar em Verona e ainda tenho muito a resolver.

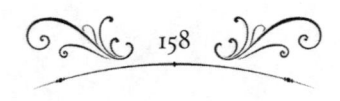

— Não sou mais o seu Romeu?

— Eu que não sou mais a sua Julieta.

— Como em 'As You Wish' do Alesana...

— Bem assim mesmo... — murmurou ela, lembrando-se mais uma vez da bendita música.

Aquela conversa havia mexido com os ânimos dos dois. Léo fora ousado e não sabia mais o que esperar. Jamais imaginara que o namoro da ex pudesse estar durando tanto tempo.

— E como vou continuar sem você? — perguntou ele, com a voz trêmula.

— Como tem feito até agora. E como eu continuei também. Sem saber se um dia a tristeza vai passar.

Antes que ele dissesse mais alguma coisa, ela desligou. Ainda tremia muito e as lágrimas corriam livremente pelo rosto vermelho. Deixara que a conversa a afetasse. No fundo, nunca parara de sofrer e não acreditava que um dia fosse de fato superar a dor da perda de Léo. Mas precisava tentar.

Não queria voltar atrás.

Ouviu uma batida na porta e por um instante se desesperou. Por um segundo imaginou Léo parado no corredor querendo entender por que ela desligou a ligação. Depois percebeu que estava paranoica e devia ser apenas alguém da banda. Talvez o namorado. Isso a preocupou. Não estava preparada para contar sobre a conversa com o ex e não queria que ele a visse chorando. Principalmente, não queria continuar se sentindo um lixo. Lembrou-se das cartas, da voz de Mama Lala e dos puxões de orelha de Sycreth. Por um momento, tudo girou e achou que iria desmaiar.

— Amor, posso entrar? Estou com o cartão da sua porta — disse Nick do outro lado.

Meu Deus! O que vou falar para ele?

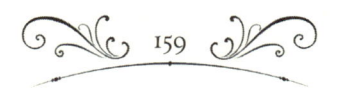

— Pode entrar — consentiu, para não aumentar as complicações.

Nicholas entrou parecendo confortável. Trocara de roupa e tinha um semblante calmo após o furacão que haviam atravessado.

— Queria checar como está a minha linda — explicou e no instante seguinte notou o rosto avermelhado. — Pelo jeito, nada bem. O que aconteceu, chefe? Se arrependeu de ter segurado a minha mão? Está chateada comigo?

Chateada com você! Como? Você é um anjo para mim.

— Está sendo uma manhã pesada. Só isso, meu lindo!

O rapaz a abraçou com carinho. Para ele, poderem admitir o namoro era a situação mais perfeita, e queria que Sophie se sentisse segura de que tudo havia acontecido para o melhor.

— Se precisar de alguma coisa é só me falar, viu? Estou aqui do seu lado!

E ele estava. Sophie tinha total ciência disso.

— O Jonas quer que a gente vá para o salão de reuniões em uma hora. Tudo bem para você?

A garota sorriu, assentindo com a cabeça, mas não disse nada.

— Perfeito! Vou fazer uma meia hora de musculação e tomar uma ducha antes. Tenta melhorar esse rostinho até lá. Jonas não vai ficar muito feliz de te ver chorando. Eu não fico nem um pouco feliz.

— Pode deixar, eu estarei bem. Estou bem.

Foi a vez dele de sorrir. Em seguida, se despediu com um beijo e saiu do quarto.

Aquele foi um momento de libertação para Sophie. Sentiu como se estivesse vendo uma nova versão do mundo. Um lugar onde tinha a chance de amar outra pessoa apesar da saudade de Léo. Aceitou que precisava mudar sua postura na vida e percebeu uma pequena paz aquecendo seu coração. Parecia uma mensagem para ela.

Completara a carta O Enforcado.

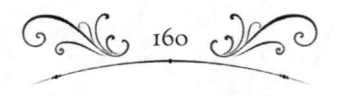

17

Sozinha no quarto, Sophie começou a reparar no novo ambiente. O hotel aproveitava na decoração a forte ligação de William Shakespeare com a cidade: os tecidos e o mobiliário criavam a ilusão de que o hóspede estava vivendo uma das histórias do autor inglês.

Mundialmente famosa por ter sido o palco da trágica história de amor entre Romeu e Julieta, Verona é banhada pelo rio Adige. Cercada por uma muralha, a cidade recebe todos os anos milhares de pessoas que buscam reviver um pouco da poesia da história dos amantes desafortunados, que, segundo a lenda, foram inspirados em um casal que viveu no início do século XIV.

Aquela cidade fora muito recomendada a Sophie, não apenas por causa do clima de romance que exalava, mas também por todos os seus grandes monumentos do período romano e medieval. Ela não via a hora de visitar a estátua e a sacada de Julieta, supostos palcos de um drama muito maior do que qualquer um que um dia pudesse viver.

Aquela era uma cidade pequena, e seria muito positivo poderem desfrutar um pouco de sua tranquilidade antes de encararem Veneza e retornarem a Roma. Os dias ficariam muito mais corridos mais adiante.

Desfez as malas e se preparou para a reunião. Seu celular estava desligado desde a partida de Bolonha, pois sabia que ligá-lo significaria ser bombardeada por alertas e mensagens. Queria alinhar os novos discursos com a equipe antes de se comunicar com qualquer outra pessoa. Muito do que havia sido conversado antes mudara após Nicholas ter segurado a sua mão no aeroporto.

— Que bom que já chegou — disse Jonas ao vê-la entrar no salão de negócios do hotel. — Tenho uma lista de itens para você aprovar.

Um sinal de alerta soou dentro de sua cabeça. Percebera a dura realidade: deixara de ser uma assistente para realmente entrar no papel de namorada e odiava aquilo. Infelizmente, continuar a esconder o namoro não era mais uma opção.

— Você sabe que quero facilitar ao máximo a sua vida, Jonas. É só me dizer o que eu preciso fazer. Notei que a mídia aqui na cidade é bem menos invasiva, quase nenhum jornalista permaneceu na porta do hotel.

— Não se deixe iludir pela calmaria lá fora. Todo mundo vai querer mais informações sobre vocês dois. Recebi ligações dos organizadores do evento de amanhã, e me disseram que muita gente está procurando ingressos de última hora, e os poucos que ainda havia estão se esgotando depressa. Ninguém esperava que a notícia do seu namoro pudesse vender tantos ingressos. Ainda bem que o show já estava programado para a Arena, que é um anfiteatro bem grande. Já dei uma conferida nos e-mails e planejei duas coisas: criei um comunicado genérico para explicar que Nicholas realmente está namorando. Falei um pouco de quem você é e reforcei que é uma excelente profissional. Sei o quanto você dá valor a sua carreira, então não quero que fiquem com uma impressão negativa.

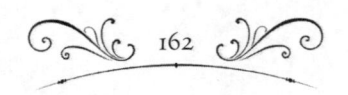

A ruiva deu um longo suspiro e sentou-se na cadeira ao lado dele.

— Mas essa má impressão vai acontecer independentemente de qualquer coisa. Eu sou uma funcionária da empresa e estou me relacionando com o vocalista da banda. Agora tenho que lidar com as consequências.

Jonas ficou sério de repente.

— Já conversamos sobre isso. Você não precisa ficar se preocupando com essas coisas. O Nicholas te ama. Você é minha assistente mais competente. Tudo dará certo.

— Mas qual é a segunda coisa que você planejou?

— Gostaria que desse uma entrevista para um veículo importante em Veneza. Recebemos uma ótima proposta deles, e seria um momento para você mostrar seu carisma, falar sobre vocês dois e acalmar o coração dos fãs. O que acha?

Não estava nem um pouco confortável com aquilo, pois não queria ter que acalmar o coração de ninguém. Odiava falar de sua vida para estranhos, tanto que até demorara para se acostumar com o psicólogo. Só no Reino tinha voz. Neste mundo, sua voz havia sido silenciada.

— Tem certeza que isso seria bom para a Maguifires? — perguntou Sophie, receosa. — Eu não sou a pessoa mais sociável. Não sei bem o que diria em uma entrevista.

— Sei das suas limitações e fiz alguns rascunhos do que você poderia falar. Sei o quanto você e Nicholas estão envolvidos, e exatamente por isso estou pedindo a sua ajuda. Precisamos da mídia ao nosso lado agora.

Havia sido colocada contra a parede. Não sabia como seria capaz de expor a sua vida de casal para uma jornalista, porém entendia que era necessário para acalmar os ânimos. Além disso, não poderia contrariar o patrão, que a ajudava em todos os momentos.

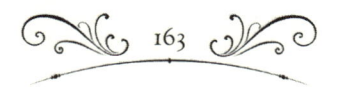

— Tudo bem, Jonas! Vou fazer o que achar melhor. Colaborarei da melhor forma possível.

— Ótimo! — respondeu o homem, começando a digitar no computador a sua frente. — Avisarei Nicholas assim que ele chegar.

— Avisar o quê? — quis saber o vocalista, interrompendo a conversa dos dois.

Eles estavam tão concentrados no que faziam que não perceberam quando o rapaz passou pela porta.

— Vou dar uma entrevista para falar sobre nós — informou Sophie com a voz calma, olhando nos olhos do namorado.

Nicholas levantou as sobrancelhas em uma expressão de surpresa. Conhecia muito bem Sophie, e sabia que aquela ideia não partira da namorada. Não conseguia visualizá-la se expondo em uma entrevista.

— E quando seria isso?

— Em Veneza. Um pouco antes do show na cidade. Os patrocinadores vão adorar isso, pois teremos ainda mais ibope para aquela campanha que consegui marcar em Roma. O namoro de vocês está ajudando em tudo.

Nicholas via a empolgação na voz do empresário, mas não conseguiu deixar de notar o desânimo da namorada.

— E você está ok com isso, Soph?

Jonas Richmond não prestava muita atenção à conversa. Estava muito focado em seus e-mails, tentando resolver todas as pendências, por isso não percebeu o leve tremor na voz dela quando respondeu, secamente:

— Claro...

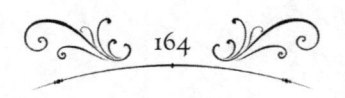

Sophie pediu para se retirar, dizendo que recomeçaria a organizar ligações, mensagens e e-mails. Colocaria o comunicado sobre a entrevista nas redes sociais da banda e no perfil oficial do namorado, que era administrado por ela. Sentia-se um pouco arrependida por ter misturado tanto as coisas.

Quando estava aguardando o elevador, Nicholas veio ao seu encontro.

— Sei que está fazendo isso por Jonas...

— Não só por ele, por você também. Isso ajudará a sua carreira e sossegará a imprensa. Se falar com uma jornalista na frente de uma câmera bastar para que tudo isso aconteça, estou disposta.

Disposta, mas não feliz.

— Só queria que você falasse publicamente se isso a deixasse contente.

O excesso de zelo de Nicholas a irritou um pouco.

— Nick, eu não sou como você! Prefiro ficar nos bastidores. — *Pelo menos, é o que eu quero aqui neste mundo.* — Não quero brigar com você por causa de uma decisão do Jonas. Se ele me quer nessa entrevista, terá.

— Prometo que depois tudo vai melhorar. — O elevador alcançara o andar de Nicholas, e ele segurou a porta antes de descer. — Depois que nosso relacionamento não for mais uma novidade, o frenesi vai sumir. Te prometo, minha linda!

Ela achava que o roqueiro estava contando uma mentira para si próprio, mesmo sendo fofo. Era fato que o caos midiático nunca iria parar. Nicholas era um vocalista bem-sucedido e bonito, e logo descobririam sobre o passado dela com Léo. Aquilo era um prato cheio para as colunas de fofoca. Além disso, sempre existiriam fãs criando campanhas na internet para o rompimento dos dois.

— Claro... — disse, vagamente.

Nicholas percebeu que a namorada não estava sendo completamente sincera em sua resposta, e havia uma pequena ruga entre as sobrancelhas dele quando soltou a porta do elevador para que Sophie voltasse ao seu quarto.

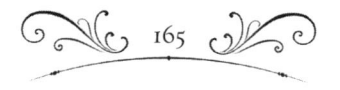

— Vai dar tudo certo. Acredito na nossa força. E o bom é que sei que ficará linda nas câmeras. Já disse o quanto está deslumbrante hoje?

Mesmo cansada emocionalmente, ela riu e lascou um selinho no rapaz. Ele mexia com uma parte dela que queria trazer de volta a Sophie romântica de antes.

Ela precisava trabalhar, mas também esfriar a cabeça, e o carinho dele a fizera relaxar um pouco. Sentiu uma vontade enorme de ler sobre a sua segunda carta e percebeu que chegara a hora de continuar a sua caminhada.

Estava preparada para A Força.

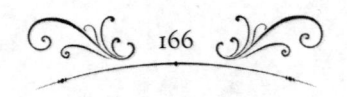

18

A vontade de correr até a mala e estudar no livro de tarô os significados da carta A Força era grande. Mas sabia que não podia mais deixar o trabalho de lado como vinha fazendo. Com os últimos acontecimentos, seus e-mails haviam triplicado, e ela agora fora instruída pelo patrão a começar a assinar com o nome de outra funcionária. Não podia mais ser ela mesma com os clientes e jornalistas.

Ótimo! Agora eu sou uma personagem dessa história.

Sentou-se na escrivaninha e teve vontade de largar o computador e escrever uma carta com o tinteiro de pena no canto da peça de madeira rústica. Mais uma vez, se perdia em divagações e não conseguia focar no trabalho. Sua atenção já não era mais a mesma. *Flashes* da conversa com Léo ocupavam sua cabeça constantemente, e seu coração disparava por alguns segundos. Precisava dormir para acalmar o corpo e a mente. Entretanto, o mais importante agora era o trabalho.

Primeiro chegou a lotação máxima da Arena, onde fariam o show em Verona. *Os ingressos já estão esgotados? Será que há a possibilidade de fazerem uma apresentação extra?* Depois, falou com o buffet que tinham contratado para o camarim e repassou o menu e os horários. Aproveitou para ligar para uma chef local recomendada por sua equipe e pediu uma refeição especial para cada integrante da banda e do staff. Sabia exatamente do que cada um gostava e era mais sensato não saírem do hotel para comer, assim evitariam o público e a imprensa. Como estavam todos cansados das refeições em restaurantes de hotel, decidira mimá-los. Talvez assim conseguisse evitar a birra dos integrantes da banda e dos colegas por conta do caos.

Jonas já separara os e-mails por grau de urgência de resposta, e Sophie começou a focar neles. Eram tantas perguntas malucas que não sabia nem por onde começar:

"O ruivo dela é natural?"
"Ela será demitida por ter se envolvido com Nicholas?"
"Quem seduziu quem nessa história?"
"Nicholas largará a banda por amor?"
"Samantha ficou feliz ao ver a melhor amiga saindo com o irmão?"
"Samantha aceitou bem o irmão estar namorando um antigo affair seu?"
"É verdade que eles brigaram porque ela está interessada no dinheiro dele?"

A cabeça dela rodopiava. Eles tinham concordado em mandar um comunicado oficial e só falar sobre o caso em Veneza, então resolveu não ler mais os conteúdos e só preparar um relatório, copiando e colando as frases nele.

Serão dias interessantes e difíceis, pensou ao terminar o arquivo.

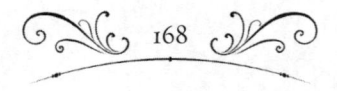

Depois daquela tarefa, partiu para a organização dos compromissos em Veneza, que seriam intensos. Não imaginara que iriam trabalhar tanto na cidade. A agenda quase não os deixaria respirar, e o acréscimo da entrevista piorava tudo. Só percebeu que já estava quase anoitecendo quando Alex e Bobba ligaram para agradecer as refeições e perguntar se ela precisava de alguma coisa. Sophie agradeceu a preocupação deles, comovida. Deviam ter lido os comentários que rolavam nas redes sociais: duas *hashtags* interessantes haviam sido criadas — #SophieBiscate, que ocupava o terceiro lugar no ranking mundial, e #Sophnick, referindo-se ao novo casal, que ocupava o nono. Aquilo dizia muito sobre o rebuliço que a revelação do namoro gerara no mundo virtual.

Jonas manteve Nicholas ocupado durante todo o dia em uma aula particular com um cantor de ópera veronês. Queriam expandir os horizontes do vocalista para o novo álbum que já estavam começando a planejar. Por isso, o namorado só ligou quando teve um intervalo para o jantar.

— Tenho mais uma hora de estudo e então preciso repassar um solo com o Alex. Quero ir para o seu quarto depois. Estou pensando em pedir para o Jonas cancelar a reserva do meu, não precisamos mais passar as noites separados.

Sophie levou um susto. Eles estavam quase sempre juntos e haviam compartilhado a cama diversas vezes, mas ela achava precipitada a decisão de dividirem o quarto. Gostava de ter tempo para se arrumar sozinha e de poder deixar o local desorganizado quando tinha pressa. Também não se sentiria à vontade conversando com o psicólogo no mesmo quarto que Léo. Como poderia ler as cartas de tarô e visitar o Reino com ele ao seu lado? Tudo aquilo era muito pessoal, e não teria qualquer privacidade se precisasse dividir o pequeno espaço com o roqueiro.

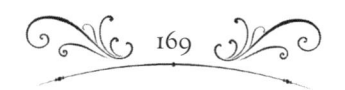

O silêncio dela o deixou em estado de alerta.

— Disse algo errado, linda? — questionou o rapaz.

— Claro que não, Nick! Estou envolvida ainda aqui nos e-mails. Está tudo um tanto confuso. Acho melhor pensarmos nisso depois. Tudo bem para você?

Ele pareceu mais aliviado, apesar de não ter recebido a resposta de que gostaria.

— Sem problemas, chefe! Então eu vou ficar aqui, focado nos treinos, e nos vemos no café da manhã. Melhor assim?

Sophie sentiu-se culpada ao ver o quanto ele se esforçava para ser carinhoso com ela, mesmo depois das últimas patadas da garota.

— Vou sentir sua falta, lindo! Mas assim consigo terminar tudo aqui, e podemos tentar visitar alguns pontos turísticos amanhã antes do ensaio geral. O que acha?

Ela acabara de aplicar-lhe um golpe baixo.

— Você estaria disposta a visitar a casa de Julieta comigo? Mesmo sabendo que podemos ser fotografados?

— Como eu perderia essa experiência com você? — respondeu, apesar de a ideia não a animar nem um pouco.

Sentiu que Nicholas sorria do outro lado, o que acalmou seu coração quando se despediram.

Perto das oito da noite, recebeu uma mensagem do patrão pedindo para ela descansar. Haviam se desgastado demais para um só dia. Percebeu que era porque a *hashtag* #SophieBiscate havia atingido o primeiro lugar, e o empresário receava que ela pudesse estar lendo os comentários.

Nem consigo mais ficar chocada depois de ter recebido a ligação de Léo, concluiu ao desligar o computador.

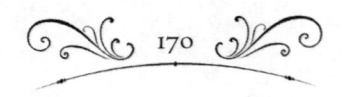

Não havia comido nada. Lembrou-se da bronca do dr. David e percebeu que outra vez pensara mais nos outros do que em si própria. Suspirou e foi pedir uma sopa ao serviço de quarto antes de entrar no chuveiro.

Limpa e alimentada, ficou deitada na cama observando o céu de Verona através das cortinas da janela, que se abria para uma sacada. Era uma linda noite estrelada com poucas nuvens, e sentia saudade de seus Tirus. O brilho de cada ponto luminoso no céu a fazia se lembrar do poder que eles emitiam. Criando coragem, abriu o livro de tarô, buscando os novos passos que percorreria em sua tumultuada vida.

Dessa vez, a carta em seu caminho era A Força. Na imagem, uma mulher loira abria com as mãos pequeninas as mandíbulas de um leão. Desenhada quase de perfil, seu olhar parecia triste, cansado. Enquanto a mão direita da mulher se apoiava no focinho do leão, a esquerda segurava o maxilar inferior. A barra de sua longa saia azul-royal chegava até os pés, um manto vermelho cobria seus ombros, e as mangas bufantes eram de um verde-bandeira que terminava em punhos amarelos, lembrando braceletes de ouro. Estava descalça, e na cabeça usava um chapéu de abas largas que também era amarelo.

Analisando a cena, a garota não sabia se a mulher estava realmente fazendo força para abrir a mandíbula ou se o leão na verdade não era tão assustador.

Aquela carta simbolizava que ela precisaria de uma grande perspicácia para distinguir entre o verdadeiro e o falso, o útil e o inútil, o que deixou Sophie muito interessada. *Será que eu vou conseguir dominar essa arte? Sem dúvida, isso tornaria a minha vida muito mais fácil.* Torcia para que se tornasse uma pessoa muito perspicaz ao completar aquela charada.

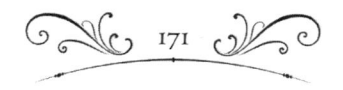

Lembrou-se das três cartas que precisara estudar em sua adolescência e percebeu que nunca uma dificuldade parecera tão positiva, porém, ao chegar ao final da explicação sobre A Força, se deu conta de todas as complicações. Entendeu que não controlava a sua força: aquela carta podia indicar brutalidade, desatenção e a possibilidade de deixar-se levar pelo poder. Fazia bastante sentido, na verdade, quando pensava em sua atual relação com o mundo. No último parágrafo sobre a carta, havia ainda a indicação de que fatos ou pessoas poderiam abatê-la; sua força poderia ser aniquilada, ou ela talvez se tornasse vítima de forças superiores.

Foi quando percebeu que estava efetivamente vivendo um período muito relacionado àquela carta. Sentia impaciência, cólera, insensibilidade, e estava passando por uma época de muita discórdia. *Acho que eu preciso parar e analisar de verdade tudo o que eu devo fazer para sair desse ciclo de negatividade e sentimentos ruins.* Suspirou. *Será que nunca vou ter sossego?*

E viu que aquele pensamento a conduzia para o melhor que poderia fazer naquele momento: sossegar.

Ela abriu os olhos e viu um arco-íris. Não era um fenômeno natural de cores, mas um arco-íris formado pelos diversos livros coloridos da biblioteca do Reino. Sentada na cadeira da escrivaninha, ouviu um miado agudo: não estava sozinha.

— Adorei ver que as regras para voltar aqui mudaram. Eu me sinto muito vulnerável ao ler o significado de uma carta. Ao chegar aqui, tudo isso passa: me sinto a pessoa mais forte do universo.

O discurso da garota atraiu o gato para mais perto de onde estava sentada.

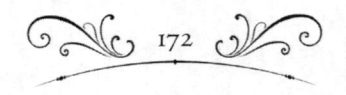

— Tudo tem mudado. As linhas do tempo não são mais as mesmas. A melodia das flores perdeu um pouco da harmonia. É bom saber que algumas mudanças foram favoráveis para você. *Eu acho.*

— Mas as mudanças não favorecem o Reino? — questionou Sophie, notando um leve tremor na voz grave de Jhonx.

Ele caminhou lentamente pela biblioteca, sobre as duas patas traseiras, percorrendo graciosamente o ambiente de madeira e cheio de cor. Algumas vezes, pegava um livro da prateleira para observar as gravuras. Outras, olhava pela grande janela do outro lado do cômodo. Sophie ficou curiosa com sua atitude.

— Não sei explicar nada disso — disse o gato, voltando-se para encarar a jovem. — Sei apenas que há muito tempo ouvimos a promessa de que nossa princesa voltaria para nos guiar e ajudar nos momentos difíceis. Como você não permaneceu, muitos de nós questionam o que pode acontecer conosco, pois o Reino não tem mais a mesma força. É a segunda vez que a princesa volta para seu povo, contudo, percebemos que dificilmente ficará por aqui. A Rainha continua em seu posto, e nosso povo tem seguido em frente. Mas não queremos ser tratados como um fruto de sua imaginação.

Sophie ficou triste ao ouvir aquilo, mas acima de tudo achou estranho. Por que o sempre animado Jhonx ficaria para baixo daquele modo? Ela sabia que o Reino era tão real quanto a vida na Terra, e ouvi-lo duvidar de seus sentimentos a angustiou.

— O que posso fazer, Jhonx? Não sou adivinha. Tenho as cartas para me guiar, mas não entendo tudo o que acontece comigo. Na Terra me sinto impaciente, estou brava por ver que tudo se complica e depressiva pelo excesso de problemas. Aqui fico feliz, mas ao mesmo tempo sou cobrada por coisas fora de meu alcance. Há um limite do que posso aguentar. Estou bem perto dele.

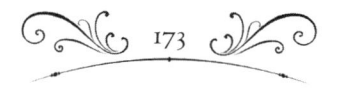

O felino continuava a caminhar e batia a bengala no assoalho ritmadamente. Antes, aquele som a animava, mas agora, por algum motivo, a irritava. *O que está acontecendo? Parece que vim para um enterro, todos estão tão desanimados.* Recebera broncas e conselhos de Sycreth, e agora Jhonx lhe passava aquele sermão. *Será que algum deles ainda é capaz de apenas passar a mão em minha cabeça?*

Odeio ter de ser tão responsável. Tão adulta.

— Está com fome? — questionou o misterioso gato, tentando desviar o assunto. — Que tal irmos para o salão de jantar real? As cozinheiras vão adorar recebê-la. Elas estão precisando de uma alegria assim.

Sophie recordou da maravilhosa experiência de comer no Reino pela primeira vez. Adoraria se deliciar com os quitutes coloridos servidos pelas gigantescas abelhas e beber do achocolatado recolhido diretamente da fonte da praça central. Estava ainda um pouco irritada com o rumo da conversa anterior, mas não conseguiu deixar de sorrir ao pensar na maravilhosa culinária dos Tirus. Eles sem dúvida sabiam escolher as melhores matérias-primas para seus banquetes.

— Eu nunca poderia recusar a comida daqui! — exclamou Sophie, e a expressão do animal mudou para algo que fazia lembrar um sorriso. Juntos, caminharam pelo castelo.

No caminho, encontraram muitos dos súditos, que a reverenciaram e cumprimentaram com alegria. A felicidade que demonstravam toda vez que a viam transformava qualquer pesadelo em uma bênção. Mais uma vez, desejou ficar para sempre no Reino. Amava muito algumas pessoas na Terra, mas muitas outras do seu lugar sagrado ocupavam um lugar especial em seu coração. Passara anos e anos do outro lado, então talvez pudesse passar o resto de sua vida naquele.

Assim fico bem longe de Léo, pensou, mas logo se arrependeu.

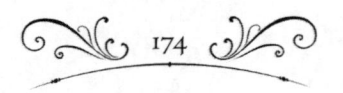

Aquilo significava que também ficaria longe de Nicholas, e não podia se esquecer disso. *Por que a última pessoa em que eu penso é o meu namorado? Eu não consegui amá-lo de verdade.* A sensação era horrível.

Ao adentrar o salão, conheceu o mais novo artista do Reino:

— Minha amada princesa — disse o homem negro com cabelo afro, sorridente e vestindo cores chamativas em uma combinação exótica. — Que prazer tê-la conosco. Não esperávamos a sua visita. Fui convidado para retratar a beleza deste mágico lugar. Adoraria ter a oportunidade de desenhá-la algum dia. É verdade que sua alteza desvendou uma carta?

Sophie precisou de um minuto para processar tudo. O rapaz emitia uma energia positiva bastante forte e destoava dos outros Tirus presentes.

Um artista no Reino. Interessante. Adoraria carregar um retrato deste lugar.

— É um prazer conhecê-lo, senhor...

— Ype! Meu nome é Ype, alteza!

Sentaram-se na mesa triangular, repleta de guloseimas exóticas. Um bolo de um intenso amarelo lembrava um girassol. Ao lado, em uma tigela quadriculada, havia diversas esferas alaranjadas, e Sophie viu que de dentro do alimento saía um líquido azul-turquesa. Havia muitas variedades do que parecia ser um tipo de sorvete cortado em formato retangular, além de frutas de todos os tamanhos e salgados cujas cores variavam do violeta ao preto. Tudo tinha muita cor e personalidade. Ela experimentou todas as opções sem medo algum. Divertia-se com o desafio.

O rapaz também usava a cartola típica do local, mas ela parecia flutuar em sua cabeleira. Sophie pôde então reparar que todo o terno dele era estilizado e havia desenhos e linhas por todas as partes do tecido.

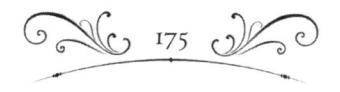

Não querendo ser indelicada e gostando da nova companhia, respondeu o que ele perguntara antes:

— Desvendei a primeira carta, sr. Ype! Há algum tempo. Comecei a pesquisar agora o significado da segunda. Não sei como vim parar aqui hoje. Já nem quero mais tentar achar uma *lógica*. Mas adorarei ser retratada em desenho em uma de minhas próximas visitas.

— Perfeito! Será uma honra! Alteza, olhe ao seu redor: está tudo suave! Lógica é para os caretas, e nós precisamos ser ousados na vida. Só assim evoluiremos de forma feliz — discursou o artista. Até então quieto, o gato balançou a cabeça veementemente, concordando.

— Gosto desse seu jeito de pensar, grande amigo! O sr. Ype aqui entendeu bem o espírito de nosso Reino — disse o bichano, começando a explorar a mesa farta.

Ficaram por algum tempo em silêncio, aproveitando a refeição. Mas Sophie sabia que seu tempo no Reino logo se esgotaria, e queria aproveitar toda chance de aprender com os seres mágicos do Reino.

— Estou passando por dificuldades no mundo humano! Um segredo meu foi revelado às pessoas, e estou sob muita pressão. Como conseguem manter tudo em ordem? Ainda mais agora, que podem contar apenas com Ny.

O gato pareceu gostar de poder ajudá-la, pois logo se endireitou na cadeira e começou a falar, sorridente:

— O espírito domina a matéria. A inteligência doma a brutalidade...

— Li isso na carta — interrompeu-o a garota.

— É uma carta muito boa. E é exatamente disso que ela trata. Você é capaz de controlar o seu ambiente e as suas emoções, se quiser e realmente tentar. O caos é constante e frequente. A calmaria precisa ser conquistada com esforço. Você me perguntou o que eu faço.

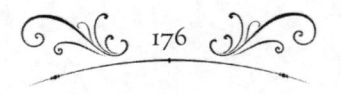

Eu não tento manter as coisas em ordem: só não foco no negativo e busco aprimorar o positivo. Quando vejo, a confusão passou. Tudo se resolveu.

Com a boca ainda cheia, Sophie mastigava lentamente, pensando em cada palavra. Percebera que costumava focar mais no caos do que na calmaria. Talvez aquele fosse o grande problema.

— Sabe, eu quero vencer meus obstáculos e ter domínio sobre as minhas paixões como a carta diz, mas como é possível, estando tão confusa?

— Vejo que não é só a sua mente que está em caos. Seu coração anda em conflito. Aquele rapaz ainda habita seus sonhos? — questionou Jhonx.

Ela não soube o que dizer. Sycreth também a pressionara sobre Léo. Tudo sempre terminava nele.

— Eu estou com outro homem, que me faz muito mais feliz.

O gato sorriu por um tempo sem dizer nada.

Jhonx estalou as patas, mergulhando-as em um pote de melado rosa-shocking. O doce também pingava de seu rosto peludo.

— Desejo felicidades ao novo casal. Seja dona de sua força. Domine o poder da conquista. É para isso que serve essa nova etapa.

— O felino está certo — interrompeu Ype. — Não se esqueça de desenvolver a sua suavidade, de deixar as coisas fluírem.

Os dois tinham total razão. Sophie precisava assumir o controle da sua vida para evoluir. Somente assim viveria em paz com Nicholas ao seu lado. Sem se preocupar se Léo resolveria aparecer para consertar as burrices que cometera.

Nosso aquário. A expressão reverberou em sua mente. Ela balançou a cabeça para afastar o pensamento e quase derrubou sua minicartola.

Ype e Jhonx fingiram não perceber seu desconforto.

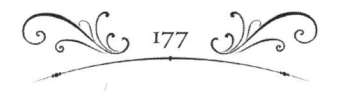

— Na próxima vez que você visitar o Reino, vou pedir para Drak acompanhá-la até um mago importante que veio nos visitar. Ele sem dúvida permanecerá em nossas terras até lá. Acho que a alteza está precisando de um pouco mais de magia em seu coração. O mundo tem tirado isso de você.

Jhonx tem razão.

— Mas agora ficarei ansiosa para a minha próxima visita. O Guardião não pode me levar agora? Talvez o sr. Ype?

Jhonx parou de se lambuzar e focou na conversa:

— A senhorita tem muito que aprender com a segunda carta antes de conhecer o mago. Mas o momento está próximo, e todos nós, até nosso artista, poderemos te ajudar.

Por que tudo precisa demorar tanto?

— Tudo bem! Vou dar o meu melhor, como sempre faço.

— Perfeito, princesa! Estamos muito orgulhosos — disse Jhonx visivelmente contente.

— Estamos mesmo — complementou Ype.

— Pelo visto, só a minha avó não está orgulhosa. Não a tenho visto muito por aqui. — Os dois sentiram a tristeza na fala da jovem, mas suas expressões mudaram radicalmente. Sophie logo notou que havia algo de errado. Seu coração bateu mais forte. — O que está acontecendo? Por que ela não está aqui? — questionou assustada, vendo o desespero no rosto deles.

— Não sabemos como dizer isso, princesa — começou o artista, mas hesitou, buscando com os olhos a ajuda do animal falante.

— Prometemos não lhe contar — acrescentou Jhonx.

Sophie estava prestes a mostrar o lado negro de seus sentimentos.

— Sou herdeira deste Reino e exijo que me digam agora onde está a minha avó! Não posso ficar sem notícias dela.

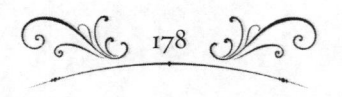

Eles trocaram olhares e, fazendo um movimento com a cabeça, Jhonx concordou que seria melhor contar para ela.

— A rainha está doente, alteza! O grande mago veio tentar curá-la, por isso decidimos esperar para lhe dar a notícia.

— Não! O que aconteceu com a minha avó?

Naquela hora, a garota sentiu uma dor muito forte no peito, e a tristeza tomou conta de seu corpo.

Acordou no hotel, desesperada.

19

O travesseiro e o lençol pareciam ter sido deixados na chuva, de tão molhados de suor. A pele de Sophie brilhava, e gotas pingavam de sua testa. Conseguia ver um pequeno feixe de luz no horizonte através da janela, mas demorou para entender onde estava. Abrira os olhos e saltara da cama no mesmo instante, em pânico. Teve muita vontade de chorar. E de gritar.

Sentia-se perdida.

Sua avó estava doente a ponto de precisar de ajuda externa, e Sophie só ficara sabendo após pressionar as pessoas em quem mais confiava. Eles não deveriam ser seus amigos? Não conseguia acreditar que haviam mentido para ela. Fora um pedido de Ny, Rainha deles, mas ainda assim não deveriam ter ocultado um fato tão importante. Sophie era neta dela e a herdeira do trono: claro que precisava ser a primeira pessoa avisada no caso de algo acontecer.

Eles foram tão imprudentes! Por que não me contaram?, lamentava-se enquanto enxugava o suor. Retirou a camiseta úmida e foi procurar outra na mala para se trocar.

Sentiu-se um pouco aliviada por não ter passado a noite com Nicholas. Ele estaria em pânico se tivesse acordado com ela naquele estado. A dificuldade de se comunicar e de se abrir com ele realmente interferia na relação dos dois. Ela sentia constantemente que não tinha com quem desabafar. Não naquele mundo. Pensando melhor, talvez nem no outro. Mais uma vez, a solidão envolvia Sophie.

— Será que eu fiz algo de errado em outra vida para ter que sofrer tanto nesta? — perguntou-se, e os problemas espiralavam em sua cabeça, deixando-a tonta.

A mídia estava no seu pé, o namorado muitas vezes reclamava de ser deixado de lado, o patrão cobrava uma postura mais profissional e o ex resolvera ligar para ela depois de todo aquele tempo. E agora, descobria que a avó querida estava adoentada, e ela nem sabia o que acontecera. Era completamente injusto. Queria voltar ao Reino naquele momento. Sua avó poderia estar morrendo, e Sophie não estava lá para confortá-la. Como haviam impedido que ela estivesse ao seu lado?

Preciso falar com alguém. Preciso falar com alguém. Preciso falar com alguém.

O pensamento não saía da sua cabeça. Era como se estivesse tendo um ataque de pânico. Tentou acalmar sua respiração, mas o coração continuava acelerado. Seu corpo tremia, não conseguia raciocinar direito e sentia uma enorme necessidade de ter alguém ao seu lado.

Foi quando viu os comprimidos em cima da escrivaninha.

Sentiu-se tentada. Eles estavam logo ali. Tão perto e tão mágicos. Os comprimidos poderiam ajudá-la a voltar para o Reino, e só assim conseguiria ficar ao lado da avó doente. Eles mascarariam toda a sua dor e a angústia. Seria muito mais fácil.

Quando o pensamento começou a se instalar em sua mente, percebeu que realmente precisava de alguém. Não queria preocupar os pais, mas ainda podia contar com uma pessoa.

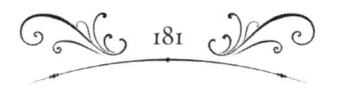

— Dr. David, lamento ligar a essa hora, mas é uma emergência — disse no celular após discar o número.

O psicólogo a conhecia muito bem. Se Sophie ligara naquele horário, era porque precisava mesmo dele.

— Onde você está? — perguntou ele, tentando mascarar a preocupação em sua voz.

— Em Verona, no quarto do hotel. Estou tendo uma crise de ansiedade. Mãos trêmulas, batimentos cardíacos acelerados, suor frio.

— Sabe onde está o seu remédio? — questionou ele, aliviado ao ouvir uma confirmação dela. — Quero que pegue o interfone do hotel e peça para um funcionário subir agora ao seu quarto. Ficarei aguardando na linha.

Sophie não entendeu as intenções do doutor, porém sabia que ele era bom no que fazia e queria o melhor para ela. Obedeceu, e pouco tempo depois um senhor de idade apareceu a sua porta.

— Em que posso ajudá-la, *signorina*? — disse o homem com um forte sotaque italiano em seu inglês capenga.

A ruiva passou o seu celular para o senhor a pedido do médico, e eles tiveram uma curta conversa. Ao devolver o telefone para ela, o homem informou Sophie que levaria as cápsulas e também as garrafinhas do minibar.

— Mas eu nunca tive problemas com álcool, dr. David! E se esse homem contar ao meu patrão?

— É só uma precaução. Precisamos nos preocupar com o seu bem-estar neste momento, Sophie!

Ele tinha razão. A garota respirava com dificuldade e reconhecia o quanto estava nervosa. O funcionário do hotel voltou trazendo consigo alguns objetos cortantes retirados do banheiro e também a cartela de remédio que estava sobre a escrivaninha e as bebidas.

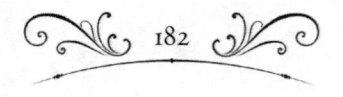

— Não se preocupe, *signorina!* Tenho uma neta na mesma situação. É muito bom que tenha buscado ajuda. Pode contar com minha discrição. *Mi chiamo* Matteo e trabalho sempre no turno da noite. *Sono a vostra disposizione.*

— Muito obrigada, Matteo! — agradeceu, um pouco desconcertada com a bondade do desconhecido.

Fechando a porta, voltou ao telefone.

— Agora preciso que se deite e permaneça com o corpo reto, na horizontal. Me avise quando estiver pronta.

Sophie seguiu as instruções.

— Perfeito! Agora me conte tudo. O que mudou em sua vida? Por que está assim?

E ela começou a chorar.

Tentou focar no dia anterior e contar as últimas novidades. Mal acreditava que em algumas horas teria que encarar as pessoas e cumprir a promessa de ir à casa de Julieta com o namorado. Se desse outro furo com ele, talvez Nicholas a deixasse, e Sophie não desejava isso.

Falou sobre a ligação de Léo e ouviu um profundo suspiro de David do outro lado da linha. Provavelmente o médico também não esperava que Léo desse as caras de novo. Mas ela deixou para contar o mais importante no final.

— Hoje fui mais uma vez para o Reino...

O psiquiatra hesitou do outro lado da linha.

— Aquele onde as vozes não se calam?

A garota concordou.

— E alguma coisa lá a deixou assim?

Ainda era estranho conversar com ele sobre aquele assunto.

— Minha avó está doente, e estão me impedindo de vê-la — desabafou, virando de lado na cama e deixando as lágrimas escorrerem no já encharcado travesseiro.

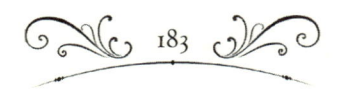

Mais uma vez o médico ficou em silêncio.

— Ainda está aí, doutor?

Ele tossiu, indicando que sim.

— E foi por não conseguir voltar ao Reino e ver a sua avó que você entrou nesse momento de desespero e sentiu necessidade de me ligar? — perguntou o doutor, tomando coragem.

— Sim...

— Você ainda está deitada e de corpo reto?

Sophie voltou à posição e respondeu que sim.

— Isso é importante para que sua respiração se normalize e você se acalme.

— Há alguma coisa que eu possa fazer para me livrar de tudo isso? — questionou a jovem, ainda enxugando as lágrimas.

— Você não vai encontrar respostas com o uso excessivo de remédios, com bebidas ou autoagressões. Preciso que tenha total consciência disso. Se voltar para esse caminho, só encontrará mais sofrimento.

— Eu sei, doutor! Eu te liguei, não foi?

Ele estava orgulhoso da atitude dela.

— Você tentou no passado permanecer em seu Reino, e vejo que hoje poderia ter tentado isso novamente. Lembre-se de que, assim como anos atrás, existem pessoas que se preocupam com você. Pessoas que a amam. Pense nesse seu lugar mágico como um bom local para recarregar as energias. Não o deixe se tornar mais um lugar para tristezas.

Sophie queria concordar com ele, mas sabia que o psicólogo via seu Reino como um lugar fictício. Ele imaginava que a garota tivesse controle sobre o que acontecia lá. Mas ela não tinha. Não havia como ela pudesse melhorar a saúde de sua avó.

— Obrigada, doutor. Já estou um pouco melhor — disse, querendo encerrar a consulta de emergência.

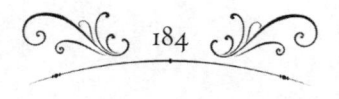

— Que bom! Pela sua respiração dá para perceber. Se precisar me ligar, não hesite. Estou muito orgulhoso de você. Tomou a atitude certa.

Era bom ouvir aquilo dele.

— Um beijo, David! — disse ela, porque tinham se tornado amigos.

Os dois desligaram, e mais uma vez ela olhou pela janela.

O sol nascia, alaranjado, tomando conta de Verona. Ela encararia a sua realidade.

Dormiu por mais duas horas, ainda exausta. Quando o despertador tocou parecendo uma fanfarra em pleno enterro, lutou muito para se levantar. Teria um longo dia pela frente. Além de lidar com a mídia abertamente pela primeira vez em um lugar público, ainda precisava finalizar a organização do show na cidade, que aconteceria naquela noite. Voltaria para o quarto apenas de madrugada, e o namorado provavelmente ia querer dormir com ela. Mal acordara e já começava a rezar pela hora que veria o travesseiro outra vez.

Como vou aguentar isso?

Cambaleou até o espelho do banheiro para avaliar o tamanho da catástrofe. Chorara por muito tempo algumas horas e acabara dormindo em meio às lágrimas. O que viu no espelho foi um rosto inchado, cabelos desgrenhados e olheiras profundas. Precisava estar apresentável em público, então teria que ficar com os óculos de sol o tempo todo para não chamar atenção indesejada.

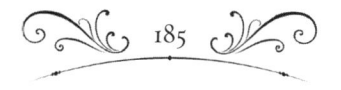

Se arrumou da melhor forma que pôde. Lavou e secou os cabelos para deixá-los com uma aparência mais fresca, escolheu uma calça justa para usar com sua bota de cano alto e uma blusa leve para ornar com um cachecol de tecido. Queria estar simples, mas sofisticada o bastante para ser a namorada de uma figura pública. Não queria passar uma impressão vulgar ou oportunista para a imprensa: precisava que a vissem exatamente como era.

Sou bem diferente da Natasha, pensou ao observar o resultado no espelho. Mas logo lembrou que Mônica insistira em dizer que a menina não era ruim.

Cogitou passar um pouco de maquiagem, porém achou que aquilo seria demais para ela. Desde que ficasse com os óculos, estaria a salvo, ou pelo menos pensava que sim. Com o ar fresco de Verona e um pouco de sol na pele, desincharia.

Suspirou antes de descer para o café da manhã com a banda. Logo depois sairia a passeio com Nicholas.

Showtime.

— Bom dia, Sophie! Pelo visto ficou trabalhando mais do que deveria — comentou Jonas, observando os óculos escuros dela em pleno ambiente fechado.

— Acordei com o olho irritado. Não sei se é algo contagioso, então achei melhor ficar de óculos, se não se importarem — mentiu a garota, percebendo que estava se tornando uma mentirosa profissional.

— Melhor assim — intrometeu-se Samantha. — Ninguém merece ficar com tersol em plena turnê. Se estiver doente, fique longe de mim.

Bobba riu do comentário da baterista.

— Não podemos nos dar o luxo de não ter Sophie trabalhando conosco nos próximos dias. Se precisar de um médico é só nos avisar, viu querida? Queremos que esteja bem, precisamos de você — disse Jonas. A ruiva garantiu que avisaria se precisasse e gostou de sentir o carinho na voz dele.

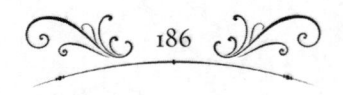

Nicholas encarava-a com o semblante pensativo, parecendo intrigado. Sophie ficou desconfortável ao ser analisada tão abertamente.

— Ainda vão passear pela cidade? — questionou Alex ao se virar para o casal. — Nicholas nos contou ontem que planejavam conhecer a casa de Julieta.

— Eu também quero conhecer! Por que não fui convidada? — interrompeu Samantha, sempre mimada.

O roqueiro fechou a cara com o comentário da irmã, mas ignorou-a, interessado na resposta de Sophie.

Talvez ele pense que os óculos são uma desculpa para cancelar o passeio.

— Claro que vamos! — Sophie respondeu calmamente, sorrindo para o namorado. — A não ser que Jonas não concorde com a ideia. Ou se for ruim para os negócios e houver muito o que fazer por aqui.

Ao seu lado, o namorado expeliu o ar preso no pulmão, parecendo aliviado.

— Por mim não há problema. É quase como se isso fosse parte do trabalho de vocês. A mídia está precisando de mais fotos românticas, agora que assumiram. Se não houver fotos, chegarão a conclusões erradas e precipitadas. Ou então vão começar a buscar histórias do passado de vocês para explorar.

Jonas disse a última frase olhando fixamente para ela.

Sophie sentiu a verdade daquela indireta. Ele falava claramente da possibilidade de os jornalistas descobrirem que ela era a antiga namorada de Léo.

— Perfeito! Depois do café, só preciso finalizar algo rapidinho em meu quarto, e podemos ir — disse Sophie, olhando para o namorado.

— Está ótimo... — Nicholas suspirou, feliz por ter a companhia dela apesar de todo aquele caos.

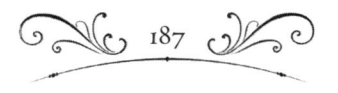

Naquele dia, Sophie sentiria o poder da fama. A multidão no aeroporto tinha sido apenas uma amostra do que viria pela frente. Os primeiros dias de exposição de um relacionamento eram tão ruins ou piores que as especulações sobre a existência ou não de uma relação. Depois viria a calmaria. Com Léo, não chegara a passar por tudo aquilo: a Unique só havia explodido de vez após o término dos dois. Quem ligaria para os amores passados de um novo solteiro cobiçado?

Ao terminarem o café, o grupo concordou que o passeio não seria tão romântico como Nicholas imaginara. Apenas Jonas não iria à Casa de Julieta, porque precisava resolver algumas pendências do show daquela noite. Todos queriam conhecer um pouco da cidade.

— Prometo que não vamos atrapalhar. Até porque não quero ser contaminada pela minha cunhada — disse Samantha, animada com a possibilidade de sair do hotel, indo se trocar antes que alguém mudasse de ideia.

Sophie nem escondeu o riso. A baterista era mesmo uma comédia.

A ruiva aproveitou a ida ao quarto para pegar algo que havia escrito para a visita à Casa de Julieta, sabendo que no local havia um mural onde as pessoas deixavam lembretes e cartas para a famosa personagem.

Utilizara o pergaminho e a caneta-tinteiro de sua escrivaninha para fazer uma espécie de declaração de amor, ou melhor, de liberdade. As palavras declaradas eram como trechos de uma música. Quase podia se imaginar tocando-a no violão para Dior em seu quintal, como nos velhos tempos em que falava de cores e flores. No pergaminho, escrevera:

Você trouxe respostas
quando mais precisei
Abriu todas as portas
que por tanto tempo fechei

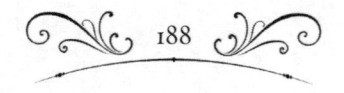

Você fez tudo certo
Foi tão fácil dizer
Que seria eterno
o meu amor por você

Mas por que não sinto mais
Tudo o que pensei ser minha paz?

No final, vou lembrar
Nossa história não muda
Eu que mudei

No final, tanto faz
Não importa de quem é a culpa
Sei que vai ficar tudo bem

Não se prenda a memórias
Já não estamos aqui
E o que fomos um dia
Não é mais futuro pra mim

Pra que vou me enganar mais
Se o tempo não volta
pra apagar

No final, vou lembrar
A nossa história não muda
Eu que mudei

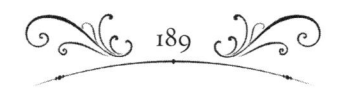

No final, tanto faz
Não importa de quem é a culpa
Sei que vai ficar tudo bem

Sei que vai. Vai ficar. Ficar tudo bem.

Rezava para que fosse verdade.

20

Mesmo com poucos fotógrafos e fãs à espera diante do hotel, o estardalhaço foi grande. Se estivessem em Nova York, Tóquio ou Rio de Janeiro, teria sido impossível saírem do hotel.

Ainda bem que é Verona, pensou Sophie, baixando a cabeça para se proteger dos flashes, mesmo estando de óculos.

Nicholas e Sophie saíram sérios e de mãos dadas na frente, mas o restante da banda exibia sorrisos para os fotógrafos, que tentavam captar o momento de fraternidade dos integrantes da Maguifires, assim como o primeiro encontro público do novo casal sensação.

Seguiram de van para a Casa de Julieta, o local mais romântico da cidade. Saindo do centro pitoresco, tomaram uma rua de pista dupla e desceram uma ladeira até uma decrépita propriedade industrial. Perto de um desvio ferroviário, depois de um cemitério, ficava o escritório do famoso *Club di Giulietta*, formado por um grupo de pessoas que respondia às mensagens e cartas amorosas enviadas para a célebre e romântica personagem da família Capuleto.

De acordo com as pesquisas de Sophie, as primeiras cartas endereçadas a Julieta chegaram ao endereço de seu suposto túmulo em 1930, após a tragédia de Shakespeare ter sido retratada no filme do cineasta George Cukor. Naquela época, o vigia do túmulo de Julieta decidiu recolhê-las e, comovido pelo fenômeno, respondeu-as, tornando-se o primeiro "secretário de Julieta" e dando início a uma tradição que se mantém até os dias atuais, quando mais de cinco mil cartas chegam ao local por ano, sem contar os milhares de bilhetes e poemas deixados na casa de Julieta por turistas em visitação.

Nos tempos modernos, era possível até mesmo mandar mensagens eletrônicas à malfadada personagem de Shakespeare, mas, para a surpresa de Sophie, apenas dez por cento das mensagens chegavam ao *Club di Giulietta* daquela forma. No fundo, fazia sentido para ela: quando se quer falar de amor, nenhuma outra forma de escrita lhe parecia tão perfeita quanto o bom e velho método do papel e da caneta. Sem dúvida, aquela antiga história provava diariamente que havia deixado marcas profundas no coração de seus leitores apaixonados.

A Casa de Julieta ficava aberta à visitação, e os turistas podiam, inclusive, subir até a famosa sacada citada na obra literária. Na parte de baixo, no pátio externo, fora colocada uma estátua de bronze da personagem, e dizia a lenda que todo visitante que tocasse seu seio direito teria felicidade no casamento.

Quando saltaram da van diante do edifício, a placa em italiano indicava que estavam no lugar certo: *Casa di Giulietta*. Entraram a pé pelo portão de ferro rústico, passando pela entrada em arco com as paredes repletas de anotações e papéis coloridos colados.

— A linguagem do amor é universal — sussurrou Nicholas para ela enquanto observavam o túnel. — É tão lindo ver declarações de pessoas do mundo todo que amam ou querem ser amadas.

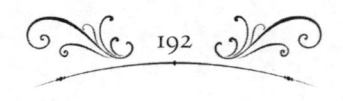

Sophie ficou arrepiada. O ar romântico do local a preenchia de uma forma quase indescritível. Sentia uma magia semelhante à do Reino. Uma forte energia de amor, que deixou sua pele arrepiada. Aquele lhe pareceu um local sagrado.

Havia cinco fotógrafos seguindo-os, e alguns fãs da banda tinham resolvido acompanhá-los, mas os seguranças conseguiam manter um bom espaço para que os integrantes da banda ficassem à vontade. Não estavam em um horário de pico de visitação, porém aquele era um espaço que nunca ficava vazio.

Adentraram o pequeno pátio, de onde era possível ver a famosa sacada. O chão do pórtico era composto por pequenas pedras, e a construção era de tijolos rústicos, coberta por hera. Bem abaixo da sacada, a estátua de Julieta. Era a imagem de uma mulher miúda e simples, mas com uma elegância admirável.

— Que espaço apertado — reclamou Samantha. — Se eu fosse a Julieta e o Romeu me oferecesse uma casinha melhor, eu teria dado o fora daqui.

Todos riram, apesar de o comentário ter quebrado um pouco do clima romântico que de algum modo todos sentiam na pele. Alex recriminou a baterista:

— Que sensibilidade a sua, Samantha!

— Já que a atmosfera sentimental se foi, sabia que essa sacada foi adicionada à casa já no século XX?

Sophie gostava de ver Nicholas falando com gosto de um assunto. Sempre que conversavam, se lembrava do quanto era prazeroso estar ao seu lado.

— Nunca saberemos se Shakespeare se inspirou no cenário ou se o cenário se inspirou em Shakespeare — brincou ela.

O roqueiro sorriu.

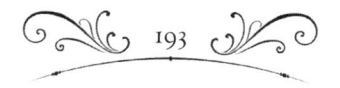

— Isso daria uma boa música — revelou a ela enquanto andavam em direção à estátua.

O coração de Sophie ficou apertado por alguns segundos. Não queria se lembrar de Léo, mas estava cada vez mais difícil.

— Acho que o mundo já ouviu muitas músicas sobre Romeus e Julietas. Precisamos de novos casais — argumentou Sophie, tentando mudar de assunto.

— Mesmo assim, essas músicas não deixam de ser lindas, não é? E quem sabe não exista uma sobre Nicholas e Sophie?

A garota riu e deixou-se abraçar pelo rapaz. Um flash foi disparado logo em seguida.

— Para que precisamos de músicas, se estão fazendo um documentário sobre a gente?

Bobba, que estava por perto, gargalhou. Mas logo ficou sério novamente e se afastou, percebendo que se intrometia em uma conversa privada.

— Que ótimo! — disse Nicholas ao ver o músico sair de perto. — Parece que o nosso encontro está cheio de velas.

Os dois também começaram a gargalhar, parando em frente a Julieta.

— Pelo menos está sendo iluminado — completou Sophie.

Subiu na base da estátua para realizar a superstição: tímida, esfregou o seio direito da estátua.

— Assim você me seduz, chefe! — brincou o rapaz.

Sophie deu um tapa amigável no namorado. Um segundo depois veio mais um flash.

— Que beleza! Nossa primeira briga retratada. Já vejo as manchetes: *eles se beijam e brigam em público.*

— Quero brigar e te beijar muito ainda, linda!

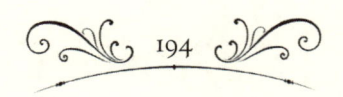

O coração dela se enterneceu, e, sem se importar com as câmeras e as outras pessoas, beijaram-se como se só houvesse suas duas almas apaixonadas naquele local.

Pararam as demonstrações de afeto quando ouviram os aplausos de quem assistia a cena e deixava-se envolver pelo romantismo daquela sacada.

— Agora sim haverá músicas — brincou Sophie, passando ao lado do portão lotado de cadeados com nomes de casais e seguindo Nicholas até o museu dentro do casarão.

No interior, viram objetos antigos, da época retratada em *Romeu e Julieta*, como vasos, jarros, quadros e móveis. Também havia frases do clássico inglês e figurinos utilizados em filmes.

No quarto, Sophie sentiu-se ainda mais próxima da personagem ao admirar os móveis e os objetos, que reconhecia de um filme e que de certa forma lhe eram familiares.

— Feliz? — indagou Nicholas, percebendo que a namorada estava pensativa.

— Muito... — respondeu a garota rapidamente. E, naquele momento, foi sincera.

Nem parecia que havia apenas algumas horas acordara desesperada, pensando em coisas que há muitos anos havia tirado da cabeça.

De repente, entendeu que não adiantara de nada ter ficado tão relutante em assumir seu relacionamento, em aparecer em público com Nicholas. Sentia-se feliz porque as coisas haviam mudado. Estava se divertindo, e até então não havia sido o fim do mundo ter jornalistas seguindo-a. O importante era estar com o namorado e merecer o respeito da banda.

Sentia-se realmente feliz.

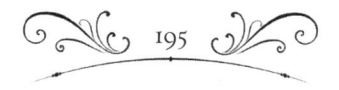

A adrenalina experimentada antes de um show seria sempre algo inexplicável para ela. Sophie não tocava junto com a banda, mas, toda vez que eles entravam em um concerto, sentia-se uma *rockstar*. E sua empolgação para a apresentação daquela noite era maior ainda, pois a locação sem dúvida traria uma força extra à apresentação: a Arena de Verona era na verdade um enorme anfiteatro romano restaurado durante o Renascimento. Conhecido por suas monumentais produções de ópera, o edifício parecia uma versão menor do Coliseu, e, ao entrar lá, Sophie respirou fundo e conseguiu sentir a energia secular que ele emanava. Aquele seria um show especial.

Os gritos alucinados, as luzes ofuscantes, a correria interminável, os tapas nos ombros e as palavras de incentivo a contagiaram, e a fizeram se lembrar de como sonhara viver da sua música também.

Jonas costumava dizer que o rosto de Sophie se iluminava quando eles entravam no palco. Ela se sentia de fato iluminada naquelas horas. Mesmo sabendo que depois teria ainda muito trabalho para organizar o retorno da banda ao hotel e controlar os festeiros, principalmente Samantha, que dava muito mais trabalho que Alex e Bobba quando o assunto era parar de beber e ir descansar.

Desde o último incidente, no entanto, a baterista estava se esforçando para andar na linha, o que tranquilizava bastante a ruiva. Samantha era uma menina talentosa e inteligente, mas muitas vezes se esquecia disso.

Como eu também sempre esqueço as minhas qualidades, recriminou-se, observando da coxia a garota chacoalhar os cabelos trançados, agora azuis, para todos os lados, tocando a bateria ferozmente.

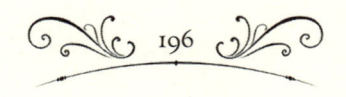

— Estamos completamente lotados, e muita gente ficou do lado de fora, o que é incrível, já que estamos no maior anfiteatro da região. Este é o maior show que já fizemos — comentou Jonas para ela na lateral do palco. — É incrível fazer algo assim aqui em Verona. Sinto muito orgulho deles. Temos nossos altos e baixos, mas os altos são maiores. Bem maiores.

— Dessa vez é você que está iluminado — elogiou Sophie, observando o sorriso de pai bobão que o empresário esbanjava.

A notícia do namoro entre o vocalista e a assistente da Maguifires dera um retorno muito positivo, o que ninguém esperava. Tinham recebido diversos convites para aparições em programas de TV e capas de revista, sem contar as empresas interessadas em licenciar produtos deles. Em uma das conversas de e-mail, Sophie lera que o namoro de Nicholas era o ponto final de que a banda precisava para estourar com o grande público. As massas gostavam de um namoro da mesma forma como amavam uma briga ou um término.

Virei um pedaço de carne, pensou Sophie quando se lembrou do conteúdo da mensagem.

Em um breve segundo, Nicholas olhou para o *backstage* enquanto tocava uma das únicas músicas melódicas do grupo e mandou-lhe um beijo.

Aquele olhar lhe causou uma explosão de sentimentos. Foram tantos gritos e assobios que Sophie ficou vermelha. No dia seguinte, sem dúvida haveria algum vídeo da cena disponibilizado na internet. Ser conhecida pelo público a intimidava um pouco, mas precisava admitir que estava gostando de ser cortejada daquela forma. Não via a hora de ficar a sós com o namorado.

Esperava apenas que o ex não ligasse mais.

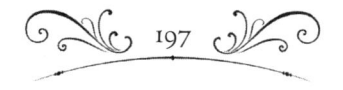

21

Depois do show de Verona, houve uma minifesta de comemoração pelo sucesso do show na Arena, e a maior parte do grupo ficou um pouco alterada, inclusive Samantha. Como Jonas ficara até o final daquela vez, ela não cruzara a linha do absurdo, mas cambaleava um pouco ao caminhar. No entanto, quando chegaram ao hotel, ela não estava muito diferente de Alex, que cantarolava pelo saguão, chamando a atenção dos funcionários, e Bobba, que se arrastava feito um zumbi.

— Estou com medo de imaginar esse pessoal no fim da turnê — disse Jonas para a assistente, que também observava os integrantes da banda. — Não estou gostando, principalmente porque a Sam pode voltar a exagerar, e eu não quero vê-la se drogando de novo.

— Acho que hoje foi só uma comemoração, Jonas. Estamos todos felizes com o sucesso do concerto e inebriados com o clima desta cidade. Vou me esforçar para que nos próximos shows eles diminuam o ritmo. — Ela hesitou ao dizer isso. O benefício de ter o patrão ao seu lado era que os integrantes da Maguifires acabavam se comportando melhor. Eles ainda não a viam como uma figura autoritária e, ao serem vigiados apenas por Sophie, costumavam fugir do controle. *Nunca vou me esquecer de Samantha presa naquele banheiro, apagada de tanta bebida.* — E vou conversar com os meninos, para eles entenderem que o que fazem reflete na Sam, e ela não poderia ter bebido hoje. Acho que às vezes eles se esquecem de que ela é dependente química.

Mas no fundo ninguém era capaz de esquecer.

Os problemas com drogas e bebidas de Samantha eram uma preocupação frequente de todos. Com as terapias e as internações em clínicas de reabilitação, a baterista passava por períodos de sobriedade, mas sempre seria a garota rebelde que tentava se encontrar. Não poderiam cobrar muito dela. Para Samantha, as drogas eram uma espécie de autodescoberta: algumas doses de bebida alcoólica já poderiam trazer seu vício de volta e, com ele, sua ânsia autodepreciativa, sua vontade de se machucar. Sophie sentia-se impotente, querendo ajudar uma pessoa que quase sempre se recusava a aceitar ajuda.

— Peço desculpas pela minha irmã — disse Nicholas para os dois, bem mais sóbrio que o restante do grupo.

Naquela comemoração, ele pegara leve com as bebidas. Nicholas exercia muitos papéis com relação a Sam: além de irmão, também precisava ser uma espécie de pai, amigo e líder do grupo. A relação deles se misturava em diversos e complicados níveis. Por isso mesmo, Sophie sabia muito bem o peso que o roqueiro sentia sobre os ombros quando via a irmã bêbada.

— Você não precisa se desculpar pelos atos dela — sussurrou Sophie, tentando consolá-lo. — O importante agora é levá-la ao quarto e certificar-se de que não existe nada lá que ela possa usar para se machucar ou enlouquecer. Não brigue, pois isso só seria pior, ok? Ela não tem condições de raciocinar agora. Consegue acompanhá-la até lá? A Sam vai precisar de ajuda.

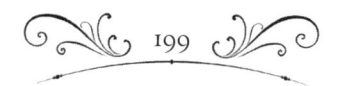

Nicholas a olhou com ternura. A relação deles se fortalecia a cada momento, e Sophie começava a perceber a influência da carta A Força em sua vida. A carta proclamava o domínio sobre as paixões, e sua relação com o namorado finalmente parecia dominada.

— Farei isso! Obrigado. Como seria a minha vida sem você?

Os dois trocaram um olhar cúmplice e deram um pequeno beijo, sorrindo ao se afastarem.

— Jonas, precisa de mim para mais alguma coisa? — perguntou ela, e foi logo dispensada.

— Não vai subir agora? — quis saber Nicholas, percebendo que a namorada se encaminhava para a recepção.

Sophie tinha algo em mente, mas precisava manter segredo dele.

— Melhor você ir na frente. Daqui a pouco eu vou para o quarto. Meus pais ficaram de me mandar uma encomenda. Preciso verificar se chegou.

O rapaz pareceu um pouco desconfiado, mas sabia quanto Sophie preservava a sua privacidade.

— Nos vemos no quarto — disse ele, esperançoso de que, se ela estivesse lhe escondendo alguma coisa, era por uma boa causa. Jonas ajudou-o a colocar os colegas no elevador.

Os funcionários pareceram aliviados com a saída do grupo da recepção. Sem dúvida queriam evitar tumultos no saguão.

— Fico feliz em vê-la bem, *signorina* — falou com sotaque carregado o senhor italiano que ela procurava. — Ainda mais depois do comportamento dos seus amigos.

Ela entendeu o que ele queria insinuar.

— Eu estava mesmo procurando o senhor. Obrigada por ter me ajudado, sr. Matteo! *Grazie*. Eu precisava muito de uma mão amiga ontem.

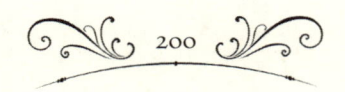

Sophie precisou tomar coragem para desabafar com o desconhecido.

— *Signorina*, aqui na Itália costumamos dizer: *le vere buone azioni non cercano occasioni!* As verdadeiras boas ações são feitas de forma espontânea. Acredito que às vezes as pessoas possam agir como anjos. Não me custou nada ajudá-la. Foi você que fez tudo o que precisava ser feito. *Sono orgoglioso* de você. As palavras do homem lhe tocaram a alma. Sentia nele uma presença muito semelhante com a de sua avó.

Só naquele momento percebeu: mascarara a dor de não saber o que acontecia com a Rainha ao se distrair com os problemas do trabalho. Sentiu-se a pior pessoa do mundo por isso.

— O que foi, *cara mia*? — perguntou Matteo, notando a mudança na expressão dela. — Disse algo que não devia?

Os olhos claros de Sophie encheram-se de água. Não sabia se seria capaz de suportar a dor de perder a avó. Gostaria de poder passar mais tempo com ela.

— Não, imagina! O senhor foi realmente um anjo. Muito obrigada. *Grazie*. Outra vez.

Com um sorriso doce, ele fez sinal para que Sophie esperasse um momento enquanto sumia atrás do balcão.

Ao voltar, ainda sorrindo, estendeu uma sacola com a logo do hotel para ela.

— Imagino que tenha vindo buscar suas coisas. Está tudo aí, menos as bebidas alcoólicas do bar. Mas, pelo seu comportamento hoje, vi que foi *una preoccupazione* tola de um *vecchio uomo*.

Ela devolveu o sorriso para ele.

— O senhor iria gostar de conhecer a minha avó. *La mia nonna* — arriscou Sophie, que depois de tantos meses já havia começado a aprender um pouco de italiano. — Ela tem a mesma energia que você.

Matteo pareceu envergonhado.

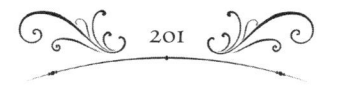

— Seria um prazer. Quem sabe um dia? Se *la nonna* for tão *bella* quanto a neta, acho que posso até querê-la como parte *della mia famiglia*. Para mim seria *un orgoglio*.

Quando se afastara de Nicholas, Sophie não imaginara que teria uma conversa tão aberta com o senhor italiano. Planejava pedir pelos itens e sair de mansinho, sem dúvida envergonhada.

— O orgulho seria meu.

Os dois se despediram e Matteo deixou claro que Sophie poderia contar com ele se precisasse de qualquer coisa.

Mas o grupo iria para Veneza no dia seguinte, e sem dúvida aquela breve amizade logo ficaria na memória.

A cada dia, seu reencontro com o passado ficava mais próximo.

Pela segunda vez, sonhou com o Reino. Mas não foi nem um pouco prazeroso. Viu-se correndo descalça pelos bosques de árvores pretas com folhas douradas, sujando-se de barro e tropeçando em raízes monstruosas que apareciam na superfície antes lisa. Os troncos e galhos tinham a mesma cor, entretanto, a aparência deles estava muito diferente. Tudo parecia retorcido e envelhecido demais. Como se tivesse entrado em uma floresta habitada por bruxas más, e não por feiticeiras bondosas como Mama Lala.

Barulhos assustadores de uivos e grunhidos ecoavam por todos os lados, fazendo-a se sentir em um filme de terror. Aqueles sons nada se assemelhavam ao canto poético dos sussurros das flores. Elas ainda cantavam, só que seu canto era um zumbido fantasmagórico que arrepiava seus pelos e fazia seu estômago revirar como nos velhos tempos.

Onde está a magia do Reino?

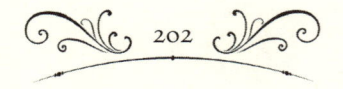

Aquela era uma das muitas questões que povoavam sua mente enquanto corria sem rumo, tentando não se machucar.

Quando finalmente se cansou, estava em uma espécie de clareira, e algo nos limites da mata lhe chamou a atenção. Lajes brancas de mármore brotavam do gramado aqui e ali, e algumas delas eram encimadas por crucifixos de metal escuro. Estranhando, caminhou com receio até o local a fim de verificar o que poderia ser. Sua suspeita tinha fundamento: o que via era um pequeno cemitério abandonado.

As lápides estavam sujas, repletas de teias de aranhas, com ervas daninhas e muitas folhas jogadas ao redor. Os buquês de flores secas mostravam que aqueles túmulos não haviam sido visitados nos últimos meses. Observando mais de perto, leu os nomes nas placas, e seu desespero aumentava a cada lápide que ultrapassava.

RAINHA NY
A que nos guiou pelo caminho da vida

SYCRETH
A que guardou nossos segredos

JOHNX
O que nos entreteve nos tempos difíceis

MAMA LALA
A que viu nosso futuro

DRAK
O que zelou por nossa segurança

YPE
O que coloriu nossos espaços em branco

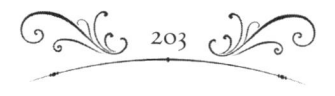

Não restava ninguém.

Todos os que amava no Reino estavam mortos, e Sophie não entendia por que aquilo havia acontecido. Ou melhor, por que estava tendo aquele sonho. Sabia que aquele não podia ser o seu mundo mágico, mas ver lápides com o nome de quem lhe era mais importante no Reino destruía seu coração.

Quando se deu conta, uma mão se apoiava em seu ombro. Era gélida e rude. Sophie não teve tempo de se virar para encarar o dono dela, mas, bem próxima a seu ouvido, uma voz sussurrante disse:

— Você é a próxima!

Sua angústia aumentou ainda mais.

Pulou da cama do hotel, desesperada, acordando no meio da noite o namorado ao seu lado.

Como vou conseguir explicar tudo isso para ele?

Nicholas pulou no mesmo impulso e colocou a mão na altura do coração quando viu que ela apenas tivera um pesadelo.

— Você não anda nada bem... — apontou ele.

A respiração de Sophie ainda estava acelerada. As imagens do sonho e a voz sussurrada reverberavam em sua memória. Não reconhecia a voz, mas tinha um palpite. Acreditava ter conversado com a Morte.

— Tudo vai ficar bem — disse a ruiva, levantando-se da cama e indo até a janela observar a cidade escura.

Ela apreciava observar os detalhes das construções europeias na madrugada. Os casarões alinhados pareciam peças de um gigantesco quebra-cabeça. As cores uniformes lembrando uma antiga pintura. Todas as cidades por que passara pareciam contar tantas histórias durante a noite. Aquilo a acalmava um pouco.

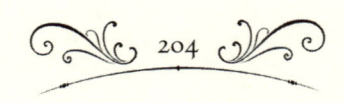

— Você está me deixando preocupado, amor! Ontem à noite você estava cheia de segredos, depois chegou com remédios em uma sacola e agora acordou assim.

Chegou com remédios em uma sacola, repetiu Sophie mentalmente. *Como ele sabe disso?*

— Você mexeu nas minhas coisas? — questionou Sophie, irritada pela invasão.

O namorado a encarou, ainda sentado na cama bagunçada.

— Eu vi a sacola quando estava arrumando as coisas para amanhã. E percebi que nela havia antidepressivos. Imagina a minha surpresa. Você não me contou que havia voltado a tomá-los.

Sophie ficou profundamente magoada com aquela invasão de privacidade.

— Você não acha que, se eu não contei, é porque não quero falar sobre isso? Ou porque não quero que as pessoas que trabalham comigo saibam?

A voz dela soava alterada, mas por um instante perdera o receio de acordar os vizinhos de quarto.

— Você me considera equivalente a um colega de trabalho? — perguntou Nicholas, também alterado. — Eu acordei assustado por causa do pulo que minha NAMORADA deu na cama. Não acredito que você ainda pensa em mim como parte do seu trabalho, como o seu patrão.

— Ah, claro. Pode ter certeza que quando você menciona que é *meu patrão*, é assim mesmo que eu te vejo. — Ela cuspiu as palavras.

Sophie estava estressada e preocupada e acabara descontando toda a sua raiva nele. Mas também sentia que seu espaço fora invadido. Nicholas já a conhecia o bastante para saber que aquilo para ela era inadmissível.

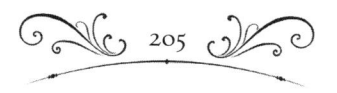

— Com tudo o que tem acontecido na turnê e todo esse assédio recente da mídia, conversei com o meu psicólogo, e chegamos à conclusão de que seria bom eu voltar a tomar os remédios. Nada demais — argumentou a garota. — E agora eu só tive um pesadelo. Vai passar. Queria que respeitasse mais a minha privacidade. Se eu não posso confiar que as minhas coisas estão seguras com você no meu quarto, não sei se deveríamos mais dormir juntos nele.

Nicholas levantou-se e começou a vestir sua camiseta. Percebendo a atitude, Sophie cruzou os braços, insatisfeita.

— Você quer dizer que não sabe se *nós* deveríamos ficar juntos, certo?

Aquela pergunta foi como um balde de água fria sobre ela.

Eles estavam brigando outra vez por um motivo insignificante. Sophie gostava demais dele, mas vinha sentindo muita dificuldade em impedir aquelas brigas. Era quase como se sentisse necessidade delas.

— Para de besteira! Por que está vestindo a camiseta?

O rapaz ficou transtornado. Sophie percebeu que suas inseguranças começavam a refletir no humor do namorado e se questionou se isso também podia ser relacionado com a carta A Força, que ainda não desvendara.

— Já estou cansado de me preocupar com você e levar bronca. Não sei mais como deixar você feliz.

A última frase tocou o coração dela. Já abalada pelo pesadelo, desabou a chorar.

Nicholas correu para perto da namorada e abraçou-a fortemente, tranquilizando-a.

— Tudo vai ficar bem. As coisas estão mudando na sua vida, você só está assustada. Prometo não esquecer disso outra vez.

— Devo ser uma péssima namorada. Sou uma pessoa insuportável, né? Não sei como você ainda consegue ficar perto de mim.

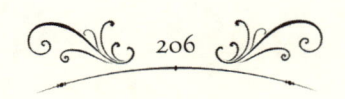

Ele não aguentou e riu, apesar de ela ainda estar chorando.

— Sua personalidade me fez amar você. Nunca mude sua essência, apenas os pontos soltos que perceber ao longo de sua caminhada.

Ele é um anjo, pensou Sophie, com a cabeça recostada em seu peitoral.

Os dois voltaram para a cama em uma troca suave de carinhos, esquecendo-se das poucas horas que tinham antes da partida para Veneza.

As terras trágicas de Verona logo ficariam para trás, dando lugar a uma das cidades mais cobiçadas pelos românticos.

Antes de dormir, aquecido pelo corpo dela, Nicholas perguntou:

— Você me ama?

Ele experimentava uma urgência em se sentir amado.

— Você faz parte da minha história.

Não era a resposta que Nicholas esperava, mas mesmo assim o rapaz a abraçou, e entraram mais uma vez no mundo dos sonhos.

Ela não voltou a sonhar com seu Reino mágico.

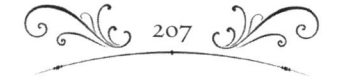

22

Aterrissariam no maior aeroporto da região do Vêneto, um dos mais agitados da Itália: o Marco Polo. Sophie ficara surpresa quando soubera, ao repassar as instruções do dia com Jonas, que, na verdade, o aeroporto não estava localizado na cidade de Veneza, e sim em Tessera, que distava 12 quilômetros da *La Serenissima* — apelido carinhoso dado pelos italianos para a romântica cidade rodeada por canais. Sem dúvida, a distância e a famosa dificuldade de locomoção em Veneza tornariam as próximas horas um tanto caóticas.

O dia não seria fácil. Era engraçado pensar que poderia viver alguma dificuldade ali. Sophie sempre sonhara em conhecer a cidade-arquipélago que afundava alguns centímetros ano após ano.

Contudo, tinha conseguido dar boas gargalhadas com Jonas durante o voo. Ele se sentara no assento da janela, e Sophie ficara entre o empresário e Nicholas para conseguir organizar algumas pendências com o chefe. Os outros integrantes da banda tinham ocupado os assentos próximos e constantemente se levantavam para ouvir as histórias de Richmond, que estava de ótimo humor e divertiu todos ao recordar seus tempos de juventude: ele conhecera Veneza com a primeira esposa e, na estação central, pegara com ela um *vaporetto* – segundo ele, o transporte público mais caro do mundo, que locomove turistas e habitantes pelos canais da cidade –, só para descobrirem que precisariam arrastar as malas pelas ruelas de pedra até localizarem o ainda distante hotel.

— Foi quando descobri que Veneza não é tão romântica assim — concluiu ele e pediu mais uma soda para a aeromoça.

Porém, a banda não teria que se preocupar tanto com a locomoção. Um táxi aquático os deixaria na porta do hotel. Toda uma equipe estaria à disposição para recebê-los.

Pelas redes sociais da Maguifires, já era possível perceber que pessoas de todos os cantos da Itália e do mundo compareceriam ao show marcado na cidade. Era o segundo mais esperado da turnê, perdendo apenas para o que fariam no festival em Roma. Jonas parecia cada vez mais preocupado, principalmente por causa da entrevista com Sophie, que tinham marcado em cima da hora: precisara repassar para Roma uma sessão de fotos com uma grife famosa, e era difícil remarcar um compromisso tão importante sem ferir egos e perder contatos.

— Fomos informados de que alguns fãs acamparam no aeroporto, e provavelmente haverá mídia esperando por todos vocês — avisou Jonas. — A imprensa está desesperada para ver você se pronunciar sobre o namoro e está em busca de novas fotos. Precisaremos passar por todo esse pessoal e entrar nos táxis aquáticos. É bem provável que sejamos seguidos, então fiquem alertas com suas atitudes dentro do veículo. Gostaria até de lhe pedir um favor, Sophie.

Nicholas, que estava sentado ao lado de Sophie no avião, no assento do corredor, espichou o pescoço para ouvir. Aquele obviamente seria um pedido relacionado ao casal.

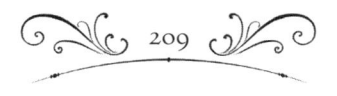

— Ok! Podemos nos beijar no barco — disse a ruiva, compreendendo onde o patrão queria chegar.

— É romântico, entende?

Ela riu. Não precisava de uma explicação. Nicholas, ao contrário, fechou a cara ao ouvir o pedido. Sophie ficou confusa com a reação do namorado. *Pelo visto eu não sou mais a emburrada do casal.*

Um silêncio constrangido pairou entre os integrantes da Maguifires.

— Me falaram que alguns moradores daqui precisam reforçar a parte de baixo das portas de suas casas para a época das cheias em Veneza — disse Bobba, de pé no corredor do avião, tentando distrair o grupo. — A cheia acontece no outono, e eles chamam de *acqua alta*. Já pensaram nisso? Abrir a porta, e sua casa estar alagada?

A informação não foi muito feliz em melhorar os ânimos. Samantha, principalmente, pareceu um tanto aterrorizada com a ideia de molhar os pés.

Durante os minutos seguintes, os integrantes da banda voltaram a seus lugares e se concentraram nos próprios pensamentos. Sophie e Jonas ainda definiam detalhes da chegada e da entrevista exclusiva dela para o canal italiano. Quando foi feito o aviso da aterrissagem, ela começou a se preparar para a tensão que encontraria do lado de fora. Fechou os olhos e respirou fundo.

Flashes. Flashes. Flashes.

Empurrões, gritos, choros, declarações de amor. Tudo isso marcou o caminho entre a saída do aeroporto e o embarque no táxi aquático.

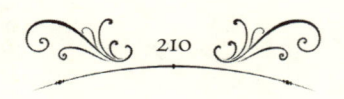

Mais uma vez, Sophie só conseguiu voltar a respirar com calma após todo aquele turbilhão. No barco, observou a beleza da paisagem conforme avançavam em direção a Veneza. Outra embarcação acompanhava a deles, e fotógrafos registravam tudo. Como prometido, Nicholas levou Sophie para um canto mais reservado e beijou-a, deixando os paparazzi felizes com a oportunidade.

— Por que aceita fazer esse tipo de coisa? — questionou Nicholas, ainda abraçado à namorada.

— Você também está me beijando, não está? É o famoso 'Jogo dos Tronos'. Faço isso por você.

— Tem certeza de que não é pelo Jonas?

Sophie recuou para olhá-lo por alguns segundos.

— O que o Jonas pensa sobre mim reflete no que ele pensa sobre você. O meu destino com ele reflete no nosso destino. Ainda não entendeu, Nick?

Apesar de entender, ele relutava em aceitar que a namorada passasse por cima da própria personalidade para se enquadrar ao mundo dele.

De alguma forma, Sophie se identificava com a cidade à sua volta. Com 177 canais, 400 pontes e 118 ilhas, Veneza era uma cidade totalmente exótica, diferente de qualquer outra no resto do mundo. Conforme se aproximavam da entrada para o canal que os levaria até o hotel, seus olhos se arregalavam, tentando capturar tudo o que podiam daquela beleza esmagadora. A água esverdeada contrastava com as antigas edificações de tijolos claros e portas e janelas arredondadas. Havia riqueza em cada detalhe, mesmo no desgaste e na corrosão dos edifícios. A história parecia conversar com quem tivesse aquela visão.

— Estamos quase lá — informou Jonas para a equipe, e logo avistaram o prédio. — Vocês vão adorar esse hotel. O café da manhã é servido no terraço, com vista panorâmica para o horizonte de Veneza — gabou-se o empresário, despertando a fome de todos.

Instalado em um edifício do século XVIII, o hotel luxuoso tinha vista para o Grande Canal e ficava a três minutos da Praça de São

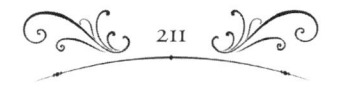

Marcos. Todos os quartos suntuosos eram decorados com tecidos ricos, espelhos dourados e candelabros em vidro de Murano, e os banheiros amplos eram revestidos em mármore.

— Estamos em uma cidade onde as avenidas são *canais*. Como vamos fazer se formos atacados por fãs malucos? Já pensaram nisso? — indagou Samantha, observando as manobras da embarcação, que atracava. — Esta cidade tem água por todos os lados.

— Acho que seria difícil para seus fãs malucos nos atacarem usando barquinhos, Sam — ironizou Alex.

Fizeram o check-in rapidamente, e todos estavam loucos para descansar um pouco da viagem, mas aparentemente Jonas tinha outros planos para eles.

— Não percam muito tempo nos quartos. Quero que me encontrem em uma hora. Nesta cidade, vamos ter as horas contadas — informou o patrão.

Enquanto o grupo se dirigia aos quartos designados, Sophie aproveitou para tirar uma dúvida.

— Precisamos mesmo manter todo o processo de beleza para o programa?

Sophie não queria parecer outra pessoa. Ela sempre optava por mostrar sua beleza natural. Pele limpa, olhos levemente marcados e bochechas rosadas. Sempre secava o cabelo ao vento, sem grandes preocupações após o banho. Naquele dia, porém, teria uma experiência diferente: em vez de apenas observar Samantha ser embelezada pela equipe, teria um suposto dia de princesa. Fariam suas unhas, maquiagem e cabelo para a entrevista.

— Você pode cancelar, se preferir, mas depois vai ter que aguentar os comentários das fãs, que sem dúvida fariam de tudo para estar no seu lugar. Elas serão impiedosas com você de qualquer forma, mas aparecer ao natural é armá-las desde o início.

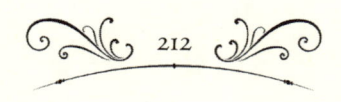

O mundo está cada vez mais perdido, pensou ela, entendendo que escolher não se produzir poderia render-lhe a fama de ser uma mulher *normal*. E isso bastava para que as fãs se perguntassem por que o vocalista da Maguifires a teria escolhido.

— Tudo bem! Descerei em alguns minutos para começarmos.

— Perfeito! — disse o empresário, sorrindo. — Não se preocupe com o figurino. A nossa equipe vai selecioná-lo.

Sophie tentou meditar para aceitar os próximos passos. Respirou fundo para buscar a sua força. Estava se esforçando pelo bem das pessoas que amava. Precisava se lembrar sempre disso.

No quarto, tomou outro banho para relaxar. Enquanto ainda estava embaixo d'água, o namorado bateu à porta e entrou.

— Você sabe que eu te amo, né? — disse o roqueiro, vislumbrando-a pelo box.

Aquilo a fez sorrir.

— Adoro quando você diz essas coisas, mas não precisa repetir sempre que faço algo pela gente.

O vapor tomava o banheiro, e Nicholas se aproximou do vidro que os separava.

— É que está chegando o festival...

Não está sendo fácil para ele também.

— E você vai arrasar nele — garantiu a ruiva.

Brincando, desenhou um coração no vidro embaçado do box, e ele sorriu, deixando-a terminar de se preparar.

Em alguns minutos, seria outra versão de si mesma.

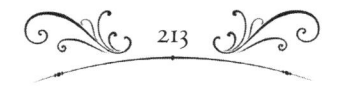

Adentrou o salão que fora reservado para a sua produção e ficou chocada com a quantidade de gente. Trabalhava diariamente com aquela equipe nos últimos meses e acreditava que precisariam de no máximo duas pessoas para prepará-la para aquela entrevista. Pelo visto, estava enganada.

— Já falei com a equipe do programa, e eles estão desde ontem na cidade se preparando. Tudo está pronto para começarmos. Conseguiram montar um esquema para realizar a entrevista em uma gôndola. Isso não é demais? — disse o patrão, empolgado, digitando algo em seu aparelho.

— Claro...

A informação não a deixou nem um pouco animada. Além de ter de falar sobre assuntos pessoais poucos dias antes de rever o ex-namorado, precisaria fazer aquilo em uma pequena embarcação, com água por todos os lados. Seria impossível fugir.

Vou estar encurralada. Vai ser como me afogar nas águas violetas.

— Não havia um lugar mais normal para essa entrevista, Jonas? — perguntou Nicholas ao entrar no salão. Ele conseguira ler tudo o que se passava na cabeça da garota.

Jonas Richmond achou graça.

— Estamos em Veneza. Claro que poderíamos fazer no hotel, mas seria chato. Na praça de São Marcos haveria muitos curiosos, e, por outro lado, um autêntico passeio de gôndola vai ser muito representativo.

Nicholas fechou a cara numa carranca.

— Tudo bem, Nick! Vou adorar fazer um passeio de gôndola — apaziguou Sophie.

Ele não se deu por vencido, mas se afastou, temendo prejudicar a namorada ao continuar criticando as decisões de Jonas.

Após uma pequena discussão, a equipe de beleza optou por deixar o cabelo solto, aproveitando as ondulações naturais, mas tentando criar um visual mais chique e menos rock 'n' roll para ela.

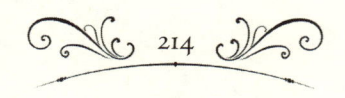

Quando terminaram o trabalho, Sophie se surpreendeu ao ver um brilho diferente nas madeixas acostumadas ao shampoo básico de cada dia. Depois, partiram para a maquiagem. Mesmo sendo de dia, decidiram marcar ainda mais os olhos claros dela e deram à sua boca um tom marsala. Daquela forma, todos os seus traços mais belos e sua pele alva seriam destacados na tela. Para o corpo, optaram por um vestido creme de tecido leve e uma botinha baixa do mesmo tom do batom. Sophie resolveu usar naquele dia um colar que havia tempos não colocava e achava importante: a sua medalha com a árvore dos Tirus. Mandara acrescentar a frase "o Reino das vozes que não se calam" atrás da joia havia alguns anos. Quando ficou pronta, se olhou no espelho e gostou do resultado. Estava diferente, mas não de uma forma ruim. Parecia que ela estava indo para o Reino.

Minha avó sentiria orgulho, pensou, com o coração apertado de preocupação.

Ainda não conseguira voltar ao Reino para ter notícias dos Tirus e da doença de Ny, e aquilo a angustiava. Até resgatara seu diário de sono e recomeçara a escrever na esperança de conseguir retornar ao Reino. Sentia que em breve completaria A Força, e isso sem dúvida facilitaria as coisas. A carta interferia muito em seu dia a dia.

— Você está linda, chefe! — Nicholas acompanhou o elogio com um assobio brincalhão, tentando melhorar o astral.

Sophie gostou de saber que ele a admirava.

— Será uma entrevista incrível. Já me mandaram todas as perguntas, e está tudo certo. Você dividirá a gôndola com uma repórter chamada Maya e o câmera. Nós estaremos logo ao lado, em outra gôndola, junto com mais um câmera. Depois do passeio, vamos seguir para um restaurante à beira do Grande Canal. Ele foi fechado para nos receber. Vocês vão continuar a entrevista lá, com Nicholas. Dará tudo certo.

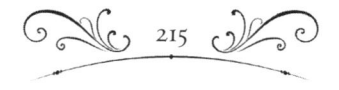

Ela esperava que sim.

Pouco tempo depois, a equipe de jornalistas chegou.

— É um grande prazer conhecê-la, Sophie — disse Maya. — Obrigada por me ceder esse tempo e nos dar a honra de sermos os primeiros a ouvir sobre o relacionamento de vocês.

Sophie apenas sorriu, tentando ser simpática. Achava engraçado a forma com a jornalista a tratava, e não sabia muito bem como agir.

Partiram de táxi aquático para o local de saída das gôndolas. Fizeram um caminho alternativo, tentando passar despercebidos nos canais. Não queriam que a informação sobre a entrevista vazasse. Se isso acontecesse em uma cidade pequena como Veneza, em poucos minutos ficaria impossível continuar a gravação.

Sophie sempre sonhara em um dia andar de gôndola. Aquele era um tipo de embarcação bem diferente de tudo o que já vira: o lado esquerdo era mais largo que o direito por questões de distribuição de peso, já que o gondoleiro, de pé, remava apenas de um lado da embarcação. O gondoleiro já estava a postos com seu remo. Ele as ajudou a embarcar, e Maya logo tentou quebrar o gelo:

— Pode ficar tranquila. Ao contrário do que muitos acreditam, os gondoleiros não são cantores natos. Acho que muito poucos conhecem a letra de 'Ó Sole Mio' — baixando a voz, a repórter continuou: —, alguns até tentam cantar um pouquinho quando os turistas pedem, outros se contentam em assobiar, mas a maioria apenas conduz a embarcação.

— Acho que Nick vai ter que criar a nossa trilha sonora, então — disse Sophie, entrando na brincadeira.

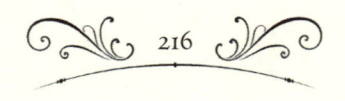

Já posicionada, a ruiva ajeitou o vestido. Olhando ao redor, para o contraste das águas claras com os tijolos das construções antigas e o céu aberto e sem poluição, sentiu-se um pouco mais próxima do Reino pela beleza daquela paisagem. Tentou manter os Tirus em mente. Eles eram os únicos para quem ela já abrira seu coração.

Então tudo começou.

— Olá, Sophie! É um prazer estar aqui com você em Veneza, nesta magnífica gôndola, para finalmente conversarmos sobre algo que muitos fãs da música estão doidos para saber: seu relacionamento com um dos homens mais cobiçados do rock — começou Maya, visivelmente empolgada.

— O prazer é todo meu, Maya. Estou feliz de poder estar aqui e falar sobre alguém por quem sinto tanto carinho, e a quem respeito muito.

A vontade dela era se virar e encarar o namorado, mas fora orientada a não fazer isso: estragaria o enquadramento.

— Recentemente, o público descobriu que você e o Nicholas estão namorando. O que atiça a curiosidade de todos é o fato de ele sempre ter sido muito discreto com relação a sua vida pessoal. Como foi que vocês se conheceram, há quanto tempo estão juntos?

As mãos de Sophie suavam, e tinha medo de gaguejar, mas fingiu estar se dirigindo aos Tirus quando articulou a resposta:

— O Jonas Richmond, empresário da Maguifires, ouviu falar do meu trabalho há algum tempo e me fez um convite para assisti-lo durante esta turnê na Europa. Sempre fui fã da qualidade musical de Nicholas e da banda como um todo, então sabia que de alguma forma teríamos algo em comum, porém nunca imaginei que namoraríamos. Posso dizer que ele foi um pouco insistente, e acabei não resistindo ao que nós dois estávamos sentindo. Isso foi logo no primeiro mês da turnê.

Essas palavras foram ditas em um turbilhão, quase não houvera tempo para respirar.

— Então o relacionamento de vocês não é recente. Estão juntos há alguns meses. Mas agora todos nós ficamos ainda mais curiosos:

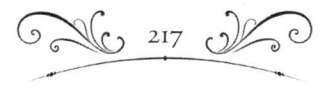

como foi essa insistência dele? Nicholas não me parece um Don Juan — instigou a mulher.

Sophie riu. Realmente, não fazia o estilo dele.

— Meu objetivo número um era aprender sobre o mercado e deixar o sr. Richmond feliz com o meu trabalho, mas comecei a sentir um olhar mais intenso de Nick e percebi que ficávamos conversando até altas horas sobre música e viagens. Foi como descobri que o sentimento dele por mim era verdadeiro e raro. E percebi a mesma coisa dentro de mim. Foi inevitável.

— E você é uma grande amiga da irmã dele, não é? Houve rumores algumas semanas atrás de que vocês tinham um caso.

A última frase foi dita entre risos.

— A internet hoje pode inventar qualquer coisa, né? Sim, eu tenho uma boa relação com a Samantha. São seis meses de convivência diária, e também temos muito em comum. Isso não significa que namoro a família inteira, apenas que me dou bem com todos eles.

As duas estavam cada vez mais à vontade na conversa.

— E a banda aceitou bem quando divulgaram o namoro de vocês? Não houve conflito com Richmond?

— Sempre senti um respeito muito grande por todos eles. Aceitei o trabalho por realmente acreditar no potencial de cada um. É uma adrenalina acompanhar cada ensaio e cada show. Um verdadeiro aprendizado. E a verdade é que todos ficaram sabendo logo no início. Estava óbvio o carinho que sentíamos um pelo outro. Foi Alex o primeiro que me contou sobre como Nick se sentia em relação a mim. E todo o grupo tem uma relação muito próxima com o sr. Richmond, muito familiar, então o que ele viu foram duas pessoas de quem ele gostava apaixonadas. Não há nada de mal nisso.

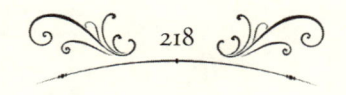

— E quanto às fãs de Nicholas? Não conseguimos localizá-la nas redes sociais, mas imagino que você saiba que seu nome saiu de diversas formas no ranking mundial de assuntos mais comentados, não é?

Sophie tentou balançar a cabeça em desaprovação de uma maneira que não parecesse tão negativa.

— Eu realmente não uso redes sociais. Eu costumava controlar as páginas da Maguifires, mas agora essa função está com o nosso escritório. Imagino que muitas mulheres se sintam atraídas por Nicholas, afinal, ele é um homem incrível. Respeito todas as fãs e tive meus ídolos no passado também. Meu primeiro amor platônico foi por um cantor de rock e só comecei a namorar bem mais velha que minha melhor amiga. Sei como as fãs se sentem e não quero de forma alguma afastá-lo do carinho delas. Peço apenas que respeitem o fato de que estamos felizes e entendam que eu quero muito o bem dele.

Durante todo o discurso, a câmera estava focada no rosto dela, revelando cada uma de suas emoções.

— E o seu primeiro amor platônico por um roqueiro acabou se tornando real, correto? Descobrimos que você foi namorada do Leonardo, vocalista da Unique, e pelas nossas fontes o relacionamento de vocês durou alguns anos. Como é ter no currículo amoroso dois vocalistas famosos?

A pergunta não havia sido autorizada. Sophie de repente se sentiu completamente afogada naquela situação.

Ela não conseguiu esconder a surpresa no olhar. Ela não tinha intenção alguma de falar sobre Léo para a entrevistadora. Não estava falando dele quando mencionara um cantor de rock.

Esquecendo-se da câmera, a ruiva olhou para o lado em um pedido de ajuda para o namorado e o patrão. Os dois tinham os olhos arregalados, chocados, e o empresário fazia sinal para que a entrevista fosse interrompida. Sophie olhou sem graça para a jornalista, que ainda a olhava compenetrada, e disse:

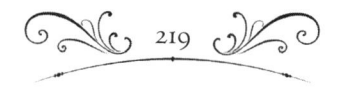

— Toda música tem um começo e um fim. Agora estou focada no começo da minha canção com Nicholas. Obrigada pela entrevista.

A gôndola com Nick e Jonas parou ao lado da delas, e em um impulso perigoso a jovem pulou de uma para a outra, sentando-se rapidamente ao lado do namorado. Estava revoltada. Tentara se dar bem com a mídia e com o público, mostrar para Nicholas que poderia entrar em seu mundo. Mas talvez estivesse fazendo algo errado.

Observando o gondoleiro se afastar e ouvindo os gritos de Jonas ao telefone e suas ameaças de processar o canal, percebeu algo importante: sua inteligência havia domado a brutalidade do mundo. Não se deixara levar pela negatividade da situação. Avaliara com clareza o obstáculo e agira para vencer, distinguindo o verdadeiro do falso, assim como o que era útil ou não para sua vida.

Sentia-se magoada, mas pronta para enfrentar tudo o que viria com aquela entrevista. Em questão de segundos, percebeu...

Dominara finalmente A Força.

23

O diretor do programa se desculpou, explicando que a apresentadora falhara em não comunicar que haviam adicionado uma pergunta. Depois de muita discussão, acertaram que apenas uma parte da entrevista seria editada e veiculada. Contudo, o empresário continuou irritado, pois haviam perdido tempo por algo que aparentemente só serviria para estressar os integrantes da banda.

— Eu estava sentindo que esse negócio não daria certo — confidenciou-lhe Nicholas em meio ao caos dos telefonemas.

Sophie continuou quieta. Não queria demonstrar sua decepção.

— Você nunca mais precisará se expor, Sophie! Eu te prometo — garantiu Jonas, olhando bem dentro de seus olhos, como se quisesse se certificar de que ela estava bem.

— Gente, já passou! Está tudo bem.

Mas não havia passado.

Contrariando tudo o que haviam conversado com Jonas Richmond, o canal acabou divulgando a matéria completa. Certamente tinham pesado os prós e os contras e descoberto que o benefício da divulgação do furo jornalístico superava em muito a possibilidade de se indisporem com uma banda que estava no país só de passagem. Duas horas antes do show de Veneza, a internet toda só falava em uma coisa: o triângulo amoroso do rock. Um site dizia que uma fonte segura afirmara que Sophie não só namorara por anos o vocalista da Unique, como até fora a musa de várias canções. *Quem pode ter feito isso?*, se perguntava. Logo foram divulgadas fotos antigas deles, e as imagens se propagaram por todas as redes sociais. Uma delas havia sido tirada na festa do disco de platina da Unique.

Jonas marcou uma reunião para aplacar os ânimos de todos. Não podiam se deixar afetar por aquele contratempo. Os Maguifires precisavam subir no palco e fazer um dos melhores shows de suas vidas. E foi o que eles fizeram.

No dia seguinte, realizaram o check-out bem cedo e entraram outra vez em um táxi aquático, em direção ao aeroporto Marco Polo. Sophie conseguira dormir bem naquela noite, por isso sentia-se disposta de manhã para o que viria em seguida.

Como haviam antecipado o voo em Veneza, conseguiram despistar os repórteres, mas em Roma a gritaria logo recomeçou. Assim como as perguntas indecorosas no aeroporto feitas pelos jornalistas e fãs presentes.

"É verdade que o Léo te deu um pé na bunda?"

"Você foi traída, Sophie?"

"Você só se interessa por personalidades do rock?"

"Você ficou com Nicholas para conseguir um cargo melhor trabalhando com a banda?"

"É verdade que você também canta, Sophie? Vai participar dos shows da Maguifires?"

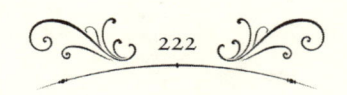

"Fontes dizem que vocês tentaram censurar a mídia. Poderia comentar?"

"As fotos nuas que estão circulando na internet são mesmo suas?"

As barbaridades não acabavam, e foi angustiante ouvir tudo sem poder se explicar. Com a sua experiência na banda, aprendera as partes boas e ruins da fama. Se comentasse, só abriria espaço para novas perguntas surgirem. Preferiu adotar o silêncio e deixar que as pessoas ao seu redor a consolassem. Todos na banda a queriam bem. Os pais a lotavam de mensagens de incentivo e carinho, assim como Anna. Tudo passaria. Ou esperava que sim.

— Preciso avisar meu pai que esse negócio de foto nua é mentira, antes que ele saia clicando em algum link indevido — disse Sophie, rindo. Estavam dentro da van que os levaria de volta ao mesmo hotel romano.

— Que bom que você está conseguindo rir com tudo isso — elogiou Nicholas.

— Deixa o seu velho analisar a foto massa daquela ruiva, Sophie! — interviu Samantha. — Eu já vi e posso dizer que é bem gostosa, cunhada!

Todos gargalharam com o comentário inapropriado da baterista. O motorista já estava subindo pela garagem do hotel, e felizmente tinham conseguido evitar a aglomeração de fãs que os aguardava na entrada principal.

— Hora de descansar, pessoal! — disse Jonas quando entravam no saguão.

Mas ninguém esperava pelo que viria em seguida.

— Está famosa, AC/DC!

Hello there, the angel from my nightmare, Sophie se lembrou da música do Blink 182, que era a trilha sonora perfeita para aquela cena.

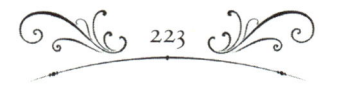

Todos se viraram para ver quem era o dono da voz vinda do corredor atrás deles, mas ela reconhecera o timbre de Léo desde a primeira palavra.

Léo esperava o elevador com Hugo, Mônica, Natasha e um segurança. Estavam no mesmo hotel.

— O festival deve ter colocado todo mundo aqui. Desculpe, eu não havia pensado nisso — sussurrou o empresário para ela, que ainda estava imóvel.

Parecia uma cena de guerra, quando os dois exércitos param frente a frente para se encarar antes da batalha. Sophie manteve os olhos fixos em Léo, mas continuou segurando com firmeza a mão de Nicholas. Estava um pouco trêmula, e a força do namorado lhe transmitia um calor bem-vindo.

Tentando quebrar o gelo, Mônica saiu de sua posição e foi cumprimentar a amiga.

— Minha linda! Tenho tentado entrar em contato, mas o seu telefone estava fora de área. Chegamos na cidade ontem. Queria ter avisado que estávamos aqui.

Sophie entendeu pelas entrelinhas que Mônica lamentava não a ter avisado de que ficariam no mesmo hotel.

— Tenho deixado meu aparelho desligado. Só ligo para falar com os meus pais.

Após essa resposta um tanto seca, a ruiva abraçou a amiga que não via há tanto tempo.

— É bom te ver, Mônica — completou, sob os olhares de todos.

Jonas estava visivelmente desconfortável com aquele encontro. Mas, assim que o elevador chegou, Samantha foi a primeira a se manifestar.

— Oizinho para todos da Unique! Eu não tenho nada a ver com o triângulo amoroso do rock, então vou dar o fora. Fui!

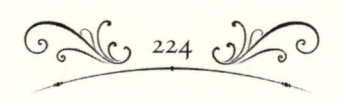

Alex e Bobba aproveitaram para segui-la, acenando educadamente para os outros.

— Precisa de alguma coisa, Sophie? — indagou o empresário, segurando o elevador para subir também.

— Não, Jonas, obrigada. Está tudo bem.

Não havia nada que ele pudesse fazer. Sophie não pediria que a banda inteira se mudasse de hotel apenas porque o ex-namorado estava hospedado ali.

Quando o elevador partiu, Léo abriu a boca novamente.

— Tenho recebido muitas ligações por causa dos pombinhos — disse, segurando a mão da namorada, que parecia lívida de raiva. — Felicidades ao casal.

Sophie ficou espantada com a aparência dele. Léo estava muito mais irônico e usava roupas bem mais caras, mas ainda era o mesmo que conhecera. Tinha os cabelos escuros bagunçados sob o típico chapéu negro, e usava uma camiseta azul-marinho com gola em V, calça jeans escura e um cordão que descia até o umbigo. O pingente dele chamou sua atenção, deixando-a confusa.

Era a árvore dos Tirus.

O rapaz sorriu ao notar que ela vira a joia.

— Sophie, eu e o Hugo vamos adorar jantar com vocês algum dia desses. Queremos conhecê-lo, Nicholas! Estou muito feliz com a alegria da minha amiga — disse Mônica.

Nicholas finalmente despertou de seu transe e sorriu. O encontro o pegara despreparado, mas não queria ser grosseiro com uma das amigas mais próximas de Sophie.

— Claro, Mônica! Será um prazer. Os próximos dias serão corridos, mas tenho certeza de que eu e a Sophie conseguiremos separar uma noite para curtir com você e o Hugo.

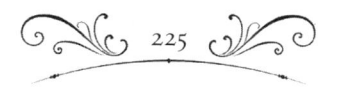

O vocalista da Maguifires sorriu e fez um gesto afirmativo para Hugo, que retribuiu. Léo fuzilava Nicholas com o olhar. Odiava vê-lo fazendo aqueles planos.

— Bem, Barbie! Acho que estamos sobrando aqui — disse Léo para a namorada, que continuava emburrada.

Sophie reparou no minivestido vermelho que a loira usava e nas botas de plataforma pretas que iam até o joelho. Precisava admitir que a garota tinha uma beleza imponente, e por isso mesmo aquela imagem fazia Sophie querer vomitar.

— Vamos subir para o *nosso quarto*, Léo! — A loira disse isso olhando diretamente para Sophie, que tentou esconder sua raiva.

Será que ela já sabia sobre mim? Nicholas continuava a encarar Léo, e uma verdadeira batalha de olhares estava acontecendo.

— Nos vemos em outra parte do aquário, Soph!

Ela não respondeu. Não tinha coragem. Achava as atitudes do ex repulsivas.

Os integrantes da Unique subiram escoltados pelo segurança, e Sophie finalmente largou a mão do namorado e se sentou no banco que havia ao lado do elevador. Ela tremia muito e sentia vontade de chorar.

— Você sabia de alguma coisa? — indagou Nicholas, sério, ainda olhando para o elevador. Sophie fechou ainda mais a cara.

— É claro que não! Como eu poderia saber? Foi como eu disse para a Mônica, quase não verifico mais o meu celular. Estou o tempo todo do seu lado. Como eu ia saber que ficaríamos no mesmo hotel?

— Mas você cuida desse tipo de coisa com o Jonas... — questionou ele, enciumado.

Sua voz era calma e calculada, o que deixava Sophie ainda mais nervosa.

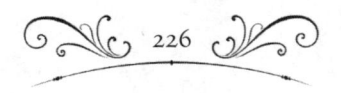

— O próprio Jonas levou um susto quando viu o Léo. Você não percebeu? Eu passei os últimos dias tentando agradar você de todas as formas. Não venha agora me culpar porque o Leonardo está aqui. Você já sabia que a banda dele abriria o festival. Nada disso é minha culpa.

Ela ainda tremia e sentia o coração bater aceleradamente. Não se sentia nada bem.

— O elevador chegou. Vamos sair daqui logo. Não quero chamar mais atenção ainda – informou o rapaz.

Sophie apenas bufou e entrou no elevador. Quando chegaram ao andar certo, ela ouviu Nicholas dizer:

— Tem alguma coisa nesse rapaz que não me desce. Sei lá se é esse ar arrogante ou o fato de que ele gosta de acrescentar alguma mensagem implícita toda vez que se dirige a você. Todo esse papo de aquário e AC/DC. Isso me deixa louco.

Ela entendia. Também ficava louca.

Odiara ouvir Léo chamar a nova namorada de Barbie. Mas provavelmente ele também não apreciaria ouvir Nick chamando-a de chefe.

— Você me diria se algo acontecesse, né? Se ele te procurasse?

A pergunta pegou Sophie de surpresa. Não queria mentir para ele, mas não poderia falar sobre a ligação que recebera. Tentando não parecer nervosa, apenas balançou afirmativamente a cabeça.

No quarto, o silêncio os envolveu. Sophie tentou se distrair ouvindo um pouco de Silverchair em seu celular. Ficou feliz por ter a privacidade do fone de ouvido, porque "Miss You Love" começou a tocar, e aquela sem dúvida era a pior escolha para a ocasião. Nicholas começou a tocar alguns acordes em seu violão, mas não estava concentrado. A verdade é que nenhum dos dois estava feliz. Aquilo era o que mais a irritava.

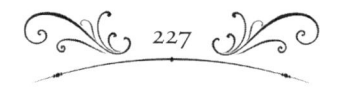

Léo não saía de sua cabeça. *Como ele conseguiu aquele pingente?*

De repente, o refrão começou a tocar, e Sophie percebeu que na verdade aquela era a canção perfeita.

Remember today. I've no respect for you. And I miss you love. And I miss you love.

24

Sophie tinha urgência em saber o significado da terceira carta, A Estrela. Contudo, estava quase impossível ter alguma privacidade para consultar seu velho livro de tarô: desde que tinham encontrado com Léo diante do elevador, Nicholas não saía do seu lado e constantemente trazia o assunto à tona. Era uma situação um tanto desconfortável, que começava a irritá-la. Não queria ter de pensar no ex-namorado mais do que o necessário. Teria longos dias pela frente até precisar vê-lo outra vez, no show.

Depois da divulgação não autorizada da entrevista, seu trabalho com as mídias sociais e com os e-mails estava ainda mais limitado. Precisava estar a par de tudo o que acontecia, mas agora só respondia a e-mails sobre campanhas de marketing e agenda, deixando que a equipe no escritório lidasse com os diversos boatos. Entretanto, se concentrar era uma tarefa que parecia cada vez mais impossível. Por isso, assim que viu Nicholas indo se reunir com Jonas, aproveitou a liberdade para abrir o livro e buscar os significados.

— Vamos ver o que o futuro me reserva — disse em voz alta, procurando por sua última carta nas páginas coloridas.

A Estrela era a carta com o nome mais amigável que já tirara no tarô de Mama Lala. Contudo, já tinha experiência suficiente na interpretação do tarô para saber que nenhuma etapa era fácil.

Começou a observar a página da carta, como normalmente fazia. Na imagem, uma mulher jovem e completamente nua apoiava o joelho esquerdo no chão, com a ponta do pé direito em contato com a água de um lago ou rio. Em cada mão, trazia uma jarra vermelha e detalhada, derramando o conteúdo de uma delas na água, e da outra, na terra. No céu havia oito estrelas.

Os cabelos azuis caíam livremente sobre as costas e ombros da mulher. Representada ligeiramente de lado, seu olhar estava perdido no horizonte, parecendo ignorar o trabalho que realizava. Do chão brotava uma planta com três folhas e, um pouco mais atrás, dois arbustos diferentes se destacavam contra o céu. Um pássaro negro de asas abertas estava pousado na vegetação à direita da mulher.

Duas estrelas amarelas de sete pontas e cinco estrelas de oito pontas eram vistas no céu; duas azuis, duas vermelhas e uma amarela. Estavam dispostas simetricamente em volta de uma estrela muito maior com dezesseis pontas, oito amarelas e oito vermelhas. Era uma carta bastante bonita.

Tomara que o significado também seja. Aquela era a carta da esperança, confiança, plenitude e influência moral das ideias sobre o plano físico. Sophie foi se animando conforme se inteirava dos detalhes. Aquela carta tinha muitos pontos positivos, mas ela sabia que era importante focar também no que ela trazia de negativo, então, resolveu pular para os desafios que precisaria transpor.

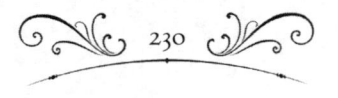

A carta falava de falta de espontaneidade e de tendência exagerada para o romantismo, o que causava um afastamento da vida prática. Também citava uma propensão ao descuido e à displicência com o próprio eu. Conseguia se ver naquela descrição.

Entendeu que, se conseguisse ultrapassar aqueles limites, conseguiria viver de modo mais tranquilo e verdadeiro. Só por meio da ordem e da harmonia realizaria seus objetivos.

Finalizar aquelas cartas com maestria podia significar o início de uma vida mais equilibrada e saudável. Talvez até conseguisse ajudar a sua avó. Esperava que aquela fosse a última vez que precisaria percorrer o caminho da magia para alinhar a vida. Sendo humana ou Tiru, queria conseguir lidar com os problemas de forma mais sensata, sem cair sempre nos mesmos dramas.

Como ainda tinha o resto da noite livre e o namorado estava em reunião, tirou a bota que usava e se jogou na cama do hotel. Gostava daqueles breves momentos de solidão. Colocou o fone de ouvido para ouvir uma seleção de suas bandas favoritas e ficou olhando pela janela, para a belíssima paisagem de Roma, observando o efeito das luzes sobre os edifícios antigos que pareciam se sobrepor naquele panorama.

Será que o Nick encontrou o Léo pelo hotel?

Por mais ansiedade que aquele pensamento lhe causasse, sabia que, caso os dois se encontrassem, teriam que lidar com a inconveniência como adultos e figuras públicas.

Enquanto pegava no sono, uma antiga música do The Rasmus começava a tocar, e ouviu baixinho o refrão antes de apagar. *I've been watching, I've been waiting, in the shadows for my time. I've been searching. I've been living. For tomorrows all my life.*

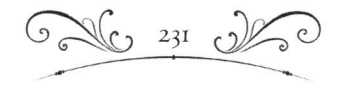

A cama em que acordou tinha uma textura diferente. Era uma sensação estranha, como se estivesse em cima de um amontoado de palha. Quando abriu os olhos cansados e analisou onde estava, viu a lareira crepitando e um caldeirão dentro dela. À frente, identificou uma mesa familiar com três cadeiras e, ao fundo, a figura de uma pessoa querida que poderia ajudá-la.

— Tenho precisado tanto de você, Mama Lala!

Ao notar que sua hóspede acordara, a senhora aproximou-se e lhe estendeu uma tigela contendo algo que aparentava ser um cereal colorido no leite, mas bem podia ser uma sopa.

Nunca vou entender os hábitos alimentares deste lugar.

— A princesa já conseguiu chegar na terceira carta de seu caminho, então não deve estar precisando tanto assim — brincou a senhora, sorrindo de leve ao pé da cama improvisada.

Sophie sentou-se e encarou a vidente. Não havia nem um minuto que estava de volta ao Reino, mas seu coração já palpitava, angustiado. Queria receber notícias da avó, porém era difícil para ela questionar se a Rainha Ny havia sobrevivido.

Mama Lala, por favor, deixe de brincadeiras. Me diga logo se minha avó...

— A alteza parece ter muitas perguntas em sua mente. Coma um pouco. Você precisa se fortalecer e se tranquilizar para podermos deixar a cabana.

Sophie não tinha vontade de comer, mas seria inútil discutir com a feiticeira e, mesmo sem saber para onde iriam, queria partir o quanto antes.

Após Sophie ter engolido o conteúdo da tigela, a mulher a ajudou a se levantar. O vestido longo que usava naquele dia era um tanto pesado. Nunca se acostumaria com o fato de que dormia com uma roupa normal e acordava no Reino em traje de gala.

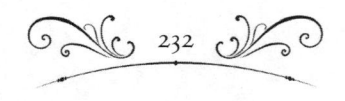

— Vamos nos encontrar com seus outros acompanhantes e depois partiremos até a cabana do Mago da Lua para visitarmos a sua avó.

O comunicado lhe trouxe um pouco de alívio, entretanto, as perguntas ainda pipocavam em sua cabeça. *Quem são os meus outros acompanhantes? Eles sabiam que eu viria? E quem é esse tal de Mago da Lua? Por que Ny estava sendo atendida por ele? Não havia médicos no Reino?*

Sentiu uma forte dor de cabeça e pressionou a testa com as mãos.

— Acho que a sopa não foi suficiente. A princesa está muito estressada — observou Mama Lala, notando o gesto dela. A feiticeira vestiu um manto preto por cima do vestido vermelho.

— Na última vez em que estive aqui, precisei arrancar à força a informação de que minha avó está doente, e desde então todos vocês sumiram. É um pouco óbvio que tenho motivos para ficar estressada.

A vidente apenas suspirou e abriu a porta, fazendo sinal para que Sophie a seguisse.

— Tudo tem o seu tempo! Você ainda não aprendeu a esperar o seu!

As duas caminharam pela floresta negra com as caudas dos vestidos arrastando no chão. O coração de Sophie pulava de ansiedade. Quando chegaram ao limiar da mata, a princesa finalmente viu ao fundo um pontinho que reconheceu como a fachada do castelo, com seus dragões de pedra e torre de nota musical. Lá, havia uma comitiva à sua espera. Sycreth, Drak e Jhonx.

Sophie suspirou, inquieta. Se todos estavam ali para acompanhá-la até a cabana de um mago, a situação devia ser grave.

— Logo vamos lhe explicar tudo, alteza! — disse Drak, sério. E se puseram a caminho, seguindo Mama Lala para um ponto distante do Reino.

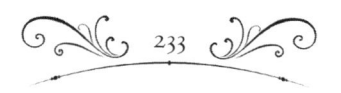

Será que agora todos conseguem ler meus pensamentos? A função dessas mini-cartolas não era proteger as minhas reflexões?

Sophie apenas bufou.

Caminharam até o lago violeta, e as lembranças da princesa afloraram. Havia quase sete anos que tentara se matar naquelas águas. Agora, possivelmente estava se dirigindo para o leito de morte de sua avó. Aquele pensamento a deixou angustiada e, insatisfeita com o silêncio pesado que pairava sobre a caravana, resmungou:

— O que está acontecendo com este Reino? Aqui, as vozes antes não se calavam! Por que ninguém me diz nada? Estou lidando com algo muito sério e só vejo pessoas mudas ao meu redor.

Todos pararam a caminhada e fizeram um meio círculo em volta da princesa insatisfeita.

— Nós queremos explicar, alteza — começou Sycreth.

— Como o Drak disse, nós vamos — complementou Jhonx.

— Mas me deixem adivinhar: preciso esperar o meu tempo?

A tensão aumentou.

— Eu não sei mais o que fazer em relação a vocês! — exaltou-se a ruiva. — Eu não mereço mais a confiança deste lugar? Preciso encontrar harmonia, e os Tirus eram a minha referência nessa área. Só que agora vocês me deixam de fora de tudo.

— Não é questão de a deixarmos de fora — intrometeu-se Mama Lala. — Você se lembra do que aconteceu no passado, com o círculo das pixies? Você estava sendo tragada pela depressão, e os sentimentos negativos tomaram o círculo de pedras. As pobres pixies não tinham mais forças para mantê-lo limpo. Suas ações refletem em nosso Reino. Precisamos sempre calcular as ações e reações.

— Não estou entendendo vocês! — Sophie alterava-se cada vez mais. — Agora eu sou culpada pela doença da minha avó? Também é minha culpa se eu não posso vê-la?

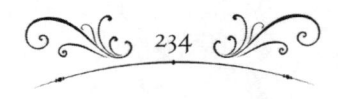

A tristeza estava estampada nos olhares de todos. O Reino colorido e alegre de antes já não existia mais.

— Não é sua culpa, alteza — explicou Jhonx. — Realmente o que houve agora é bem diferente do caso do círculo das pixies. A energia negativa de sua vida na Terra influenciou aquele evento. Agora, os anos se passaram e sua avó perdeu sua energia vital, então as coisas mudaram. Estar à frente de um Reino requer muita vitalidade e atenção. Nós tentamos ajudar nossa Rainha, demos o nosso máximo, mas não podemos ultrapassar nossos limites. Apenas você poderia assumir a partir de então.

Sophie não podia acreditar no que estava ouvindo.

— Então por que ainda não comecei a ajudá-la? O problema da minha avó é o cansaço?

— Sim e não — respondeu Sycreth. — Realmente precisamos continuar andando, princesa! O Mago da Lua foi chamado para atender as necessidades de sua avó, e todos concordamos que é melhor fazer tudo isso na surdina para não preocupar os Tirus. Por causa dos remédios, existe uma pequena janela de tempo em que ela fica acordada para visitas, e não é sempre que nós podemos sair do castelo.

A garota sentiu que nunca se perdoaria caso perdesse aquela oportunidade.

— Também não podemos correr o risco de a senhorita ser levada de volta para o seu mundo silencioso — completou Drak.

Fazendo sinal com a cabeça para que Mama Lala continuasse guiando-os, Sophie aceitou o pedido e prosseguiu em silêncio, perdida nos próprios pensamentos agitados.

Meia hora depois, viu um ponto de fumaça ao longe e logo identificou no meio da mata uma casinha muito parecida com a de Mama Lala. *Minha avó deve estar lá dentro.*

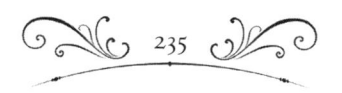

— Podemos entrar, por favor? — perguntou a jovem, desesperada para reencontrar a Rainha. Todos caminharam lentamente até a porta.

Havia flores ao redor da casa, mas não eram negras como as que cresciam perto da residência da vidente, e sim arroxeadas. Elas cantavam baixinho e dançavam conforme a direção do vento. As paredes externas do local também eram decoradas por runas, e a fumaça que saía da chaminé era rosada. Como todo o restante do Reino, a cabana parecia sair de um cenário de contos de fadas.

— Jhonx e Drak esperarão do lado de fora até conversarmos com o Mago da Lua, depois eles poderão entrar para visitá-la — explicou Sycreth.

— Por que vocês o chamam assim? Ele não tem um nome?

Todos se entreolharam e depois encararam a porta ainda fechada da casa.

— Ninguém sabe o seu nome. Assim como não sabem o meu. O importante é que temos consciência de seu poder e dos milagres que possibilitou. O Mago tem a Lua como sua principal aliada de força, e por isso ficou conhecido assim — respondeu Sycreth.

— Então imagino que este seja um bom horário para virmos aqui... o entardecer.

Todos concordaram com a cabeça, e Sophie se calou. Chegara o momento da verdade. Entenderia o que acontecera com sua avó e por que ela estava afastada de tudo, inclusive da neta.

Mama Lala bateu à porta e ouviram uma voz grossa convidando-as para entrar. Esperou que a vidente e a Guardiã entrassem e seguiu-as. Levou um susto: lá dentro, uma espécie de hospital mágico funcionava a pleno vapor.

Ao fundo, sua avó descansava em uma cama branca e azul. Estava ligada a um soro e a diversos aparelhos, que Sophie não reconheceu.

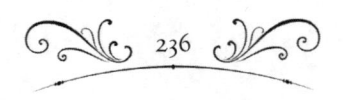

Havia prateleiras com ingredientes mágicos por todas as paredes. Na bancada ao lado da cama, a princesa viu uma tigela com alguns itens misturados e entendeu que estavam mesclando magia e ciência com o intuito de salvarem sua avó.

Eles sempre são incríveis comigo e com minha avó, pensou, aproximando-se da Rainha.

Ny nunca lhe parecera tão frágil. Ela sempre tivera uma postura imponente, mas agora estava abatida e com o olhar triste. Porém, a Rainha logo se animou quando viu a neta entrar.

— Minha querida! — disse a senhora com muito esforço. — Pedi que eles não a perturbassem com isso.

Sycreth e Mama Lala se entreolharam, temerosas.

— A senhora não podia ter me escondido por tanto tempo que estava doente, vovó! Não consigo nem pensar na ideia de não estar ao seu lado agora, ajudando-a no que for preciso.

Aquela frase tocou fundo na alma da Rainha, e ela ficou pensativa.

— Eu vou melhorar, minha neta! — disse Ny, mas sua palidez e suas olheiras profundas pareciam contradizê-la.

A velha senhora usava uma simples camisola larga, e Sophie nunca a vira antes sem sua roupa imperial.

— É claro que vai! Você é uma guerreira!

A mulher começou a sorrir, porém se engasgou e ficou tossindo por um tempo.

— Ninguém vai fazer nada? Não podemos dar a ela nenhum remédio? — questionou a jovem, aflita.

De um canto sombrio, surgiu um homem baixo, de vestes cinzentas, barba grisalha e com uma cartola pontuda centralizada bem na careca. O visual excêntrico não condizia com sua voz grossa, a mesma que as havia deixado entrar.

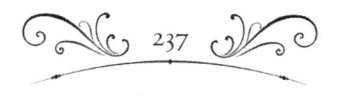

Finalmente conhecia o Mago da Lua.

— As coisas não funcionam assim. Nem aqui nem em seu outro mundo. É impossível para os curandeiros dar garantias.

— Para muitos casos, sim — rebateu ela.

— Como você sabe, isso não reflete a grande maioria.

A sinceridade do homem a pegou de surpresa. Não queria que sua avó não tivesse garantias.

— Não posso voltar para a Terra sem entender o que está acontecendo com a minha avó. Será que o senhor poderia finalmente me explicar?

Sycreth e Mama Lala se afastaram em silêncio.

— Explicarei tudo, mas antes preciso que me faça uma promessa — falou o mago.

— Que promessa?

Ele lhe lançou um sorriso enigmático.

25

Dentro da casa, reinava o silêncio absoluto. Até o crepitar da lareira parecia ter sido abrandado pela tensão. Não ouviam nem mesmo o canto das flores do lado de fora. Havia apenas o vazio.

— Que promessa, Mago da Lua? — repetiu Sophie, trêmula.

Olhava para a avó, tão frágil naquela cama, e sentia a necessidade de levá-la para o seu outro mundo. Talvez na Terra houvesse alguém para ajudá-la.

— A princesa não poderá ficar aqui por muito tempo. Ao final de nossa conversa, retornará a Roma e completará a carta A Estrela. Preciso que prometa que seu foco principal será este: buscar em si mesma os significados necessários para realizar essa última etapa. Não podemos correr o risco de que você seja distraída por sua preocupação com a Rainha e pelos outros problemas que estão lhe tirando o foco neste momento. Terminar os caminhos indicados por Mama Lala é sua chave para uma vida melhor. Para um Reino melhor.

— Mas eu só terei uma vida melhor se tiver Ny do meu lado. Vocês não podem me separar dela — lamentou a garota, debruçando-se sobre o peito da avó e abraçando-a em lágrimas.

— Se não prometer isso, não posso lhe contar o que está acontecendo. O porquê de sua avó estar aqui.

— Tudo bem. Preciso saber o que está acontecendo com ela. Quero ajudar de verdade.

A Rainha apenas a observava. Seus olhos a encaravam com admiração, e, apesar das olheiras, ainda havia uma magia muito forte neles. Acima de qualquer doença, Ny era uma das mulheres mais incríveis que Sophie conhecera, e a princesa sabia que a velha senhora tinha dentro de si a força para lutar mil batalhas.

— Despeça-se da sua avó — disse o mago, apontando para a cama. — Depois, poderemos conversar.

A fala fez Sophie se assustar.

— Como assim me despedir? Estão ficando malucos?

Ny riu da reação exagerada da neta.

— Minha neta querida, acalme-se! O mago apenas precisa me dar minha poção. O medicamento vai me fazer dormir, por isso é melhor nos despedirmos. Fique tranquila: este não será o nosso adeus.

Sophie não conseguia relaxar.

— Então descanse bastante. Na próxima vez em que nos virmos, terei aprendido como curá-la. Estarei sempre ao seu lado, vovó!

— Eu sei disso! Eu sei! Até logo.

Sophie abriu espaço para o senhor barbudo e viu-o carregar um copo de líquido salmão para a Rainha, que tomou tudo em apenas um gole.

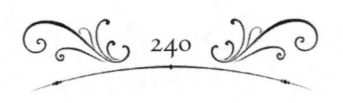

O efeito foi instantâneo. A avó devolveu o copo para o mago com as mãos magras e praticamente desmaiou. Sophie ficou por alguns segundos controlando a respiração dela, com medo de que o pior acontecesse.

— Podemos nos sentar, princesa? — questionou o mago.

Pela primeira vez desde que entrara na cabana, Sophie ficou um pouco mais tranquila. Conseguira falar com sua avó, ela apenas descansava e não seria a última vez que se veriam.

A jovem fez um sinal afirmativo, e todos se dirigiram para a mesa de madeira que havia em um canto reservado. Sophie sentou-se com Sycreth, a vidente e o Mago.

— Agora não há mais nada em nosso caminho, certo? O que está acontecendo com ela? Preciso saber agora! — ordenou a princesa.

As duas mulheres hesitaram ao ver o comportamento nada apropriado de Sophie.

— Podemos começar, princesa! Mas não se esqueça de sua promessa. Pelo visto, não se esqueceu de que é membro da realeza — disse o Mago da Lua.

— A senhorita é a segunda figura máxima deste Reino, alteza, mas peço que escute o Mago da Lua com respeito — repreendeu Mama Lala. — Há muito tempo ele cuida do bem-estar de sua avó e, além de um de seus melhores amigos, ele é também um representante máximo de nossa cultura.

Sophie nunca havia pensado que a avó pudesse ter amigos. Parecia algo normal demais para a figura imponente dela. *Acho que, de alguma forma, eu nunca cheguei a imaginar como é a vida da minha querida Ny quando não estou aqui. Tenho sido tão egoísta...*

— Sei que estou agindo como a garota imatura que vocês conheceram anos atrás, mas todo esse mistério está me corroendo. Estou há muito tempo sem ter notícias.

— Você terá notícias agora, e da forma mais sincera. Preparada? — questionou o Mago.

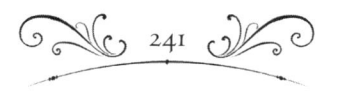

Sycreth baixou a cabeça, temendo a futura revelação.

— Mais do que preparada. Aguentarei o que for preciso. Isso só me tornará mais forte.

Mama Lala deu um suspiro profundo, e Sophie entendeu que precisava se preparar para um duro golpe.

Após um breve momento de silêncio, o Mago revelou:

— Não há cura para a doença da sua avó, alteza!

Seu mundo desabou completamente.

Todas as cores se apagaram de repente, e o que via agora era um breu que reconhecia de seus dias mais tenebrosos. Nem mesmo quando tentara tirar a própria vida sua visão ficara tão escura quanto naquele momento.

— Mas o que ela tem? Ela está morrendo? Por que estamos parados aqui conversando e não tentamos salvá-la?

Ela se segurava para não chorar. Todos percebiam isso. Tremia dos pés à cabeça.

— Acalme-se, princesa! Explicaremos tudo — disse Mama Lala. — Tudo no Reino mudou desde sua partida. Havia uma energia diferente no ar. Antes, sabíamos que alguém viria nos trazer a luz, mas vê-la ir embora e perceber que aquela luz não seria constante nos pegou desprevenidos.

— Nem mesmo a Rainha sabia que isso aconteceria. Que seríamos envolvidos em um mar de dúvidas — complementou a Guardiã.

— A população esperava a sua presença, o seu carinho e amor. Eles desejavam aquilo com uma força maior do que imaginamos, e essa magia poderosa acabou de certo modo afetando o nosso dia a dia. Não conseguíamos mais manter a comunidade feliz. Foi assim que a sua avó começou a sentir a energia negativa recair sobre ela — voltou a dizer Mama Lala.

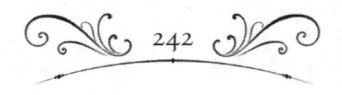

Sentir a energia negativa? Minha avó tem a mesma doença que afetou o círculo das pixies?

— O seu pensamento é correto, alteza! — confirmou Sycreth, conseguindo ler sua mente. — Assim como no passado a sua depressão afetou o equilíbrio da magia do Reino, desta vez o desejo dos habitantes de tê-la ao seu lado alterou o equilíbrio de sua avó. Ela sofreu muitos anos calada com toda essa carga extra. Só muito recentemente descobrimos o motivo de ela ter mudado tanto, no espírito e na aparência. E então o Mago da Lua veio nos socorrer.

Sophie mantinha as mãos sobre a mesa, ainda visivelmente trêmulas de desespero. Ela sentia o coração acelerado e a garganta travada.

— E como o senhor chegou à conclusão de que não há cura?

Sophie não podia se permitir fazer rodeios.

O Mago tinha o semblante sério e intimidador, mas Sophie não se importava.

— Vim de terras muito distantes a pedido de Mama Lala e Sycreth. Trouxe comigo conhecimentos e técnicas aprendidos com as mais diversas criaturas mágicas. Apliquei todos os meus mais poderosos feitiços e poções, fiz todas as rezas de que dispunha e até utilizei procedimentos humanos de combate a enfermidades. Nada funciona contra a poderosa energia que a atingiu. A população considera que o trabalho de Ny está concluído, e nada impedirá sua avó de ter o descanso final.

É minha culpa.

Virou-se de lado e se segurou para não desmaiar na frente de todos. Sentia-se fraca e tonta, estava claustrofóbica naquele pequeno ambiente.

— Imagino como deva estar se sentindo... — começou Sycreth.

— Não, você não faz ideia! Não tem como saber como é ser culpada pela morte da própria avó. Não tentem me consolar.

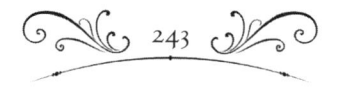

Sycreth apoiou uma das mãos no peito, mostrando que respeitava o sentimento da amiga. Por um instante, olhou para a porta, e todos se lembraram que Drak e Jhonx esperavam do lado de fora.

— Esta é a grande questão: não é sua culpa! — explicou a feiticeira. — A senhorita está seguindo o caminho que lhe foi desenhado. Tem feito isso todos esses anos. Não podia ter deixado o mundo humano quando a convocamos.

— Mas, se eu estivesse aqui, minha avó estaria bem.

— É impossível saber ao certo — revelou a Guardiã. — Ninguém tinha conhecimento de que poderia haver essa reação ao amor, e não podemos prever o que aconteceria com a sua presença aqui. Só temos uma certeza: nossa Rainha aos poucos está nos deixando, mas essa transição vem acontecendo de maneira tranquila, honrosa e indolor. Ela agradece todos os dias por acordar, mas não se preocupa mais com a possibilidade de um dia não abrir mais os olhos. Está em paz de saber que cumpriu sua missão, e que novos ventos se espalham pelo Reino.

— ISSO É HORRÍVEL! — gritou Sophie, levantando-se com grande estrondo.

O barulho atraiu Jhonx e Drak para dentro da cabana, mas não acordou a Rainha.

— Calma, princesa! Estamos aqui para ajudá-la — disse Jhonx ao ver a raiva da jovem.

— ENTÃO FAÇA ISSO PARAR! — berrou Sophie, aos prantos. — Eu preciso descobrir como não deixar a minha avó morrer. Eu só inspirei os Tirus... Precisamos fazer tudo isso parar! Ela não pode morrer assim.

— Assim como? Com dignidade, amor e respeito de seu povo? — questionou Drak do fundo da cabana.

Todos fizeram silêncio. Ele falava pouco, mas suas palavras sempre significavam muito. Até Sophie, que não passara muito tempo com Drak, já pudera perceber.

— Não posso aceitar simplesmente que minha avó vá morrer e pronto. Está decidido: eu vou ficar no Reino para sempre a partir de agora. Preciso consertar esse erro.

— Foi um erro ter passado esses anos na Terra? — voltou a questionar o homem.

Sophie pensou em tudo o que vivera depois que visitara o Reino e se despedira de todos os Tirus.

Por ter ganhado autoconfiança, considerarava que os anos seguintes haviam sido lindos. Seus pais tinham ficado muito felizes por vê-la ressurgir da escuridão, Dior continuara lhe fazendo companhia enquanto compunha músicas que sonhava em apresentar para grandes artistas, e Sophie fizera amigos para dividir seus momentos de alegria e de tristeza. Entrara na faculdade, aprendera sobre coisas de que gostava e passara anos maravilhosos ao lado de Léo.

Não podia negar aquilo.

Tinha consciência de que, ao optar por ficar na Terra, transformara a sua vida. Os capítulos foram bem melhores do que os anos de solidão e bullying que vivera. Tudo desandara havia quase dois anos, mas já recuperara muito de sua energia com o novo trabalho e o novo namorado.

Percebeu que sofreria muito se tivesse sido impedida de viver tudo aquilo. Claro que ela amava loucamente os Tirus e todos os amigos que fizera no Reino. E também aquela mulher maravilhosa que respirava lentamente na cama do outro lado do cômodo. Com eles, acumulara lembranças tão incríveis quanto as mais recentes, mas não podia se arrepender do que vivera nos últimos anos. Não havia como fingir isso para si mesma.

— Acredito que tenha acabado de perceber que o seu destino era ficar na Terra, princesa — completou Drak.

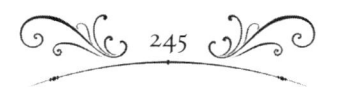

— E quais os motivos que ainda a prendem no mundo de lá? — interrompeu Jhonx, questionando-a friamente.

Todos a encararam.

Milhares de coisas passaram por sua mente, e ela descobriu que não tinha uma resposta. Havia ainda seus pais e Dior, mas a faculdade e o trabalho no exterior já tinham lhe provado que sair do ninho não significava falta de amor. Era o contrário. Os pais a haviam preparado para voar sozinha e decidir seus caminhos. Eles a apoiavam em tudo desde que ela resolvera apostar na vida. Ficar longe deles não lhe parecia mais tão impossível e estranho.

As amigas também sempre seriam parte fundamental de sua vida. Entretanto, não podia negar que quase não mantinha mais contato com Anna e Mônica. Elas se amavam, mas não podia mais pautar sua vida nos outros.

Havia o seu novo emprego e as possibilidades que ele lhe abriria. Mas, com os últimos contratempos, ainda não recebera uma proposta formal sobre o que aconteceria depois do último show, e o festival agora estava muito próximo. Ela voltaria para casa desempregada? Teria que aguardar outra turnê? Procurar outra empresa? Não encontrava respostas para nada daquilo.

E havia Nicholas. Um homem a quem amava a seu modo. O rapaz que lhe dera um novo fôlego e fizera com que ela se sentisse amada e desejada novamente. Seria capaz de deixá-lo? Partiria o coração de Nicholas como Léo havia estilhaçado o seu?

Após aquele pensamento, o ex-namorado lhe veio à mente. Pensou na imagem dele subindo de elevador com Natasha.

Não existe mais o Léo, concluiu.

Quando voltou a si, todos ainda a olhavam.

Caiu a escuridão, e então ela abriu os olhos. Nicholas a admirava, sentado na cama do hotel.

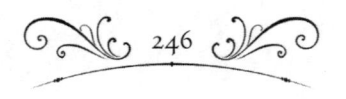

26

Passou a noite toda mal-humorada, respondendo ao namorado com meias palavras. Desde que ela acordara, Nicholas havia tentado contar as novidades para o dia seguinte, mas Sophie não ouvia uma palavra. Apenas de vez em quando soltava um murmúrio ou balançava a cabeça.

Ela não sabia nem por onde começar a descrever sua tristeza. Saber que a avó estava morrendo era demais. E a ideia de que talvez precisasse se mudar definitivamente para o Reino só tornava tudo ainda mais difícil.

Nicholas acabou desistindo de chamar a sua atenção depois de um tempo, e os dois foram dormir. No dia seguinte, ele fotografaria para uma grande campanha.

— Hoje você vai conversar comigo direito? — perguntou o rapaz, vendo a namorada escovar os dentes. — Espero que sim.

Sophie encheu a boca de água e bochechou antes de cuspir. Ficou alguns segundos se encarando sem maquiagem no espelho. Definitivamente, estava acabada. Sentia o reflexo da notícia em sua aparência. Os olhos claros estavam fundos, parecendo que não viam claridade há semanas. Precisaria permanecer de óculos naquele dia, ou se lambuzar de corretivo. Não sabia o que chamaria mais a atenção dos fãs da banda, que costumavam notar todos os detalhes.

— Mas eu estou falando com você — respondeu ela, indo na direção da sua mala para escolher uma roupa.

— Ah, sim! Claro! A nossa conversa ontem à noite foi maravilhosa, amor! — disse Nicholas, encaminhando-se também para a pia.

Ela queria levar aquela ironia de uma forma saudável, mas estava no pior humor de sua vida.

— É melhor você se aprontar, porque estamos extrapolando o tempo. Não quer se atrasar para o seu grande dia como modelo, né, *it boy*?

Notando o sarcasmo no tom dela, o namorado ficou um pouco mais tranquilo em relação ao que estava acontecendo. Se ela ainda conseguia tentar brincar, achava que o problema não devia ser com ele. Pelo menos.

Desceram para o café da manhã. Sophie notou que Samantha estava diferente: também usava óculos de sol gigantes para esconder alguma coisa.

Será que ela voltou a aprontar? Pelo menos não vou ser a única abatida hoje.

Ouviu o namorado bufar ao seu lado e percebeu que ele também notara. Não tinham tempo de investigar o que acontecera naquele momento e esperavam que Jonas resolvesse a situação.

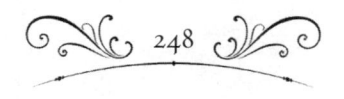

— Que bom que os pombinhos finalmente desceram — disse o empresário indicando para eles se sentarem. — Nicholas, preciso que depois do café você vá para a sala de reuniões começar a se preparar. A equipe achou melhor montarem o primeiro look aqui no hotel antes de vocês irem ao Fórum Romano. Vocês provavelmente serão seguidos, então quanto menos tempo ficarem na locação, melhor. A segurança do local foi avisada sobre a nossa ida.

— Fechado, chefe! Pode contar comigo.

O termo fez Sophie franzir a testa. Nicholas riu, percebendo.

— Então você está me escutando — disse para a namorada, rindo e cutucando-a para lhe fazer cócegas.

— Parem, parem com essa melação — também brincou Jonas, logo voltando a ficar sério. — Sophie, preciso repassar com você e o pessoal da marca todos os pontos do dia. Quantos looks serão, a quantidade de maquiagem que permitimos, como será feito o vídeo de divulgação e tudo mais. Depois disso, decida se ficará confortável assistindo ao ensaio de fotos no set ou não. Fique tranquila quanto a isso. Quero o que for melhor para você.

O vocalista se incomodou com o discurso.

— Como assim? Você não vai me ver hoje?

Ela hesitou. Vê-lo chateado com aquilo a machucava.

— Ela tem esse direito, Nicholas — comentou Samantha, que até então estava quieta comendo sua panqueca, para a surpresa de todos. Todos na mesa pararam para observá-la. — Sophie passou por muita coisa nos últimos dias, não acha? Todos nós passamos! Não bastasse termos sido enganados pela segunda vez em uma entrevista, ela ainda teve que reencontrar o ex-namorado na frente de todo mundo. Isso é uma barra! Ela precisa mesmo ser fotografada ajudando a te vestir em uma campanha de moda? Sério mesmo?

Sophie sentiu um misto de emoções após o discurso da cunhada. Não conseguiu esconder o leve sorriso que se formou no canto de seus lábios. Samantha percebeu.

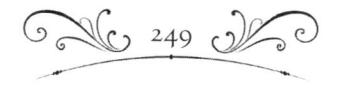

— A Sophie é a minha namorada, e eu gostaria muito de tê-la ao meu lado. É a primeira vez que faço um trabalho temático assim, então ficaria feliz com o apoio. Quem ouve você falar, acha que eu sou um companheiro horrível para ela.

— *Ela* está bem aqui, pessoal! — interrompeu a ruiva, e Alex concordou com a cabeça. — Agradeço a preocupação de todos, mas ainda não me decidi sobre mais tarde. O importante é todos agora acabarem de comer, eu fazer o meu trabalho com o Jonas e você, Nicholas, seguir para a maquiagem. Não podemos nos atrasar mais ainda.

Todas as palavras foram ditas com firmeza. A expressão do patrão denotava orgulho, mas Jonas manteve-se em silêncio. O único que ameaçara dizer alguma coisa foi Nicholas, porém ele deu uma mordida em seu sanduíche e decidiu ficar quieto.

Alex e Bobba foram os primeiros a se levantar. Como não participariam do ensaio fotográfico, acharam melhor passarem a tarde ensaiando as mudanças que haviam planejado especialmente para o festival em cima dos arranjos de algumas músicas. Nicholas terminou seu café e, dando um beijo na namorada, deixou a mesa em direção ao time de beleza que o esperava. Não era muito vaidoso, mas aquele era um dia para pensar e agir de outra forma. Sophie já ia se levantar quando Jonas disse:

— Vou precisar dar alguns telefonemas agora. Encontro você em meia hora na sala onde o Nicholas está se preparando, ok?

Ela assentiu, e andou pelo saguão com o passo apressado, pegando o primeiro elevador para seu andar. No corredor, precisou revirar a bolsa em busca do cartão magnético. Estivera tão estressada pela manhã que acabara esquecendo um monte de coisas.

— 'São tempos difíceis para os sonhadores...'

A frase foi dita às suas costas, e duas mãos cobriram os seus olhos. De nada adiantara ele tapar sua visão, porque Sophie nunca esqueceria aquela voz, nem aquela frase, que tinham ouvido juntos no primeiro encontro oficial deles, do filme *O fabuloso destino de Amélie Poulain*.

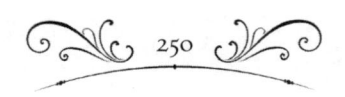

— Ainda bem que eu deixei de sonhar faz um tempo — respondeu ela sem ânimo, se virando para encará-lo.

Leonardo ainda era uma visão para os seus olhos. Ela precisava respirar fundo e ser forte. Mesmo ele estando lindo e usando o perfume de que ela tanto gostava.

— Deixou mesmo, princesa?

Mais uma vez um termo que a entristecia. Seus olhos automaticamente marejaram, e os lábios começaram a tremer. Estava prestes a chorar na frente dele.

O idiota vai achar que é por causa dele, caramba!

— Ei, o que houve?

Por instinto, o rapaz a abraçou, e seu mundo pareceu mais uma vez desabar.

Sophie chorou no peito de Léo como se a população inteira tivesse sido condenada à morte. Era o tamanho da dor que sentia com a notícia da doença incurável da avó. Soluçou tanto que o rapaz ficou tenso, acreditando que era culpado por aquela reação.

— Amor, amor! Se acalme! Se acalme! Vai passar. Tudo passa.

Não. Ela sabia que as dores que sentia nunca passariam. Se a dor de perdê-lo ainda a acompanhava, seria torturante nunca mais poder ver a Rainha.

— Preciso sair daqui... — murmurou Sophie entre lágrimas, sabendo que se arriscava a entregar um escândalo pronto para os tabloides.

Léo olhou para os lados para ver se tinham chamado a atenção de alguém, mas os corredores estavam vazios.

— Não tem ninguém no meu quarto. Vou ficar sozinho por um tempo. Vem aqui. É melhor você tomar uma água.

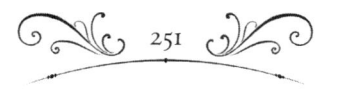

O rapaz direcionou-a até o seu quarto, que ficava no fim do corredor. Sophie estava tão atordoada que se deixou levar. Apenas ao entrar no cômodo e se sentar na cama dele, aceitando a água oferecida, ela se deu conta.

— Sério mesmo que o hotel te colocou a apenas alguns quartos de diferença da gente? Eles não leem a parte de celebridades no jornal?

Léo coçou a cabeça e riu do seu jeito mais especial.

Ela sentia falta daquele sorriso.

— Você reparou nas frescuras desse hotel? Duvido muito que leiam. Mas eu fiz questão de continuar no mesmo andar que vocês — informou ele, encarando-a com ironia. — Os organizadores do festival imploraram para a minha equipe trocar o meu quarto depois que saíram as matérias.

Léo havia pedido para ficar no mesmo corredor que ela. Ele queria esfregar seu relacionamento novo em sua cara ou vigiá-la?

— Uau! Quem vê acha que você ainda me ama, Léo!

Ele continuou em silêncio.

Sophie ainda enxugava as lágrimas. Ele apenas a observava.

— É possível parar de te amar? — disse o rapaz, após alguns instantes.

Aquilo mexeu com ela. Seu estômago afundou e seus sentidos afloraram. Estava frágil. Frágil demais. Os últimos dias não tinham sido fáceis, e ouvir aquilo aumentava sua instabilidade.

— Pare de brincar comigo...

Ela se levantou, percebendo que precisava sair o quanto antes. Tinha muito medo do que poderia vir em seguida. Não sabia se seria capaz de escapar. *De parar.*

— Eu nunca brinquei com você, Soph! Amar não é brincar.

Ele se aproximou.

Ela deixou.

Os dois tremiam.

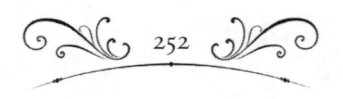

— A gente não pode, Léo. — A frase foi apenas um sussurro.

— Nós dois sempre poderemos, AC/DC! Sempre vai existir o nosso aquário. Ninguém pode nos achar nele. Eu quero você. Você não me quer?

Léo tocou suavemente o rosto alvo dela. Sophie fechou os olhos vermelhos e sentiu a mão dele, calejada pela guitarra. Ela sorriu, dando contraste à tristeza que sentira alguns segundos antes.

Os corpos se aproximaram e o calor ficou insuportável, se intensificando com a atração. Ambos queriam. Desde o começo. Muito antes daquele telefonema. Nunca tinham deixado de se amar. O destino apenas brincara com o sentimento dos dois. Então os lábios se aproximaram...

E houve um barulho.

O baque que viera do corredor fez com que ela o empurrasse por um reflexo, assustada. Naquele movimento, viu um par de plataformas vermelhas jogadas embaixo da cama. Aquilo a fez se lembrar de tudo.

Se aquilo acontecesse, muita gente sairia magoada. Nicholas, Natasha e ela.

Ele também. Por que não?

Don't speak. I know just what you're saying. So please stop explaining. Don't tell me 'cause it hurts.

No Doubt tinha razão. Era melhor ele parar de falar. Saiu apressada em direção à porta do quarto. As lágrimas voltavam a correr. Léo ficara para trás, perdido. Ele não queria deixar que aquilo acontecesse.

— E por que você estava chorando? — perguntou quando ela segurou a maçaneta.

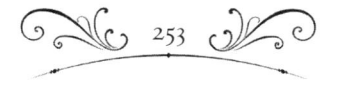

Sophie parou e olhou para trás. Os dois ficaram longos segundos se encarando. Ela conseguia ver que ele não estava realmente brincando com seus sentimentos e que queria aquele beijo tanto quanto ela. Mas ainda o culpava pela separação. *Ele* se deixara seduzir pela fama. Não ela.

Respirou fundo.

— Ny está morrendo. Não há nada que eu possa fazer. O Reino ficará sem uma Rainha, Léo.

Os olhos dele se arregalaram.

Ela nunca soubera realmente se naquele dia ele havia ultrapassado os véus das dimensões e ido parar em seu mundo mágico. Ele nunca falara sobre aquilo. Apenas cantara.

A reação dele finalmente lhe deu uma confirmação.

Fechou a porta atrás de si e não acreditou na sorte quando viu que o corredor continuava vazio.

Correu para o seu quarto e se atirou na cama ao entrar.

Quase beijara Leonardo.

Quase.

Não sabia se poderia se perdoar por isso.

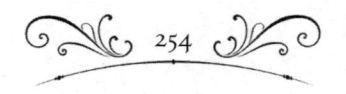

27

Sophie se levantou ensopada de lágrimas, caprichou no corretivo para disfarçar o rosto inchado e aplicou um blush para lhe dar vida. Enfiou outra vez os óculos e arriscou até uma boina preta com detalhes vermelhos. Estava na Europa e sentia que podia ser mais ousada com o que vestia. Queria acompanhar o namorado nas fotos e tentar se redimir pelo que acabara de fazer. Ou *quase* acabara de fazer.

— Que bom que você está aqui! — disse Jonas quando a viu no saguão do hotel. — E pelo modo como está vestida, decidiu nos acompanhar nas fotos.

Ela sorriu ao ver que ele aprovava sua decisão.

— Sim! Pensei bem e acho que é bom mesmo eu apoiar o Nick. Quero que ele saiba que é importante para mim.

O empresário sorriu e passou para ela uma prancheta com os cronogramas. O vocalista estava quase pronto. Ele já tinha colocado o primeiro figurino, estavam apenas ajeitando alguns detalhes finais antes de entrarem na van preta que sairia pelos fundos do hotel na direção do Fórum Romano.

Sophie acompanhou Jonas para dentro do salão e ficou surpresa com toda a movimentação. Achara que tinham exagerado na equipe para sua entrevista em Veneza, e agora nem mesmo conseguia começar a descrever o que acontecia naquele espaço em Roma.

Havia um cabeleireiro, uma maquiadora, dois figurinistas, duas assistentes, uma diretora de arte, um diretor de imagem, dois profissionais cuidando de áudio, dois câmeras e um dos mandachuvas da marca. Samantha assistia àquele caos jogada em uma poltrona no canto, parecendo odiar toda a cena. Em geral, era ela quem fazia trabalhos daquele tipo, mas Jonas pedira que ela suspendesse essas atividades durante a turnê. O empresário acreditava que Sam já tinha muito com o que se preocupar.

Era bastante evidente que ela não estava nada à vontade ali parada enquanto o irmão estrelava a campanha de uma grife famosa.

— Meu Deus! Essa menina é linda! Exótica! Por que ela não está na campanha junto com Nicholas? — indagou Erik, o chefe da marca, quando Jonas se aproximou trazendo Sophie em seu encalço.

Ela corou. Nunca fora recebida com tamanho entusiasmo na Terra.

— Essa é a minha assistente e...

— Sim! A famosa namorada! Nossa, eu sabia que ela era bonita, mas pessoalmente é um choque! Puro glamour! Sério! Eu a quero na campanha. Alguém escolha um figurino para ela agora!

Jonas riu, e Sophie, sem querer ser rude, deu um sorriso discreto. Contudo, a expressão de Erik os fez hesitar. Parecia que ele estava falando sério.

A garota ficou sem palavras. O empresário de uma marca famosa queria que ela estrelasse uma campanha que seria divulgada em catorze países. E Nicholas estava de tirar o fôlego.

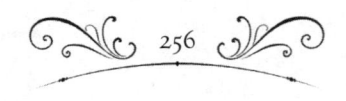

Ele vestia uma calça jeans escura detonada, coturno preto e uma blusa social também escura com o delicado desenho de um dragão saindo do peitoral e indo para a gola. Tinham lhe colocado diversos colares, anéis e pulseiras. O cabelo estava liso e preso em um rabo de cavalo. Haviam passado lápis de olho nele, mas fazia sentido, afinal, ele era um roqueiro famoso. Ela não conseguiu deixar de olhá-lo com desejo quando o viu, e o rapaz sorriu ao perceber, lisonjeado.

— Não está exagerado? — perguntou receoso para ela na frente do cliente.

Sophie respondeu com um pequeno selinho, não se importando com o que os outros poderiam pensar. Havia cerca de uma hora quase o tinha traído e queria mostrar para ele a sua vontade de que o namoro desse certo. Ele não sabia o que havia acontecido com Léo, nem que o ex insinuara que queria voltar, mas sentia-se em uma missão para consertar as coisas. Precisava disso.

— Viu só? Eles vão ficar perfeitos na foto! Pelo menos em uma! Pago um quarto do cachê inicial a mais.

Os três se olharam, considerando a oferta.

— Eu faria pela metade disso — resmungou Samantha, que ouvia tudo de longe. Os outros a ignoraram.

— Tenho certeza de que ela ficaria linda nas fotos, Erik. A Sophie sempre é linda, mas acho que hoje terá que se contentar só com este corpinho mesmo — brincou Nicholas, colocando o contratante em seu lugar.

Sophie sorriu para o rapaz. Naquele dia, gostara de vê-lo tomar as rédeas. Ele sabia que ela não se sentiria confortável tirando fotos. E não queria desapontar o patrão outra vez. Precisaria agradecer ao namorado mais tarde.

Então, a porta do salão se abriu e todos os membros da Unique entraram com sua equipe.

— Desculpem, pensei que o espaço já estivesse liberado. Temos uma reunião marcada agora — explicou o empresário do grupo, conferindo o papel em sua mão.

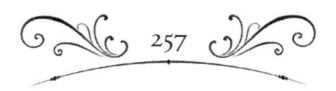

O olhar de Sophie cruzou com o de Léo, e a intensidade misturada com vergonha disse muita coisa. No entanto, a mão de Léo entrelaçada na de Natasha disse mais. Ela também estava bem próxima de Nicholas. Baixou a cabeça e interrompeu o contato visual.

– O Nicholas já está pronto. Vamos reunir o pessoal – pediu Jonas para Erik. –Vamos logo fazer essa campanha.

Todos recolheram os equipamentos e objetos rapidamente para que a outra banda se instalasse no local. Sophie podia sentir a distância a presença e o perfume de Léo.

Quando estava para sair, Mônica a fez parar.

– Amiga, estou morrendo de saudades! Quando vamos nos encontrar para colocar as fofocas em dia?

Sophie sorriu ao ver a amiga.

– Vou acompanhar as fotos do Nicholas agora para uma campanha. Que tal nos falarmos quando eu voltar?

A última frase foi dita enquanto era fuzilada pela namorada de Leonardo, que parecia muito incomodada com a presença dela ali.

Será que ele contou para ela sobre a nossa conversa?

– Que chique! Namorado modelo agora? Pode deixar que te procuro mais tarde.

Quando deixaram o local, ela evitou o ex. Não deixaria que Léo ditasse a sua vida outra vez. Recusava-se a ter o coração despedaçado novamente.

Outra música ecoou em sua mente:

I'm here without you baby. But you're still on my lonely mind.

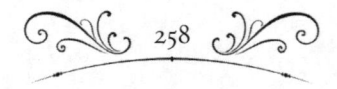

Localizado no centro de Roma, entre o monte Palatino e o Capitolino, o Fórum Romano era atualmente um conjunto de ruínas e fragmentos arquitetônicos de várias construções públicas de grande importância cultural, além de um local de grande atração turística. Havia sido o principal centro comercial do período Imperial, e durante séculos foi um local de cerimônias e eleições. Ali, estátuas e monumentos celebravam os grandes homens da cidade.

Poucas marcas tinham acesso para fotografar naquele cenário, mas, depois de muita negociação, obtiveram autorização para usar as ruínas na campanha de vídeo e fotografia.

— Estou muito orgulhosa de você — disse Sophie para Nicholas, que começava se posicionar.

— Vocês está rock 'n' roll, garoto! — exclamou Erik, animado, passando por eles. — Vamos começar logo! Cada minuto pode custar milhares de dólares.

Ficaram ali a tarde toda, e os seguranças fizeram um bom trabalho em afastar os paparazzi. Apenas uma quantidade limitada de fãs pôde tirar fotos com Nicholas. Dessa vez, porém, Sophie também foi abordada, e pela primeira vez sentiu o carinho de um fã. Gostou da sensação.

— É isso aí, pessoal! — celebrou Jonas. — Você arrasou, Nick, e pelo que vi essa campanha ficará linda. Conseguiu tudo o que precisava, Erik?

O representante da marca puxou um aplauso que foi seguido por todos que acompanhavam as fotos.

Sophie não conseguiu esconder o sorriso. Ver o namorado se arriscando e parecendo gostar de novos mundos lhe deu uma vontade de se arriscar mais também.

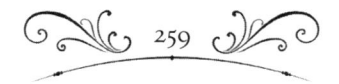

— Quem te viu, quem te vê! — disse Mônica, passando por ela no saguão, já de volta ao hotel. — Quando eu te conheci, você era toda tímida com os rapazes, e hoje está circulando com um rockstar. Toda essa mudança não é pra qualquer uma, mesmo.

Sophie riu do comentário.

— Sua boba! Vai fazer alguma coisa agora, Mô?

— Estou totalmente livre pra você!

— Que bom saber disso! Eu só preciso me trocar. Mas vou levar no máximo vinte minutos! Você pode me esperar no restaurante? Queria bater um papo!

— Claro, Soph! Te vejo lá!

O grupo se separou e ela correu para pegar o elevador. Nicholas já estava no quarto quando ela chegou.

— Sabe o que eu estava pensando... — disse a ruiva com um sorriso levado.

A atenção do rapaz foi despertada, e ele levantou as sobrancelhas.

— Em quê?

— Eu, você e um bom banho de banheira depois do último show. O que acha?

O sorriso dele disse tudo.

— E por que a gente não adianta esse banho para agora, chefe? — sugeriu ele, abraçando-a por trás.

— Marquei de me encontrar com a Mônica no restaurante. Estamos precisando de um momento só das garotas. Mas prometo que amanhã você não me escapa!

Depois de trocar de roupa, ela deu um beijo rápido no namorado e seguiu para o restaurante. Lá, Mônica bebericava um drink colorido.

— Ver você aqui me fez recordar nossos velhos tempos, quando tínhamos medo de tudo e nem sabíamos direito o que era bebida alcoólica — disse a amiga, sorrindo.

Sophie respirou fundo.

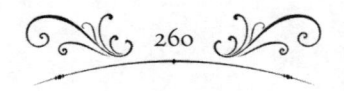

— Nem me fale! Não sabíamos o que era viver. Mas, em alguns pontos, também era muito melhor. Aqui na banda temos sofrido um pouco por causa da falta de limites...

— Já li algumas matérias sobre a Samantha. É uma barra, né? Tive alguns momentos difíceis com os rapazes também. Não foi muito fácil segurar o baque da fama deles sozinha.

Mônica disse a última frase olhando para o copo, com medo de encarar a amiga.

— Você sabe que tudo o que eu mais queria era ter ficado lá com você, não sabe?

Mônica enxugou o canto dos olhos, e Sophie ficou tocada de ver que ela realmente sentia a sua falta.

— Eu sei e não sei. É um saco tudo isso. O pior é saber que vocês estão com pessoas bacanas.

— Por que isso é ruim, sua maluca? – brincou Sophie.

Mônica levantou a cabeça e a encarou.

— Porque é óbvio que vocês ainda se amam.

Sophie não soube o que responder. Desejava ter dominado a corrente de equilíbrio da carta A Estrela. Mas continuava tentando se desviar dos assuntos que precisava resolver.

— Tenho pensado em muitas músicas nos últimos dias. Eu fiz isso a minha vida toda, é verdade, mas, com a proximidade do festival, passei a prestar ainda mais atenção nas letras.

— E você adora criar uma trilha sonora para o seu momento, certo?

— Quem não adora? – Sophie riu. – Mas, quando penso nisso que você está dizendo, uma música se sobressai.

— Assim você me deixa curiosa! O que substituiria 'Wish You Were Here' do Pink Floyd na vida de Léo e Sophie?

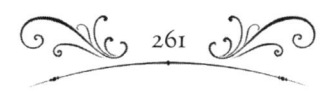

Sophie fez uma pausa dramática antes de revelar. A intensidade de uma música podia expor muitos de seus sentimentos. Sabia que estava prestes a mostrar a Mônica a dor que ainda sentia por causa de sua antiga relação.

— 'Black'...

Ao perceber que era Pearl Jam, Mônica começou a cantar um trecho da música e logo foi seguida por Sophie:

— *All the love gone bad. Turned my world to black. Tattooed all I see...*

28

Após o jantar com Mônica, Sophie foi para o quarto descansar. Nicholas não estava lá quando ela chegou, devia ter saído para jantar com a equipe. Afinal, estavam em Roma, perto dos melhores restaurantes. Sem dúvida ele não se contentaria em comer qualquer coisa no quarto enquanto ela se divertia com a amiga.

Tomou um longo banho para relaxar e tirar o que ainda restava da maquiagem, mas algo dentro de si não sossegava. Sentia um aperto no peito e uma forte tristeza. Havia tido uma excelente noite com Mônica, apesar de toda aquela conversa sobre Léo. Mas a angústia pela saúde da avó ainda a dominava.

Enquanto se enxugava, sua pressão caiu e sentiu o estômago embrulhar. Talvez tivesse comido algo que lhe fizera mal.

Naquele momento, começou a ouvir sussurros estranhos. Uma melodia quase imperceptível. Algo que nunca ouvira na Terra.

Era o canto das flores.

O Reino a convocava.

Ela nunca antes havia sido intimada a se deitar e ir para a outra dimensão. Assustada, vestiu o pijama, apagou as luzes e deitou-se, fechando os olhos. Sentiu-se instantaneamente engolida. Sabia que acordaria lá.

Esperava acordar na cabana onde o Mago da Lua cuidava de sua avó, mas surpreendeu-se ao perceber que estava no castelo. Acordara em sua cama no Reino, porém dessa vez havia algo diferente. Quando abriu os olhos e sentou-se, entendeu. Mama Lala estava no quarto com ela, totalmente vestida de preto. E ela mesma usava um vestido preto bufante. Tinham vestido luto.

— O que é que está acontecendo? — indagou, não controlando as lágrimas que automaticamente apareceram.

Percebera que nos últimos tempos não tinha mais vergonha de chorar. Era um mecanismo de alívio e não se regularia naquilo.

— Princesa... — começou Mama Lala.

Seu choro se tornou frenético.

— Ela morreu, Mama Lala? Foi isso que aconteceu? Por isso me chamaram?

Odiava o mundo. A avó havia lhe prometido que aquela não seria a última vez que se veriam.

Por que sou chamada só depois que as coisas já aconteceram?

— Calma, querida! Calma! Sua avó está descansando. Ela quer falar com a senhorita. Vim aqui buscá-la!

Aliviada, a garota não conseguiu esconder o choque e a raiva.

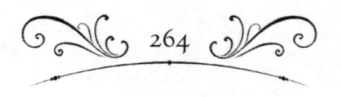

— Mas o que está acontecendo com todos vocês? Como me convocam até aqui e me vestem de preto sem perceber que eu pensaria que ela estava morta? Já não basta ter minha vida de ponta-cabeça na Terra, agora isso tem que acontecer no Reino também?

Mama Lala cruzou os braços e respirou fundo.

— As dificuldades existem para serem vencidas com dignidade.

— Muito bonita a frase, mas do que isso ajuda no caso de minha avó?

— Quando você chegou ao Reino pela primeira vez, era uma menina que precisava de direção e carinho. Necessitava aprender a se amar e a dar valor à vida. Hoje vejo que aprendeu muito, mas continua dependendo das pessoas para se encontrar. É sempre mais fácil reclamar do que agir. Suas atitudes não têm sido dignas de uma Rainha, e este é o seu destino: ser uma Rainha. Uma estrela! Como acha que todos nós nos sentimos? Certamente não estamos felizes de ver uma mulher incrível como a sua avó nos deixar. Ela foi muito importante em nossas vidas, mas temos consciência de que já cumpriu sua missão. Agora é a sua hora de fazer a diferença. De tocar as pessoas. Você pode cumprir isso? Honrar o nome de sua avó? Até quando vai continuar culpando o mundo, Sophie? Até quando deixará de lutar?

O discurso acalorado da feiticeira pegou-a de surpresa. Sentia-se cada vez mais desnorteada.

— Leve-me até ela...

As duas saíram do quarto em direção ao terceiro andar, para as acomodações da soberana. No caminho, Sycreth, Drak, Jhonx e Ype as acompanharam. Todos vestiam preto.

Não era um dia normal.

O Reino havia silenciado.

— Lembre-se, princesa: existe magia até mesmo na dor — disse o gato, levando uma das patas dianteiras até seu ombro.

— Você sempre poderá contar com a gente — completou Sycreth.

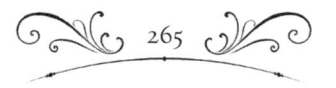

Todos pararam diante da porta. Sophie sabia que os Tirus deviam estar em prece por todo o Reino. Eles aguardavam o momento de passagem da Rainha.

— Preciso fazer isso sozinha — disse a princesa para o grupo que a acompanhava.

— Estaremos aqui para o que precisar — falou Sycreth, deixando-a seguir seu caminho.

Sophie hesitou antes de mexer na maçaneta e respirou fundo antes de fazer o que era necessário. Quando adentrou o local, o Mago retirava um pano da testa de Ny, levando-o até uma bacia dourada sobre a escrivaninha.

— Como ela está? — perguntou Sophie para o Mago ao vê-lo encarando-a.

— Estou bem, minha neta!

A jovem levou um susto. Não tinha percebido que a avó estava acordada. Nem sequer imaginava que ela tinha forças para abrir os olhos.

— Vou deixá-las a sós — avisou o Mago.

— Existe algo em que eu possa ajudar? — perguntou a princesa antes de deixá-lo ir embora.

Tinha medo de ficar sozinha com Ny, pois aquele poderia ser o momento do adeus.

— Converse com sua avó em paz, encha-a de amor. É a melhor ajuda que você poderá dar.

O homem deixou o aposento, fechando a porta atrás de si.

— Vó...

Ny tentou sorrir e fez sinal para que ela se aproximasse da cama.

— Vejo tanta dor e preocupação em seu olhar, minha querida! Gostaria de poder aliviar isso para você.

Sophie não conseguia acreditar no que ouvia.

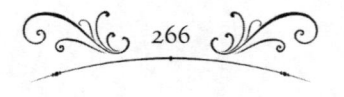

— Que isso, vó! Sou eu quem deveria fazer algo. É tão injusto que tudo isso esteja acontecendo, vovó. Nós temos tanta coisa para conversar e fazer. Por que tudo tem que ser assim?

— A vida nem sempre é justa, mas precisamos superar os obstáculos que surgem, entender como ela funciona. Ainda vamos poder fazer tudo o que sempre quisemos fazer juntas. Nos encontraremos outra vez. Só não será agora. Não nesta vida.

A jovem deitou-se ao lado da Rainha, que tinha a aparência ainda mais debilitada. Era a primeira vez que Sophie a via sem a minicartola.

— Não preciso mais proteger meus pensamentos — explicou Ny, percebendo a direção de seu olhar. — Eles já estão sendo compartilhados com o universo.

Sophie se emocionou com o modo como ela transformava a sua dor em poesia. *Será que eu conseguiria ter a mesma força?* Não sabia se estava preparada para ser perfeita como ela. Nunca fora perfeita.

— Como ficarei sem você? O que será dos Tirus?

As duas estavam deitadas, olhando para cima. Ny usava um vestido branco com brilhantes, em contraste com a veste negra de sua neta. Suas mãos estavam entrelaçadas, em sinal da união entre elas.

— Você um dia será uma grande rainha para eles. Pode ser que não se sinta preparada agora, é natural. Treinei Sycreth para sempre estar ao seu lado, ajudando-a no que for necessário. Você será uma Rainha melhor para os Tirus do que eu jamais fui.

— Que absurdo, isso é impossível! — disse a neta, rindo pela primeira vez naquela conversa tensa.

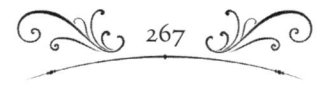

— É verdade, querida! Você nasceu, cresceu e lutou no mundo. Foi exposta a tudo e a todos. Isso a torna um ser maior, provavelmente melhor também. Passei a vida toda neste castelo. Não sei o que é sofrer, amar e se arrepender. Isso a aproximará de nosso povo. Eles se identificam com as suas experiências.

— Mas não sei ser perfeita como você, vovó! Não sei ser rainha.

— Mais um motivo para que melhores tempos estejam a caminho.

As duas ficaram um bom tempo naquela posição, olhando para o véu que cobria a cama de Ny. No quarto da princesa, esse mesmo véu mostrava um céu estrelado; no da Rainha, via-se um mar dourado e vibrante, capaz de acalmar o espírito.

— Tudo o que vem do céu é mais forte. Procure sua força lá. Estarei sempre guiando-a, pequena!

As lágrimas rolaram. O peito voltou a arder.

Chegara a hora.

— Eu te amo, minha vó! Que o legado da grande Rainha seja celebrado para sempre.

— Certamente será, anjo! Dançaremos nas estrelas.

Sophie não percebeu, mas, quando os olhos da senhora se fecharam, o mundo parou por alguns segundos em respeito a uma sábia alma que partia.

Os Tirus estavam de luto.

Mas as flores logo voltaram a cantar em homenagem à majestosa Rainha.

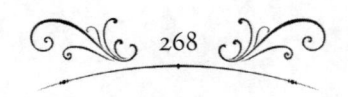

29

Foi difícil para o grupo conseguir tirar Sophie da cama.

Quando a Rainha deu seu último suspiro, a neta entrou em estado de choque e ficou chorando por muito tempo, sentindo um mundo de dor arder em seu peito.

Depois de ser consolada por Mama Lala, a jovem deixou-se ser levantada e conduzida por Drak e Jhonx. Os dois a levaram para seu quarto, onde Sycreth a esperava. Todos estavam tristes, abalados, mas precisavam ser fortes. Pelo Reino. E por Sophie.

— Precisamos pensar nos próximos passos — começou a Guardiã. — Sua avó foi como uma mãe para mim e sinto muito a sua partida, mas preciso honrar o que prometi a ela. Enquanto você não puder voltar para assumir o trono, o Reino não ficará desamparado, princesa.

As duas deram um forte abraço, e finalmente Sycreth deixou as emoções tomarem conta de seu corpo.

Acordou em posição fetal no quarto escuro. Nicholas não se encontrava ao seu lado, e Sophie foi conferir o relógio. Estava tarde. Seu choque pelo que acabara de presenciar no Reino ainda a confundia, não era capaz de raciocinar direito. Não naquele momento. Sua avó acabara de partir para o Cosmos. Não conseguia acreditar.

Para a sua surpresa, não chorava mais. Havia chorado demais nos últimos meses. Talvez tivesse esgotado todas as suas reservas de lágrimas. Ou havia assimilado um pouco da tranquilidade de sua avó após o momento de choque. Chegara a hora dela.

Precisaria aprender a viver com aquilo.

Não seria fácil. Sophie sentia isso. A ausência da avó levava um pedaço de sua alma embora. Machucava um pouco mais o seu coração já destruído. Mas Ny havia partido com a mesma graça e delicadeza de sempre. Aquilo era quase mais fantástico do que o próprio Reino.

O que será de mim agora?

Sentou-se na cama, sentindo como se dez caminhões tivessem passado por cima de seu corpo. Estava esgotada mentalmente. Queria conseguir dormir de verdade, mas, não bastasse a tristeza que a invadira, começava a ficar preocupada por não saber do paradeiro do namorado.

De repente a maçaneta da porta se moveu. Era como se alguém estivesse forçando para abri-la. A pessoa do outro lado insistiu por um tempo, até que começou a dar socos na porta, e Sophie se assustou. Aquilo era uma tentativa de invasão? Havia alguém tentando machucá-la? Quem poderia ser?

— Quem está ai? — indagou a garota, de forma rude. — Estou ligando para a recepção. É bom que vá embora.

Houve silêncio. Mas logo os socos voltaram a acontecer.

— É a Samantha! Abre aqui! Abre aqui!

Sophie estranhou. *Por que Samantha está agindo dessa forma? Por que simplesmente não bateu e se identificou?*

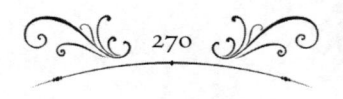

Levantando-se, caminhou até a porta e abriu-a lentamente. A jovem de cabelos coloridos entrou como um furacão. Foi direto na mala do irmão, começando a revirá-la.

Camisetas, calças, meias e roupas íntimas voavam ferozmente pelo quarto enquanto Sophie, assustada, continuava a olhar para a garota sem entender o que acontecia. Não acreditava que Samantha conseguiria achar o que procurava naquela escuridão.

— Sam! O que está acontecendo?

Os olhos da garota estavam vermelhos, e os lábios, brancos, tremiam como poucas vezes Sophie havia presenciado. O olhar dela era alucinado.

— Samantha, me escute! O que está procurando? Cadê o seu irmão?

Uma mala inteira estava desfeita, espalhada pelo chão. A baterista começava a vasculhar a outra, e aquilo estava passando dos limites. Sophie já se magoara demais por uma noite. Estava de luto e não queria ter que lidar com a cunhada.

— Se você não me disser agora o que está acontecendo, terei que chamar o Jonas, ou pior, a segurança do hotel. É isso que você quer?

Samantha parou e se levantou do chão, ainda com uma aparência perturbada.

— Ele roubou de mim! Eu sei! Ele só pode ter roubado. Jonas teria falado. Ele não.

— Roubou o quê, menina? Você está transformando este quarto em uma zona.

Samantha voltou a vasculhar as roupas no chão, procurando nos bolsos de calças e jaquetas.

— Eu só tenho que encontrar! Me ajude a encontrar!

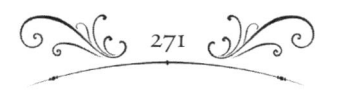

Ficava cada vez mais claro para Sophie o que a outra procurava. A palidez, a hiperatividade, o nariz escorrendo e os olhos dilatados diziam tudo. A baterista se drogara novamente e devia estar em abstinência.

— Sério, Sam? É sério mesmo que você está procurando por droga?

A jovem começou a chorar, se jogando no chão por cima das roupas.

— Eu preciso, Soph! Realmente preciso. É o que me faz continuar. Estão me fazendo não querer continuar.

Sophie acabara de perder a avó e a última coisa que imaginava naquele momento era ter que lidar com uma Samantha intoxicada procurando por drogas em seu quarto. Mas vê-la naquele estado levou-a de volta para uma época em que também se sentira perdida. Ela se identificava com o problema e por isso tinha muita facilidade em perdoar a garota, porém para tudo havia um limite. Samantha acabara de cruzá-lo.

Sentou-se no chão ao lado dela e segurou seu rosto molhado, para que Samantha a encarasse.

— Quero que preste atenção. Muita atenção! Eu sei que você se sente sozinha, incompreendida, que acha que todos estão contra você e que não é boa o suficiente. Eu sei disso. Senti o mesmo por muito tempo na minha vida. Só que as drogas não são a solução. Olha o que você está fazendo, garota! Se arrastando no chão lotado de roupas em busca de algo que *acha* que seu irmão roubou. Tá louca? Amanhã é o grande show da carreira de vocês. Agora me diz: para quê? Para sentir por alguns minutos uma sensação de plenitude? Para sair de seu corpo? Para tentar se matar? É isso que você quer, Samantha? Quer morrer?

A outra arregalara ainda mais os olhos.

— Mas me faz tão bem. E nada mais me faz sentir assim...

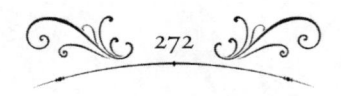

— O que não é bom em sua vida, Sam? Você é linda, descolada, inteligente, tem dinheiro, fama, talento, uma família que te ama, fãs, um empresário que luta por você, companheiros que estão sempre ao seu lado. O que mais falta para uma pessoa com tudo isso?

Samantha emudeceu. Até as lágrimas cessaram.

— Falta acreditar que tenho tudo isso mesmo. Que essa vida não é de outra pessoa.

Sophie podia entender. Mas queria muito ver mudança na vida dela.

— Tudo vai mudar agora. Você quer que eu te ajude a acreditar nisso? Você não precisa continuar sendo a Samantha drogada ou ingrata.

Mesmo em choque, a garota balançou a cabeça respondendo que sim.

— Não vou contar para o Nick e o Jonas que você veio aqui nesse estado. Você vai dormir e eu ficarei tomando conta de você. Amanhã, quero que vá tocar no show sem ingerir nem um gole de álcool sequer. Quando voltarmos para casa, vou marcar uma consulta para você com o meu psicólogo. Ele conversará com você e a ajudará a lidar com os seus problemas. Agora repito: você quer morrer, Sam? A vida para você é tão miserável que não vale a pena lutar por ela?

Dizer tudo aquilo doía em sua alma. Acabara de perder uma das pessoas que mais amava e podia se lembrar de todos os anos que jogara fora por pensar que não havia como mudar. Tinha sido estúpida no passado.

Para mudar, é preciso apenas encontrar vontade dentro de si.

— Eu não quero morrer — sussurrou a jovem, engatinhando e indo ao encontro de Sophie.

No segundo seguinte, as duas estavam abraçadas. A ruiva voltou a chorar, deixou toda a dor sair.

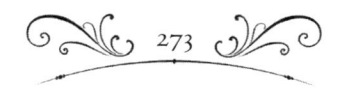

— Eu ainda não acredito que a Sam apareceu ontem no nosso quarto — reclamou Nicholas após a última reunião antes do festival. — Vocês duas estavam abraçadas na cama, com os rostos vermelhos e inchados, e até agora não conversamos sobre isso.

Sophie só esperava conseguir arrastá-lo para longe da irmã. Não queria que Samantha voltasse a entrar em seu estado de espírito negativo.

— Deixa isso pra lá! Hoje vocês dois só precisam se preocupar com o grande show. Ontem já passou. Agora, nada pode ficar no seu caminho.

— Isso não é verdade! Você sempre pode ficar no meu caminho.

Dizendo isso, Nicholas lhe deu um beijo no meio da recepção.

— Ainda está de pé a nossa celebração na banheira após o show, né? Estou contando as horas.

Ela sorriu e assentiu para o namorado.

— Você precisa é contar as horas até seu show, seu bobo!

Nicholas abriu um enorme sorriso e segurou sua mão.

— E nossa viagem para o Japão? E a visita aos seus pais?

Ela o olhou com doçura e mais uma vez o beijou. Nicholas respondeu com um abraço bem apertado. Quando estavam se dirigindo ao elevador para se aprontarem para o ensaio final, esbarraram com Leonardo no caminho. Ele estava sozinho e tinha uma expressão carregada.

Sophie cumprimentou-o com a cabeça, começando a ultrapassá-lo, mas algo inesperado aconteceu.

— Sophie, eu posso falar com você por um minuto? — questionou o rapaz, parecendo envergonhado ao interromper a caminhada do casal.

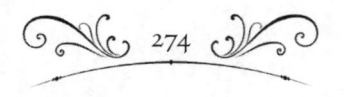

Ela raramente o vira assim: Léo costumava exalar confiança. Mas, depois do último encontro deles, fazia sentido que ele se intimidasse ao pará-la na frente de Nicholas. Sophie nem conseguia acreditar que ele havia feito isso.

— O que você quer, garoto? Por que veio perturbá-la? Não é melhor ir focar na sua abertura?

Sophie sentia Nicholas tremer de raiva. Temeu que os dois pudessem entrar em confronto, ainda mais em local público.

— Cara, relaxa! Eu só quero conversar com ela.

— Mas ela não quer conversar com você.

Sophie não ficou nem um pouco feliz ao ver o namorado colocar palavras em sua boca. O ciúme de Nicholas era lisonjeiro, mas começava a tomar um ar possessivo que ela não apreciava.

Quando ameaçava abrir a boca, Natasha apareceu como um trem desgovernado pelo saguão, chorando e sendo seguida por uma desnorteada Mônica. Quando a mulher avistou Léo conversando com o casal, aumentou o volume do choro e lançou um olhar raivoso para todos. Só então Mônica conseguiu controlá-la e puxá-la de volta para o quarto.

— Claro! Que lindo! Você terminou com a sua garota e veio dar em cima da minha. Quer arranjar encrenca, rapaz?

Léo, que até aquele momento estava pacífico, estufou o peito para encarar Nicholas. As pessoas ao redor pararam seus afazeres para entender o que estava acontecendo. Quando Sophie viu alguém sacar o celular para gravar, percebeu que era hora de agir como assistente.

— Vamos parar com isso agora — sussurrou para que os dois entendessem. — O que deu na cabeça de vocês para brigar em pleno dia de festival? Querem ser processados? Levar esporro de empresários e gravadoras? Acho que todo mundo ficou louco aqui!

Nicholas fechava os punhos com raiva, e as veias de seu pescoço saltavam.

— Esse babaca veio nos atazanar...

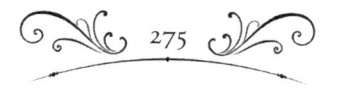

Sophie entendia como ele se sentia, mas ainda não gostava de seu tom.

— Calma, amor! — disse ela, e Léo revirou os olhos. — Olha, é melhor você subir para o quarto e começar a se preparar para o ensaio. O dia vai ser pesado, e amanhã voltaremos pra casa.

— Calma aí, você vai falar com esse cara?

A empáfia dele realmente a irritou.

— Nick, obrigada por estar pensando no meu bem, mas pode deixar que eu decido qual é o melhor momento para falar com alguém ou não. Preciso entender o que está acontecendo. Por favor, vá agitar o nosso dia enquanto eu vejo o que raios o Léo quer. Pode fazer isso por mim?

Apesar de todas as brigas no passado, era a primeira vez que recebia um olhar de pura raiva do namorado.

— Faça o que você quiser!

A frase foi dita com desprezo, e Sophie foi deixada para trás, chocada. Toda a situação era horrível, mas nada a preparara para ser tratada por Nicholas daquela forma na frente das pessoas.

Quando o rapaz entrou no elevador, Léo voltou a falar:

— Tivemos nossos problemas, mas eu nunca falaria com você assim.

Sophie respirou devagar. Precisava se controlar e se lembrar da carta A Estrela.

Preciso fazer tudo por meio da ordem e da harmonia.

— O que você quer, Leonardo?

A rispidez era sentida em cada palavra.

— Calma! Não precisa descontar em mim. Eu só quero conversar.

— Então diga logo. Temos um show para realizar hoje.

O rapaz olhou para os lados e percebeu que ainda havia curiosos por ali.

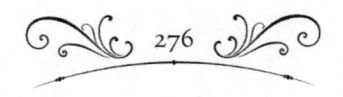

— Aqui não. Vamos para outro lugar.

Eles andaram pelo hotel como dois estranhos, sem conversar, e acabaram no terraço. Não havia ninguém no local.

— O que aconteceu com a groupie? — questionou Sophie, encarando o rapaz com um olhar irônico.

— Você sabe o que aconteceu...

Sophie suspirou.

— Eu preciso ouvir para tentar entender o que está acontecendo, Léo.

Os olhos dele estavam marejados, e Sophie sentiu certa tristeza no espírito sempre alegre do rapaz.

— A gente precisa se dar outra chance. Merecemos isso...

O coração dela foi à boca. Mais uma vez estavam próximos, e ela ouvia dele tudo o que queria ter ouvido um ano antes, quando ele a deixou em casa depois daquela festa, para nunca mais voltar.

— Por que agora e não antes? — murmurou, tentando lutar contra a vontade de se entregar em seus braços e nunca mais deixar o seu Léo fugir.

Sim, ele é o meu Léo. E ele quer ficar comigo.

— Por babaquice, sei lá! Ver você com esse cara está sendo muito difícil. Não te quero com ele. Você é minha, AC/DC!

Ele não esperou por uma autorização dela. Léo a puxou rapidamente para próximo de si e, sem nem mesmo verificar se alguém os assistia, beijou-a com vontade, com todo o desejo reprimido durante a separação.

Sophie não relutou e deixou-se envolver novamente pela sensação de beijar o homem que tanto amava. Que tanto mudou a sua vida.

Conheciam-se em cada virada de cabeça e cada toque. Eles eram as duas almas que formavam uma. Eram o que tinham que ser.

O momento parecia perfeito.

Mas, enquanto o beijo desacelerava, pensamentos começaram a vagar pela mente dela. Palavras, gestos, dúvidas. Tudo o que vivera romanticamente desde seu primeiro beijo e de sua primeira experiência sexual. Então percebeu algo.

Assim como Samantha não conseguia se enxergar, ela também não conseguia.

Desde que conhecera o Reino das vozes que não se calam, evoluíra muito, mas aos poucos voltava a se perder em seu mundo silencioso. Vinha se deixando definir por homens e sentimentos banais. Esquecia-se de outras coisas importantes. E de que havia pessoas contando com ela. No fundo, até agora vivera como se só pudesse ser feliz se tivesse alguém a seu lado. Sua vida parecia girar em torno daquilo. Todos os dramas e desafios. A depressão. O percurso mágico que precisava desvendar com as cartas de tarô. Tudo na verdade se relacionava à forma como amava a si mesma e acreditava que um homem poderia amá-la.

Foi então que interrompeu o beijo, e Léo a olhou assustado.

Ela sorriu para ele e lhe deu mais um selinho.

— Eu te amo, Léo! Sempre vou te amar. Vai chegar um dia em que estaremos prontos para ficar juntos. E seremos felizes para sempre.

O rapaz não podia acreditar no que ela estava prestes a dizer.

— Por que não pode ser agora, amor? Eu caso com você! Eu paro tudo por você!

Sophie soltou um pequeno riso.

— A música é a sua vida. Eu nunca te impediria de seguir sua paixão. Longe disso. Mas não estamos preparados para nos casar. Eu não me conheço bem o suficiente ainda.

Ela deu um passo para trás e se virou para observar o pôr do sol de Roma. No horizonte alaranjado, viu as casas antigas e observou um gigantesco grupo de pássaros se movendo, criando uma mancha escura no céu, moldando desenhos.

Aquele era o final perfeito para um grande amor.

— Quando você se encontrar, promete me procurar, Sophie?

Mais uma vez ela o olhou e sorriu. Os dois deram as mãos.

— Nós sempre estaremos no mesmo aquário. Não é muito difícil te perder de vista.

Léo se aproximou para lhe dar um beijo molhado de lágrimas e saudade, e só então se afastou. O pôr do sol indicava que logo teria que estar no palco do festival. Sophie também era esperada lá, mas agora não via mais motivo para continuar naquela estrada.

Olhou mais uma vez para a paisagem e sentiu uma presença maior.

Os pássaros formavam a imagem de uma coroa.

— Eu juro que já tentei todos os números que podia, Nicholas! — disse o empresário, alterado, no camarim da banda. — Ninguém sabe onde ela está, mas o vocalista da Unique garante que ela está bem. Disse que a viu pela última vez no hotel.

O roqueiro estava transtornado. Os shows estavam para começar e não havia sinal de onde estava a namorada.

— Era para ela ter vindo com a gente, Jonas! Não devíamos ter vindo sem ela. Que droga! — dizendo aquilo, ele socou uma parede, e todos o olharam assustados e saíram do local, dando-lhe privacidade. Apenas o empresário e Samantha permaneceram.

— A Sophie é uma mulher consciente, irmão! Se ela não está aqui, é por motivos de força maior. Ela com certeza não ia querer te machucar intencionalmente.

Nicholas sabia que nada daquilo era culpa da irmã, mas fuzilou-a com o olhar e pediu para ser deixado em paz.

— Não vamos deixá-lo aqui assim! É preciso que você respire. Sophie logo vai aparecer.

Assim que Jonas disse isso, a ruiva entrou no camarim. Todos se viraram para encará-la. A alegria de Nicholas ao vê-la foi gigantesca, mas logo seguiu-se a decepção. Ela carregava suas malas.

— O que está acontecendo? — quis saber Jonas, perturbado.

O empresário sabia que o que estava para acontecer poderia afetar o psicológico de seu cliente horas antes do show.

— Ela deve ter seus motivos, Jonas! — interrompeu Samantha, dando um sorriso de lado para a jovem. — Lembre-se de que está falando com a Sophie, a garota que sempre pensa no nosso bem.

Jonas tinha dificuldade de respirar e se manter calmo. Samantha conseguiu convencê-lo a sair, mas antes Sophie fez questão de entregar um bilhete à baterista.

— Depois de amanhã, às três da tarde. Aqui está o telefone e endereço. Não morra, Sam! Se ame!

A garota apenas consentiu e saiu com o empresário pela porta.

— Vai mesmo fazer isso? — perguntou o roqueiro, olhando-a pelo espelho do camarim.

— É necessário.

— Vai fugir com ele? Seu queridinho ainda está no palco. Não pode nem esperar pelo final da apresentação dele?

Sophie odiava ver Nicholas, um homem tão bom e carinhoso, agindo daquela forma, mas entendia que o magoara em um nível que jamais imaginara. Talvez, estivesse fazendo com ele o que Léo havia feito com ela. Nick realmente a amava, apesar do pouco tempo que estavam juntos. Só que infelizmente eles não tinham nascido um para o outro.

Antes de ser feliz com alguém, ela precisava terminar sua terceira carta.

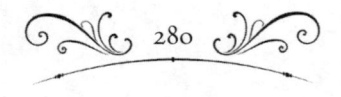

Precisava se tornar sua própria estrela.

— Eu não vou ficar com o Leonardo. Não é nada disso que você está pensando. Só percebi neste final de viagem que preciso de um tempo pra mim e que talvez eu precise partir antes do que imaginava.

O rapaz se virou e a encarou.

— Talvez?

Havia esperança em sua voz.

— Na verdade, eu preciso! Perdão, Nick! Você merece uma garota incrível, que vai poder te amar mais do que eu fui capaz.

Por um instante, os dois ficaram em silêncio.

— Me deixe sozinho... — pediu ele, com um fio de voz.

Aquilo lhe cortava o coração.

— Nick...

Ele se aproximou dela e lhe deu um longo beijo na testa. Sophie não soube como reagir.

— Eu te amo, Sophie! Como jamais você será capaz de entender. Você é o grande amor da minha vida, chefe! Mas pelo visto você já tomou a sua decisão. Agora eu preciso ficar sozinho. Por favor, não volte mais.

Emocionada, ela segurou as duas mãos dele e levou-as até a altura da boca para beijá-las. Tinha encontrado um grande homem. Um capaz de ser rei se tivesse a chance. Mas ela precisava continuar sozinha.

Atravessou a plateia para sair do teatro, mas foi atraída pela voz conhecida no palco. Caminhou até a lateral do tablado, onde encontrou Mônica observando a Unique se apresentar.

— Pensei que não iria mais te ver...

As notícias correm rápido.

— Acho que não resisti a esta voz. Ela sempre soube mexer comigo.

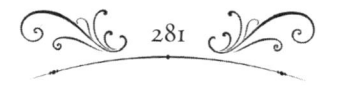

— Ela sempre vai mexer, amiga! Mas estou feliz por você. Apareça de vez em quando.

As duas se abraçaram.

Léo percebeu que Sophie o observava da coxia e terminou bruscamente a canção que tocava.

— Galera! Galera!

O público explodiu em gritaria e euforia. Todos estavam alucinados com a performance da banda.

— Eu queria aproveitar este momento para cantar uma música bem diferente. Sei que até corro o risco de ser vaiado, mas juro que é por um bom motivo. A história é a seguinte: há alguns anos, eu me apaixonei por uma garota, e recentemente confirmei que ela é e sempre será o grande amor da minha vida. Ela não sabe, mas, quando éramos adolescentes, eu a ouvi um dia cantar essa música pelos corredores da escola. Eu lembro que naquela noite eu disse para mim mesmo que tinha encontrado a minha Britney Spears.

Gritinhos agudos e assobios se elevaram na multidão. Era um show de rock, e ele falava sobre a princesa do pop, mas a cantora certamente havia sido musa na juventude de várias pessoas da plateia.

— Acho que vocês vão gostar da versão que eu vou cantar. Essa música diz tudo o que eu preciso dizer para ela, e vou precisar da ajuda de todos vocês. Cantem comigo!

Sophie não podia acreditar que ele realmente estava fazendo aquilo.

Os dois trocaram olhares enquanto a galera vibrava, curiosa com a declaração. Então Léo começou uma versão mais pesada da música "Everytime" e, mais uma vez, o coração dela ficou acelerado.

— *Notice me. Take my hand. Why are we strangers when our love is strong. Why carry on without me?*

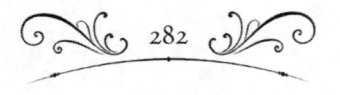

Mônica segurou a mão de Sophie com força, e ela tentou não desmoronar. As vozes da plateia ressoavam em harmonia. Aquele era um momento difícil.

Quando a música estava quase no final, Léo se levantou da banqueta em que estava sentado com sua guitarra e cantou olhando diretamente para ela, ignorando os outros milhares de pessoas.

— *I may have made it rain. Please forgive me. My weakness caused your pain. And this song is my sorry.*

Sophie sorriu. Aquele era o momento do adeus. Deu um beijo na bochecha da amiga e seguiu até a saída do local, puxando suas malas.

Dentro do táxi, pegou o celular e ligou para o seu pai.

— Pai, mãe? Podemos nos falar agora?

Os dois já esperavam a ligação. Sophie havia escrito um longo e-mail para eles antes de ir para o festival.

— Oi, minha filha! Estamos os dois aqui no viva voz — respondeu Laura em um tom de voz positivo, preparada para enfrentar todas as circunstâncias.

Sophie ficou aliviada ao perceber que os dois estavam bem.

— Tem certeza de que um mochilão é a melhor coisa para você agora, querida? — indagou George. — Parece tão repentino, e você acabou de terminar uma turnê por toda a Europa.

Ela riu.

— Eu sei, pai! Mas foram meses de estresse e trabalho, e agora preciso de um tempo só pra mim. Para me encontrar e ver como posso ser útil ao universo.

— Filha, não liga não! Seu pai ainda não superou a distância, mas certa está você. Precisa aproveitar para conhecer o mundo e a si própria enquanto é jovem. Ganhou dinheiro suficiente nesse trabalho e passou por uns bocados, acho justo relaxar.

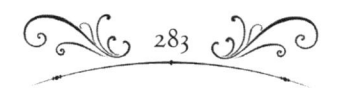

O consentimento deles a deixou mais confiante.

— Como eu disse, vou ficar sem celular, ok? Quero seguir uma prática de detox eletrônico que pesquisei na internet. Preciso de alguns meses sozinha, refletindo.

George parecia incomodado do outro lado da linha.

— Acho isso tão zen. Tão autoajuda! Que lindo, filha! Tome cuidado, e qualquer coisa peça o telefone de alguém e nos ligue. Vamos estar sempre aqui para você.

— Vê se não some por tantos meses assim, entendeu? Você tem família e um pai que não está gostando muito desse lance *new age*. Há um dia você estava falando de ir ao Japão com o namorado, e agora vai fazer um mochilão sozinha!

A filha ouviu Laura dar um tapa camarada no marido.

— Não vão brigar por minha causa, seus bobos! Obrigada por me darem força! Amo muito vocês e espero vê-los em breve. Somos uma família e para sempre seremos unidos. E, pai, não é *new age*, é retiro espiritual!

— E é tão a sua cara fazer isso, né?

Ela riu. Desligou o telefone, esperançosa pelo próximo passo.

O táxi parou na frente do prédio que pesquisara poucas horas antes. Era um edifício de flats que podiam ser alugados mediante o pagamento de meses adiantados.

Pegou a chave que havia reservado com o seu nome na portaria e seguiu para o seu andar. Ao entrar, viu que o espaço era perfeito para o que precisava.

Colocou um pijama confortável e desligou o celular.

Aquela seria a primeira de muitas noites diferentes.

O que o destino reservava para ela?

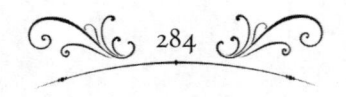

30

O dia estava radiante. Não havia mais tanto peso no ar, e o colorido voltava conforme Sophie andava pelo gramado, para onde as pessoas a esperavam. Todos estavam ansiosos, e havia muito amor naquele grupo. Qualquer um ali seria capaz de sentir.

Ela olhou para os presentes e ouviu um som vindo do céu. Era a fênix.

Sabia o que aquilo significava. Tinha completado sua terceira carta.

Tornava-se uma estrela.

— Bem-vinda, Rainha! — proclamou Sycreth, olhando com orgulho para sua amiga, agora soberana.

Naquele dia, as vozes do Reino mostraram o seu maior potencial, e os aplausos se estenderam até não existirem mais forças.

Todos sabiam...

Ela estava em casa e nunca mais voltaria ao silêncio.

PLAYLIST

Blurry – Puddle of Mud
Trully Madly Deeply – Savage Garden
As You Wish – Alesana
Open Your Eyes – Snow Patrol
Words as Weapons – Seether
Like a Stone – AudioSlave
No Final – Sophia Abrahão
I Miss You – Blink 182
Miss You Love – Silverchair
In the Shadows – The Rasmus
Don't Speak – No Doubt
Here Without You – 3 Doors Down
Black – Pearl Jam
Everytime – Britney Spears

Este livro foi impresso na gráfica Stamppa, Rio de Janeiro, RJ.